Irina Kilimnik • Sommer in Odessa

Irina Kilimnik

Sommer in Odessa

Roman

KEIN & ABER
POCKET

Coverbild: T. S. Harris
Covergestaltung: Hannes Aechter, Berlin
Satz: Dörlemann Satz, Lemförde
Druck und Bindung: CPI books GmbH, Leck
ISBN 978-3-0369-6177-4
Auch als eBook erhältlich

www.keinundaber.ch

I

Ich bin mir immer noch nicht sicher, wer von uns weniger Lust aufs Medizinstudium hat, Rajdesh oder ich. Aber ich bin überzeugt, dass wir, falls wir tatsächlich mal Ärzte werden sollten, beide gleich miserabel sein werden. Rajdesh, ein schmächtiger Inder mit großen dunklen Augen, hat panische Angst vor Krankheiten und bildet sich dauernd ein, er hätte sich was eingefangen. Und ich fühle mich hier sowieso fehl am Platz. Vielleicht hängen wir auch deswegen ständig zusammen herum, wie zwei Loser, die sich in einer fremden Welt gegenseitig den Rücken stärken. Nun sitzen wir nebeneinander im Hörsaal, und während unser Professor die Symptome einer weiteren Krankheit aufzählt, zeichnet Rajdesh kleine Äffchen. Das kann Radj, wie ich ihn nenne, richtig gut. Ich kann nicht mal das und fühle mich von der Langeweile fast erschlagen.

Um ehrlich zu sein, hat der Tag schon übel angefangen. Geweckt wurde ich vom Raucherhusten meines Großvaters, dessen Zimmer an meines grenzt.

Das pfeifend-bellende Geräusch rettete mich zwar aus meinem Albtraum, in dem ich mich in einem Aufzug befand, der, anstatt im gewünschten Stockwerk zu halten, immer weiterfuhr, dennoch war es nicht die schönste Art aufzuwachen. Ich riss die Vorhänge auf, öffnete das Fenster und ließ die viel zu milde Luft ins Zimmer. Odessa schlief noch. Nur ihre Lichter flackerten in der Ferne und erzeugten die Illusion einer Normalität, die einen heißen Sommer versprach, gefüllt mit gebratenem Fisch und Auberginen, vielen Strandausflügen und dem Gefühl, vom Studium aufatmen zu können. Kam allerdings ein leichter Wind auf und löschte kurzzeitig dieses Flackern, entstand für eine Sekunde eine allumfassende Dunkelheit, die mir die Luft raubte.

Als ich wenig später unsere Küche betrat, schlug meine Tante Ludmila bereits eine Unmenge an Eiweiß mit einem Schneebesen zu einem steifen Gebilde und tupfte sich dabei dauernd den Schweiß von der Stirn. Rechts von ihr saß mein Großvater und gab den Takt an. Er trug eines dieser alten Hemden, die schon lange nicht mehr hergestellt werden, mit zwei Brusttaschen und einer Seitentasche, und aus allen drei quollen Notizzettelchen heraus. Diese ersetzten ihm seit jeher ein Rezeptbuch und enthielten ein nur für ihn nachvollziehbares System aus Mengenangaben und Zutaten, zusammenhangslos und nie vollständig.

»Schneller«, motzte Opa Ludmila an, »sonst fällt das Eiweiß wieder in sich zusammen.« Er schüttelte missbilligend den Kopf, und ich las dem Gesicht meiner

Tante den sehnlichen Wunsch ab, das Eiweiß aus dem Fenster zu schleudern.

Um diese Küchenidylle nicht zu stören, verzichtete ich auf meinen Kaffee und verschwand, bevor mich Opa einspannen konnte. Ich vernahm noch Ludmilas Rufe, ich solle heute nicht zu spät kommen, zog aber in dem Moment die Eingangstür zu und hoffte, damit aus dem Schneider zu sein – sicherlich das Beste, was ich in diesem Fall tun konnte. Die Putzaktion der letzten Tage steckte mir immer noch tief in den Knochen, und ich war nicht bereit, mich erneut Opas Launen auszusetzen.

Die überraschende Ansage meines Großvaters – der Grund für die unzähligen Überstunden in der Küche –, dieses Jahr seinen Geburtstag groß feiern zu wollen, geht heute in die entscheidende Runde und soll morgen im grandiosen Finale enden. Aus welchen Gründen auch immer er sich dazu entschlossen hat, eines ist definitiv: Es können keine konventionellen gewesen sein, denn normalerweise ignoriert er diesen Tag. Selbst die Glückwunschkarten lässt er sonst mindestens zwei, drei Monate liegen, bevor er sie überhaupt öffnet und den einen oder anderen bissigen Kommentar dazu abgibt. Welcher Teufel ihn diesmal geritten hat, weiß keiner, und wir warten nervös auf die große Enthüllung.

Ich muss schon wieder gähnen. Radj stößt mir leicht in die Rippen. Mittlerweile ist das Blatt mit lauter kleinen Äffchen übersät. Der Affenanführer ist an seinem halb ausgefahrenen Penis leicht zu erkennen, während bei den meisten Weibchen Säuglinge an den Brüsten nuckeln. Ich klopfe ihm anerkennend auf die Schulter, und er blättert um.

»Ich male jetzt was anderes«, flüstert er mir zu und gleitet in seine eigene Welt, weit weg von den sterilen OP-Räumen, den blutigen Eingeweiden und dem leicht säuerlichen Geruch von Desinfektionsmitteln, der uns überallhin verfolgt.

Radjs Familie lebt in der Hafenstadt Kochi im Süden Indiens. Die Stadt sei fast europäisch, meint er, wenn da nicht die Inder wären. Als jüngstes Kind und als langersehnter Junge wurde er von seinen drei älteren Schwestern und den Eltern total verzogen. Im Grunde ist er immer noch ein Milchgesicht, da hilft auch kein Dreitagebart. Radjs Familie träumt davon, dass er eines Tages ein hochangesehener Arzt wird. Radj selbst träumt davon, eine blonde Russin zu heiraten und mit ihr Söhne zu zeugen. Damit liegt er mir ständig in den Ohren. Finde mir eine Ehefrau, Olga, ich will heiraten, sagt er halb ernst und schaut mich dabei vielsagend an. Heirate doch eine Inderin, schlage ich ihm vor und meide seinen Blick, da weißt du wenigstens, was dich erwartet. Eben, sagt er, meine Eltern finden eine Frau, die eher ihren Vorstellungen als meinen Bedürfnissen entspricht, und mit der muss ich mich mein Leben lang herumquälen. Such dir erst mal eine Freundin, rate ich ihm, das genügt für deine Bedürfnisse. Er guckt mich dann mit glasigen Augen an und lacht blöde, denn Radj ist dauernd bekifft. Nicht völlig zugedröhnt, nur leicht, gerade mal so viel, dass er alles um sich herum wie durch einen luftigen Schleier wahrnimmt. Sonst ertrage er das Leben nicht, sagt er und nimmt noch einen Zug.

Meine Tante Ludmila meint, Radj sei so spindeldürr, weil er Vegetarier ist, und jedes Mal wenn er bei uns zum Essen bleibt, versucht sie, ihn zu bekehren. Seit sie Anschluss an eine etwas suspekte Glaubensgemeinde gefunden hat, sieht Ludmila überall Verschwörungen, besonders im Vegetarismus: Die – wer auch immer *die* sind – wollen wegen der drohenden Überbevölkerung die menschliche Rasse reduzieren, und Vegetarismus sei ihre Waffe. Wenn bei uns gekocht wird, befindet sich folglich immer etwas Fleischiges in den Töpfen und Pfannen. Radj lächelt freundlich und isst seine Beilagen. Das Fleisch schiebt er mit der Gabel an den Tellerrand und achtet darauf, dass es das Gemüse nicht berührt. »Schmeckt sehr gut«, sagt er, worauf Ludmila nur die Nase rümpft.

Als Konsequenz kommt Radj immer seltener zu uns. Meine andere Tante Polina findet, es sei auch besser so, denn die Nachbarn würden sich bereits ihre Mäuler zerreißen, wir hätten Zimmer an Ausländer untervermietet. *Mein* Rajdesh scheine tatsächlich oft bei uns zu sein, sagt sie und guckt mich dabei mit diesem Blick an, bei dem die Augenbrauen nach oben rutschen und ihr Gesicht einen dämlichen Ausdruck bekommt. Ich versichere ihr zum zigsten Mal, er sei nicht *mein* Rajdesh und dass ich nicht vorhabe, ihn zu heiraten.

Meine Mutter pflichtet ebenfalls ihrer Schwester

bei, ich solle nicht auf falsche Gedanken kommen: Erst das Studium zu Ende bringen, sagt sie, dann würden wir schon weiterschauen, wobei mich das »wir« erheblich mehr stört als das Studium, das bei ihr wie gewöhnlich an erster Stelle kommt. Ich entgegne ihr, dass es da nichts zu schauen gebe und dass sie sich alle wieder entspannen können.

Wenn es um meinen besten Freund geht, sind sich meine Mutter und ihre beiden Schwestern wenigstens mal einig.

Nach der Vorlesung fahre ich mit Radj ins Zentrum.

»Dieser Geburtstag ufert langsam aus. Die Vorbereitungen machen mich fertig«, beklage ich mich bei ihm, und er schaut mich prüfend an.

»Und trotzdem hast du noch Zeit für mich?«, fragt er.

»Lernen geht vor. Das ist die einzige Ausrede, die meine Familie gelten lässt«, sage ich und hoffe, er interpretiert nicht wieder etwas in die Antwort hinein.

»Ja, lernen …«, sagt er und zwinkert mir zu.

Die Sonne glüht beinahe ununterbrochen auf die Stadt herunter und heizt alles auf hochsommerliche Temperaturen auf. Auf der Deribasovskaja-Straße herrscht trotz der jüngsten Ereignisse eine ausgelassene Stimmung. Touristen mit Selfiestangen, Kaffeeterrassen, die mittlerweile fast den gesamten Bürgersteig in Anspruch nehmen und die Odessiter in Rage versetzen, eine Schlange vor der französischen Konditorei, die vor einem Jahr aufgemacht hat und bereits in jedem Reiseführer steht. Pferde, die weiße Kutschen hinter sich herziehen und mit ihren Hufen rhythmisch auf die Pflastersteine schlagen, Kinder, die an ihrem Eis lecken, sowie deren Großmütter mit einem Taschentuch in der Hand, immer bereit einzugreifen. Und die Sonne, die in jeden Winkel, jede Ecke dringt und gnadenlos die Frühlingsreste vertreibt. Ein idyllisches Bild, ein Bild, das jenes einer plötzlich besetzten Halbinsel, einer gespaltenen Gesellschaft überlagert, die gesamte Situation glättet, eine Normalität vortäuscht, die es vielleicht nicht mehr gibt.

Zielsicher marschiert Radj zu einem Kiosk und kauft seinen Lieblingssnack: Piroggen mit Kartoffeln, zwei für mich, vier für ihn. Wir biegen auf die Puschkin-Straße, dann nach links auf die Bunin-Straße, packen die ersten Piroggen aus und vertilgen sie im Schatten der Bäume des Schewtschenko-Parks. Es riecht nach Flieder und gelber Akazie.

»Zum Strand?«, fragt Radj nach einer Weile und steht auf.

Wir gehen fast immer zum Lanzheron, dem ältesten Strand im Zentrum von Odessa. Lanzheron war einst der Jugendstrand meiner Mutter und ihrer Schwestern, jetzt setzen sie keinen Fuß mehr darauf. Zu voll, sagen sie, zu laut, zu viel Getöse – man habe dort keine Ruhe. Als wären Odessas Strände jemals für ihre Ruhe oder viel Platz berühmt gewesen. Zurzeit fahren sie wieder zur 16. Fontan-Station, dem Strand ihrer Kindheit. Nach jedem dieser Ausflüge schwärmen sie noch tagelang von den Datschen, der Luft und den herrlichsten Blumen und schmieden Pläne, unsere alte Datscha zu verkaufen, um dort etwas Kleineres zu erwerben. »Nur über meine Leiche!«, schreit mein Großvater dann, und sie flüstern leise weiter. »Könnt ihr euch noch an die Tram 29 erinnern? Und an das Männerkloster nahe Lustdorf?« Sie nicken sich zu, ihre Augen glänzen, aber ich bin mir dennoch sicher, dass sie auch diesmal auf Opa Rücksicht nehmen werden.

Das Meer strahlt türkisblau. Ich lasse mich auf den heißen Sand fallen, während Radj seine letzte Pirogge verputzt. Er beißt gierig ab, ein Teil der fettigen Kartoffelfüllung landet neben mir und bleibt liegen, bis ich den Anblick nicht länger ertrage und den Klumpen vergrabe.

»Schmeckts?«, frage ich vorwurfsvoll.

Er nickt zufrieden und meckert nicht, dass die Würze fehlt, was er normalerweise tut, wenn wir uns in der Stadt etwas zu essen besorgen. Die Gerichte in Indien seien viel spannender, und stellvertretend für ganz Odessa oder gar Europa wirft er mir dann vor, wir könnten nicht mit Gewürzen umgehen, wüssten außer Salz und Pfeffer nichts anderes, womit man die Speisen geschmacklich verändern könnte. Und Dill und Petersilie seien die einzigen Kräuter, die wir uns trauen, aufs Essen zu streuen. Manchmal, wenn er gut drauf ist, bereitet er etwas für uns zu, und seine ganze Wohnung riecht nach Kardamom, Nelken und sonstigen Sachen, die er in seinen kleinen Döschen aufbewahrt und nur sparsam verwendet. Das Zeug ist meistens viel zu scharf für mich, und ich trinke anschließend literweise Kamillentee, um meinen Magen zu beruhigen. Irgendwann würde ich mich schon daran gewöhnen, meint Radj und sieht nicht ein, die Gerichte für mich etwas abzumildern.

Jedes Mal kommen wir mit dem festen Vorhaben zu lernen an den Strand: Wenn der Stoff schon so deprimierend ist, kann ja wenigstens die Umgebung schön sein. Dann relativieren sich womöglich die Gefahren, die von diesen mit Krankheiten gespickten Büchern ausgehen, oder man nimmt sie zumindest nicht mehr als bedrohlich wahr. Wir lesen »Herzinfarkt« oder »Nierenversagen«, und anstatt dass Radj seinen Körper sofort nach möglichen Krankheitssymptomen abhorcht und ich mein gesamtes Leben infrage stelle, gucken wir lieber den Wellen zu, wie sie gegen das Ufer brechen und schaumig auslaufen. Wir strecken unsere Gesichter der Sonne entgegen und denken nicht an Krankenhäuser, nicht an ansteckende Krankheiten und schon gar nicht an die bevorstehende Prüfung. Wir lesen ein paar Zeilen und driften langsam ab, starren auf den Horizont und vergessen dabei die Zeit. Manchmal ziehe ich an Radjs Joint und warte darauf, dass ich abhebe. Aber es passiert nie etwas. Bei manchen Menschen wirke das Zeug nicht, sagt er, ich solle was Härteres versuchen. »Nein danke«, sage ich, »kein Bedarf.« Obwohl ich schon mal Bedarf hätte, ein bisschen aufzuatmen und einfach in ein Nichts zu versinken. Kein Studium, keine Albträume, kein stupides Auswendiglernen.

Ich nehme einen Zug.

»Du musst richtig inhalieren«, sagt Radj, »sonst ist es reine Verschwendung.«

»Woher hast du das Zeug?«, frage ich. Doch er lacht nur, greift nach meiner Hand und zieht mich zu sich. Sein Körper ist ganz steif, ich spüre sein Herz rasen und befreie mich schnell aus seinem Griff.

»Komm mit mir nach Indien«, sagt er. Seine Augen sind ganz klar.

Ich stecke ihm den Joint zwischen die Lippen. Ich mag nicht, wenn er solche Sachen sagt und dabei nicht bekifft ist. Er nimmt wieder einen Zug, starrt mich mit seinen pechschwarzen verrückt-verliebten Augen an und jagt mir Angst ein. Bitte nicht schon wieder, flehe ich ihn schweigend an, und er guckt weg.

Mit unserer Freundschaft ist es wie mit Odessas Stränden. Oft werden sie durch die harten Winterstürme weggespült und müssen dann im Frühling, sofern sie nicht von allein wieder zurückkommen, künstlich mit Sand aufgeschüttet werden. Radjs Gefühle brechen ähnlich einem Orkan über unsere Freundschaft herein, und es erfordert viel Kraft, bis wieder eine solide Basis hergestellt werden kann. Besser, man lässt diese Stürme gar nicht aufkommen.

»Ich gehe mal kurz zum Wasser«, sage ich nach einer Weile, die wir schweigend nebeneinander verbringen, und kremple meine Hose hoch.

»Ist gut.« Er zieht Kopfhörer aus seiner Tasche und legt sich auf den Sand, ohne mich anzuschauen. Ich vermute, es ist Eminem, der seinem Gesicht endlich einen etwas besonneneren Ausdruck verleiht.

Meine Freundin Mascha hält nicht viel von Radj, wie eigentlich alle in meinem Umfeld.

»Du begreifst einfach nicht, dass er in dich verliebt ist«, meinte sie gestern am Telefon. »Das wird noch böse enden mit euch.«

»Ach, das ist doch höchstens eine Phase«, entgegnete ich. Ich wollte das nicht hören.

»Was findest du bloß an ihm?«, gab Mascha keine Ruhe. »In mir weckt er eher mütterliche Instinkte als sexuelle Gelüste.«

»Wer redet denn von sexuellen Gelüsten!« Meine Stimme klang unnatürlich hoch. »Wir sind einfach befreundet.«

»Wenn das so ist«, sagte sie trocken, »dann wird er dich schon bald dafür hassen, dass du seine Liebe nicht erwiderst.«

»Klopf auf Holz«, verlangte ich. »Das fehlte mir noch, dass auch er mich hasst. Dann wärst du ja die Einzige, mit der ich mich noch abgeben kann.«

Wobei das nicht einmal das schlimmste Szenario für mich wäre. So gut wie Mascha kennt mich niemand. Sie weiß, dass ich fast ertrunken wäre, während meine Mutter wie versteinert dastand und keinen Schritt machen konnte. Sie weiß, dass ich einmal von unserer Datscha weggelaufen bin, weil man mich beschuldigte, alle Kirschen gegessen zu haben. Sie weiß, wem mein Herz eigentlich gehört.

Ich berühre Radjs Schulter, und er reißt erschrocken die Augen auf. Die Musik strömt mittlerweile direkt aus dem Smartphone, das neben ihm im Sand liegt, und er starrt mich eine Weile verwirrt an, bis sein Verstand wieder einsetzt.

»Schon zurück?«, fragt er.

Ich bitte ihn, mehr Begeisterung an den Tag zu legen, und schalte das Gedudel aus.

»Hey!«, ärgert er sich. »Ich habe geschlafen.«

Radj reibt sich die Augen und streckt seine schlaksigen Glieder in alle Richtungen. Wir lesen Dinge, die uns nicht im Geringsten interessieren. Wir wiederholen alles wie gut trainierte Papageien und sind umso frustrierter, wenn nur wenig davon in unseren Köpfen bleibt. Als wären unsere Gehirne immun gegen das medizinische Wissen.

»Ich muss mich von dir fernhalten«, sage ich schließlich. »Deine grauen Zellen sind eh schon vom Hasch zerfressen, und jetzt haben die giftigen Dämpfe auch meine angegriffen.«

Er lacht. »Dann geh doch zu deinem Sergej. Er ist sicherlich ein besserer Umgang für dich.«

Ich schmeiße eine Handvoll Sand auf sein aufgeschlagenes Buch und lege mich auf den Rücken.

»Seht ihr euch denn noch, du und Sergej?«, fragt Radj und legt sich neben mich.

»Nein«, lüge ich und wundere mich, wie gut ich es mittlerweile kann. »Zuletzt habe ich ihn in unserem Hof getroffen, zufällig. Aber das ist Wochen her.«

Radj nickt nachdenklich, und bevor er mir weitere Fragen stellt, die sicherlich zu nichts Gutem führen, wechsle ich schnell das Thema.

»Erinnerst du dich an dieses Café nicht weit von der Uni, das dir so gut gefallen hat?«

Er runzelt die Stirn.

»Na, das mit den komischen Tapeten mit Papageien.«

»Ah ja.«

»Die suchen gerade nach Leuten für den Service. Das wäre doch was für dich.«

»Woher weißt du das?«

»Von Mascha.«

Radj zieht eine Grimasse.

»Hör mal, willst du einen Job oder nicht? Ich sag am besten gar nichts mehr, kümmer dich selber darum, wenn es dir nicht passt.«

»Glaubst du, die würden mich nehmen?«, fragt Radj dann doch nach. »Ich habe keine Erfahrung als Kellner.«

Doch meine gute Stimmung ist mittlerweile verflogen. »Wenn du nicht zu bekifft bist, vielleicht schon, aber das schaffst du ja eh nie.«

Er lacht kurz auf, verstummt dann, und ich fühle mich einen Augenblick lang schuldig.

»Wenn der Tipp von Mascha kommt, kann es wohl nichts allzu Ernstes sein«, kann er dann doch nicht aufhören, und mein Schuldgefühl zieht sich schlagartig zurück. Radj hält von Mascha in etwa genauso wenig wie sie von ihm, und beide lassen mich das regelmäßig spüren. Dabei hat er eigentlich nur Angst vor ihr, auch wenn er das nie zugeben würde. Er meint, sie sei zu freizügig, er nennt sie abfällig »ein Meter dreiundsiebzig geballte Sexladung« und bekommt wackelige Knie und feuchte Hände, wenn er sie sieht.

»Du und deine Freundin habt keine Ahnung, wie die Welt funktioniert«, schnaubt er auch jetzt wieder. »Sie denkt tatsächlich, die im Westen warten auf sie. Dabei wollen sie die Frauen in erster Linie ausnehmen. Wie die Hühner, aus denen dein Großvater seine Brühe zubereitet.«

»Und in zweiter Linie? Was wollen die da mit uns machen?«

»In zweiter?«, sagt er und überlegt kurz. »Wahrscheinlich standardisieren. Sodass auch ihr endgültig die westlichen Maßstäbe übernehmt und euer Leben nach diesen Pseudoidealen ausrichtet.«

Er hat recht, dass Mascha Gefahr läuft, den Westen zu verklären, auch wenn ich das lieber für mich behalte. Stattdessen sage ich ihm, der Westen sei mir egal, und wie dessen Welt funktioniert eigentlich auch. Hauptsache, er würde endlich aufhören, mich zu belehren.

Radj murmelt etwas auf Indisch, ich vermute Beschimpfungen. Dann sagt er mit fester Stimme: »Ihr werdet noch bittere Tränen vergießen, wenn eure schöne Welt endgültig zugrunde geht. Schau, was gerade mit der Krim passiert.«

»Du meckerst wie mein Großvater«, unterbreche ich ihn, und er wird wütend, verspricht, nie mehr mit mir über solche Dinge zu reden, um mein Spatzenhirn nicht zu überfordern. Eine Weile herrscht Ruhe zwischen uns, bis er es nicht aushält und mir vorwirft, von Mascha manipuliert zu werden.

»Du tanzt nach ihrer Pfeife und merkst das nicht mal.«

Und wir streiten uns erneut.

Eigentlich wollte Radj gar nicht nach Odessa. In dieselbe Stadt zu gehen, in der vor Jahren bereits sein Vater studiert hatte, fand er irgendwie pervers. Er wäre lieber nach Italien gegangen. Doch man stellte ihn vor die Wahl: entweder Odessa oder zu Hause bleiben. Und er ging dahin, wo er nicht hinwollte, um das zu studieren, was er nicht mochte. Immerhin ist er nun weit weg von seiner Familie. Anstatt in kleinen, schnuckeligen italienischen Cafés zu sitzen und sich mit Kuchen vollzustopfen, lebt er in Odessa, in einer schmuddeligen Wohnung, kifft zu viel und hat panische Angst, sich irgendwann bei einem Patienten mit einer schlimmen Krankheit anzustecken.

»Du magst doch gar keinen Kaffee. Warum wolltest du ausgerechnet nach Italien?«, habe ich ihn mal gefragt.

»Aus Protest«, sagte er.

»Protest?«

»Ja. Aus Protest gegen die widerliche englische kolonialistische Kultur.«

»Wieso ist sie denn widerlich?«

»Wie kannst du nur so was fragen?« Er wurde wütend. »Sie haben unsere Traditionen zerstört und ihre eigenen mitgebracht. Sie haben unsere Gewohnheiten infrage gestellt und uns ihre diktiert. Und dann noch ihr schlechter Geschmack! Ich meine, sie haben tatsächlich geglaubt, ihre steife protestantische Kultur wäre unserer überlegen, nur weil sie angeblich ach so rational sind und sich von ihren Gefühlen nicht leiten lassen.«

Er schimpfte noch eine Weile auf die Queen und auf das gesamte Königshaus und wünschte ihnen die Pest. Anschließend schlürfte er wie gewohnt seinen Tee, zog an dem Joint und fantasierte im Rausch, was wohl aus seinem Land geworden wäre, wären damals statt Engländern die Italiener nach Indien gekommen.

Ich weiß nicht, wie lange wir nun schon schweigend nebeneinanderliegen, beide sauer auf den anderen. Der Sand wird langsam kälter, der Wind dreht sich, kommt jetzt vom Meer, ist frisch, scharf, augenschneidend. Ich spüre einen Druck im Kopf, befürchte, meine Migräne kündigt sich wieder an, und schaue nach, ob die Kopfschmerztabletten wie immer in dem kleinen Kosmetiktäschchen liegen. Die ersten dicken Regentropfen fallen auf den Sand, zuerst verhalten, dann stürzen sie plötzlich mit ganzer Kraft auf uns herunter. Radj und ich sind völlig durchnässt, ehe wir die ersten Bäume erreichen. Er schimpft auf Indisch, ich vermute wegen seines Buches, das einiges abgekriegt hat, und dreht sich sofort wieder einen Joint – seine Antwort auf beinahe alles. Ein, zwei Züge, und sein Ärger löst sich in der Rauchwolke auf. Es dauert nicht mal fünf Minuten, und er lächelt wieder, findet das alles witzig, während ich am ganzen Körper zittere und wünschte, er würde wenigstens auf die Idee kommen, mir seine Jacke zu geben oder sogar zum Parkeingang zu laufen, um uns ein Taxi zu rufen.

»Auch einen Zug?«, fragt er und kommt ganz nah an mich ran. Ich spüre seinen Atem, der meine Wange berührt, und dann legt er mir seine Hand auf die Taille und küsst plötzlich meinen Hals. Wut überkommt mich, vielleicht auch Enttäuschung, und ich stoße ihn sofort weg.

»Was soll das, Radj? Bist du jetzt völlig benebelt?«

Er schaut mich erstaunt an und murmelt etwas von einer romantischen Stimmung.

»Romantisch? Wach endlich auf!«, schreie ich. »Du gehst mir auf die Nerven!«

Radj guckt perplex. »Was habe ich denn so Schlimmes getan? War doch nur ein Kuss.«

Mir bleibt die Luft weg. Ist er tatsächlich so naiv? Ich remple ihn leicht mit der Schulter an und laufe zur Haltestelle. Seine ständige Präsenz, seine Erwartungen an mich und seine Liebe, oder wie auch immer man dieses Anhimmeln nennen soll, ertrage ich gerade nicht mehr.

»Olga«, höre ich ihn lange hinterherrufen, »warte doch!«, bis seine Stimme endgültig im Rauschen des Regens untergeht.

II

Dass ich Ärztin werden soll, hat meine Verwandtschaft beschlossen, als ich sieben Jahre alt war. Im Nachhinein wurde zwar behauptet, es sei mein eigener Wunsch gewesen, aber das ist gelogen. Denn mit sieben hatte ich noch keinen blassen Schimmer, was ich werden wollte. Meine Berufswünsche gingen nie über die Vorstellung einer im Turm eingeschlossenen Prinzessin, die auf ihren Prinzen wartet, hinaus. Und damit war ich vollkommen zufrieden. Wessen Idee die Medizin genau war, kann ich heute nicht mehr sagen. Damals kam es mir so vor, als sei die Entscheidung kollektiv gefallen, wie beim Obersten Gericht, das den Angeklagten nach eigenem Ermessen und im Namen des Volkes verurteilt.

Es muss an einem Sonntag Ende Mai gewesen sein. Draußen hörte ich aufgeregte Kinderstimmen über etwas streiten, und auf dem Balkon neben unserem hängte meine Lieblingsnachbarin, die dicke Tamara, frisch gewaschene Bettwäsche auf. Zuerst schüttelte sie kräftig die einzelnen Teile in Form, bevor diese an der Leine flattern durften. Tamara sagte, es gäbe keinen besseren Duft in der Welt als den von der Sonne getrockneter Bettwäsche und führte einen erbitterten Kampf mit ihrem Ehemann Boris, der es tatsächlich wagte, neben ihrer Wäsche zu rauchen. Es kann aber auch sein, dass ich mich irre, und es war gar nicht Ende Mai. Und vielleicht befand sich die dicke Tamara nicht auf dem Balkon, sondern auf dem Weg zum Zentralmarkt, dem Privoz, um ihrem Boris ein gutes Landhühnchen zu kaufen. Und möglicherweise bilde ich mir nur ein, alles wäre allein die Schuld meiner Cousine Lena gewesen. Denn eigentlich löste sie bloß alles aus. Die Schuld lag bei jemand anderem, auch wenn ich es lange Zeit nicht akzeptieren wollte.

Von meinen drei Cousinen kam ich mit Lena am wenigsten aus, obwohl uns gerade mal ein Jahr trennte. Hielten wir uns länger als eine halbe Stunde in ein und demselben Raum auf, endete das meist in einem Streit. Sosehr ich auch bemüht war, nicht auszurasten, brachte sie mich jedes Mal mit ihren altklugen Bemerkungen, die sie den Erwachsenengesprächen ablauschte, oder dem Versuch, mich herumzukommandieren, aus der Fassung. Besonders aber nervten mich die Dauervergleiche meiner Mutter mit ihr, bei denen ich nie gut wegkam. Immer wenn ich etwas anstellte, und das passierte häufig, predigte sie mir, ich solle mir ein Beispiel an Lena nehmen. Sie wüsste nämlich, wie man sich richtig benehme. Und während ich meine zerkratzten Knie oder ein Loch im Kleid zu verdecken versuchte, gähnte Lena wie eine dicke verwöhnte Hauskatze oder lächelte über Opas Witze, die er zum hundertsten Mal erzählte und die ich schon längst nicht mehr ertrug.

An dem Tag, an dem mein Schicksal als Ärztin besiegelt wurde, kam unsere ganze Familie, wie fast jeden Sonntag, zusammen. Wir saßen nach einem üppigen, von Opa zubereiteten Mittagessen im Wohnzimmer, verdauten Hering im Pelzmantel, Borschtsch, Wareniki und Apfelstrudel und unterhielten uns über die Sommerferien und die baldige Pflichtfahrt zu unserer Stranddatscha. Während meine Mutter und ihre Schwestern über ihre Pläne stritten, beschimpften auch meine Cousinen Natascha, Alina, Lena und ich uns gegenseitig im Flüsterton, bis Lena, Polinas Tochter, mich eine hässliche Kröte nannte und ich ihr daraufhin an den Hals sprang und sie würgte. Lena rang nach Luft und schlug um sich, während man mich von ihr wegzog und in eine Ecke beorderte. Woher sie nur so viel Wut hat, sagte Tante Polina und warf mir böse Blicke zu.

Als ich zwanzig Minuten später aus meiner Ecke rausdurfte, wurde ich mit allgemeiner Nichtbeachtung bestraft. Nur meine Mutter fragte, was aus mir bloß werden solle, wenn ich mich weiter so unmöglich benehme. In ihren Augen war ich auf dem besten Weg, eine Köchin, Näherin oder Fabrikarbeiterin zu werden – alles für ihr Verständnis niedere Berufe, die einem unweigerlich blühten, wenn man so ungezogen war wie ich. Ich sagte, ich könne es mir durchaus vorstellen, als Köchin zu arbeiten, woraufhin sie mich mit einer Handbewegung unterbrach und anschnauzte. Garantiert sagte sie etwas in der Art, ich solle mir Lena zum Vorbild nehmen, anstatt ihr den letzten Nerv zu rauben, und höchstwahrscheinlich erwähnte sie auch meinen Vater, dessen schlechte Charakterzüge ich trug. Meine Mutter reagierte schon immer allergisch, wenn ich über meine Zukunft scherzte, und sie mochte es nicht, wenn sich Ludmila, Polina oder Opa über mich beschwerten. Sie behandelte mich wie ihre Schülerinnen beim Turnen: Solange ich ihre Anforderungen erfüllte, hart an mir arbeitete und mich nach ihren Vorstellungen formen ließ, war sie überzeugt, eine gute Mutter zu sein.

Ich setzte mich auf die Couch und starrte Löcher in die Luft. Keiner sprach mit mir. Und hätte sich Lena einen Augenblick später nicht in die Hand geschnitten, hätte man mich wahrscheinlich für den restlichen Tag ignoriert. Aber sie musste ja unbedingt ohne Unterlage einen Apfel schneiden. Dabei rutschte ihr die Klinge weg, und plötzlich war da ein Riesenschnitt quer über die Handinnenfläche. Lena musste sehr geschockt gewesen sein, denn sie schrie nicht, sondern stand einfach da, blass, mit weit aufgerissenen Augen, und schaute zu, wie das Blut auf die Tischdecke tropfte. Bevor die Erwachsenen sich aus ihrer Starre lösten, war ich bereits bei ihr, drückte eine Serviette auf ihre Hand und zerrte sie ins Badezimmer. Ich ließ kaltes Wasser über ihre Wunde laufen, rannte in die Küche, holte aus dem Schrank Jodfläschchen und Verbandszeug und eilte zurück ins Bad. Lena hielt sich mit einer Hand an Ludmila fest und sah zu, wie eine rote Rinne das Becken hinunterlief. Polina und meine Mutter nahmen mir das Verbandszeug ab und sagten, ich solle zurück ins Wohnzimmer gehen. Ich war ganz aufgewühlt. Meine Hände zitterten, und mein Herz schlug mit so einer Kraft gegen die Rippen, dass ich dachte, sie brächen gleich. Nach einer Ewigkeit kamen die anderen endlich. Lena mit ganz roten Augen und immer noch blass, setzte sich aufs Sofa und schwieg. In dem Moment bekam ich eine ungeheure Lust auf einen Apfel. Ich stellte mir vor, wie lecker und saftig er schmecken würde und wie er knacken würde, wenn ich reinbiss. Schließlich schlich ich mich in die Küche und schnappte aus dem Korb das grünste Exemplar. Als ich abbiss, kam jemand herein. Ich fühlte mich auf frischer Tat ertappt und wusste nicht, ob ich das abgebissene Stück jetzt runterschlucken oder doch lieber schnell in meine Hand ausspucken sollte. »Du hast Nerven aus Stahl«, sagte meine Tante Ludmila, als ich mich umdrehte. »Ich könnte jetzt nichts essen, nach so viel Blut.« Dann lächelte sie mich plötzlich an und ging wieder hinaus.

Ich kaute zu Ende. Der Rest landete im Mülleimer. Mit ihrem Gerede hatte sie mir den Appetit verdorben.

Als ich zurück ins Wohnzimmer kam, lag Lena auf dem Sofa, ihren Kopf auf Polinas Schoß gebettet. Ab und zu wischte sie sich die Tränen fort, die ihre Wangen hinunterkullerten. Alina und Natascha saßen auf dem Boden und trösteten sie. Ich setzte mich dazu, und Lena streckte ihre gesunde Hand nach meiner aus. Einen Moment lang herrschte vollkommene Stille, die mich ganz nervös machte. Und dann sagten mir auf einmal alle, wie schön und praktisch es doch wäre, einen Arzt in der Familie zu haben. Sie erzählten laut, aufgewühlt und einander unterbrechend von den Vorzügen dieses Berufes, und ihre Augen leuchteten dabei wie bei Kindern, die unter dem Weihnachtsbaum das Geschenkpapier aufreißen und darunter das langersehnte Spielzeug entdecken. So ein kollektives Glücklichsein hatte ich bis dahin selten erlebt, und es muss mich wohl sehr beeindruckt haben, wenn ich auch mit den genannten vermeintlichen Vorzügen des Arztseins nicht viel anfangen konnte. Außer der Tatsache, dass man immer einen schön gebügelten und gestärkten weißen Kittel trug, der einen unheimlich wichtig erscheinen ließ. Ich nickte und verstand nicht, was sie eigentlich wollten.

Am nächsten Tag lächelten sie mich immer noch an und nannten mich ihre Ärztin und ihr gutes Mädchen. Zugegeben, darauf bin ich reingefallen, denn bis dahin hatte man mich noch nie ein gutes Mädchen genannt. Eher einen sturköpfigen Esel oder ein ungehorsames kleines Ding. Ein gutes Mädchen klang gut, das wollte ich unbedingt sein. Und ich wollte einen weißen Kittel tragen. Also widersprach ich nicht und sagte allen, ich würde Ärztin werden, wenn ich groß wäre, und genoss das Rampenlicht, das mir den Weg direkt ins Krankenhaus leuchtete. In was für eine Scheiße ich da geraten war, kapierte ich erst viel später.

★★★

Die Tram bewegt sich im Schneckentempo entlang restaurierter Fassaden und alter, halb verfallener Häuser, an deren nachträglich angebrachten Balkonen Wäsche im Wind und Regen flattert. Menschen eilen die Straßen entlang, springen, wo es geht, über die Pfützen und drücken sich an die Häuser, wenn ein Auto zu nah vorüberfährt und Wellen von Schmutzwasser erzeugt. Da, wo die Pfützen bereits zu groß sind, müssen sie durch das schmutzige Abwasser gehen, nicht wissend, was alles unter ihren Füßen lauert.

Ich drücke Radjs mittlerweile dritten Anruf weg und starre aus dem Fenster. Jetzt denkt er weiß Gott was, sein Hirn hat ihm sicherlich mehrere Optionen geboten, warum ich so heftig reagiert habe, und ich wette, bei jeder sieht es so aus, als ob ich Gefühle für ihn hätte.

Die Tram wird immer langsamer, und ich hoffe inständig, dass sie nicht stehen bleibt. Die Wassermassen fallen mittlerweile sintflutartig vom Himmel herunter und überfordern die Kanalisation der Stadt, die vor Kurzem für viel Geld gereinigt wurde. Die Autos kämpfen sich vorwärts und weichen auf die Bürgersteige aus. Noch eine Viertelstunde, und man wird hier nur schwimmend vorankommen.

»Na hoffentlich geht es weiter mit dem Assoziierungsabkommen und der EU«, höre ich jemanden hinter mir sagen. »Wir können nicht mal mit ein bisschen Regen fertigwerden.«

Ich drehe mich halb um und sehe einen älteren

Herrn, der ein ähnliches Hemd wie mein Großvater trägt. Er seufzt und schüttelt den Kopf.

»Natürlich geht es weiter, du Schwachkopf! Vergifte hier nicht die Atmosphäre mit deinem Pessimismus!«, keift sofort eine in die Breite gegangene Frau mit riesiger Oberweite. »Wegen solchen Idioten wie dir geht es nicht schnell genug voran.«

»Was habe ich damit zu tun?« Der Herr, der wahrscheinlich schon bedauert, überhaupt etwas gesagt zu haben, versucht, sich zu verteidigen. »Ich habe ja nichts dagegen.«

»Schön wärs! Was kann man überhaupt dagegen haben? Endlich wie Menschen zu leben und nicht wie Vieh! Der neue Präsident wird es schon richten, so ein kluger Kopf, habt ihr gehört, wie gut er Englisch spricht?«, sagt sie stolz.

»Dein ›kluger Kopf‹ soll erst mal seine Schokoladenfabrik aufgeben!«, schreit jemand von hinten. »Der ist so klug, dass er sich noch mehr bereichern wird, während wir auf Wunder warten! Und Englisch kann er, weil er ein amerikanischer Agent ist!«

Die Stimme bekommt Unterstützung, und innerhalb kürzester Zeit hört man gegenseitige Beschimpfungen, Verwünschungen und Drohungen.

»Alles Putins Schuld!«, schreit die Dame. »Jetzt will er sich auch noch unsere schöne Odessa schnappen. Aber nichts da!« Sie steht sogar von ihrem Sitz auf und streckt entschieden den Mittelfinger in die Höhe. Auf einmal fühlen sich so gut wie alle angegriffen, und es geht weiter hin und her, bis der Tramfahrer, ein kahler

Typ mit blauen Augen, schmalem Gesicht und einem riesigen Kreuz an der behaarten Brust, sich kurz aus seiner Kabine rausbeugt und halbherzig zur Ordnung mahnt. Dann sagt er mit einem für diese Stadt typischen Akzent, er sei in erster Linie ein Odessiter – alles andere sei in seinen Augen zweitrangig. Komischerweise bewirken seine Worte Wunder. Ich höre Phrasen wie »Recht hat er« und »Was soll das Ganze überhaupt«.

»Um Gottes willen, dass uns so was noch mal widerfährt«, flüstert der Greis hinter mir, und ich weiß, was er meint. Viele andere in dieser Tram auch – das sehe ich an den betroffenen Blicken, doch niemand erwähnt das Geschehene. Als würde man sonst die Geister wieder heraufbeschwören.

»Normalität hält uns am Leben«, meint Mascha immer, wahrscheinlich die normalste Person in meiner Umgebung, und passt sich an die neuen Lebensumstände an, als wäre es das Natürlichste der Welt. Neuerdings hat sie in sich so etwas wie ukrainischen Nationalstolz entdeckt und findet zudem alles klasse, was vom Westen kommt. »Schau dir nur deren Lebensstandard an«, sagt sie, »wir werden Jahrhunderte brauchen, um sie einzuholen«, seufzt sie und lernt seitdem abwechselnd Englisch, Deutsch und Schwedisch, um sich mehrere Optionen offenzuhalten.

Vor einem Jahr ist sie einem amerikanischen Ehevermittlungsbüro auf den Leim gegangen und hat sich für eine Stange Geld in die Kartei aufnehmen lassen. Es folgten Tage und Wochen des Wartens und Hoffens auf die ultimative Chance ihres Lebens, begleitet von Yoga- und Pole-Dance-Kursen und dem Schmieden grandioser Pläne. Umso ernüchternder war es dann, als sie nur zwei Anfragen von mittelmäßig situierten Männern bekam, die eher auf der Suche nach einer billigen Putzkraft als nach einer Ehefrau waren. Mascha verlangte ihr Geld zurück, wurde aber mit der Begründung, Asiatinnen seien momentan gefragter als Russinnen, rigoros abgewimmelt. Ihr Selbstwertgefühl bekam dabei kleine Risse, die sie durch zahlreiche Affären wieder zu flicken versuchte.

Als ich mit einiger Verspätung zu Hause ankomme, bedaure ich, nicht noch später gekommen zu sein. Oder gar nicht.

»Ah, unsere Frau Doktor ist auch schon da«, begrüßt mich Tante Polina. Sie bleibt im Flur stehen, die Arme ineinander verschränkt, während ich mich meiner nassen Kleidung entledige und in die Pantoffeln schlüpfe. »Nicht dass du noch krank wirst«, sagt sie, und ich spüre förmlich, wie die Viren sich in meinem Körper ausbreiten. Polina, die sich ihr Leben lang benachteiligt fühlt, lässt keine Gelegenheit verstreichen, um ihren Negativismus zu streuen. Der ihrer Meinung nach undankbaren Rolle als mittlere Schwester schreibt sie all ihre Miseren zu und beneidet Ludmila und meine Mutter um bessere Töchter, bessere Jobs und bessere Ex-Ehemänner. Oft redet sie ihnen ein schlechtes Gewissen ein und findet, sie seien ihr etwas schuldig. Meistens bekommt sie dann auch, was sie will. Und wenn nicht, droht sie mit ihrem Auszug, was jedes Mal Wunder bewirkt. Als Kind habe ich Polina gesagt, sie sei eine Spinne, die im Netz sitzt und nur darauf lauert, ihre Beute Stück für Stück auseinanderzunehmen. Meine Mutter fand diesen Vergleich ungeheuerlich, wobei ich nicht sicher bin, was sie mehr schockiert hat: die treffende Charakterisierung ihrer Schwester oder meine Kühnheit, es in ihrer Gegenwart auszusprechen.

In der Küche herrscht Chaos. Überall stehen volle Schüsseln oder Töpfe. Gemüse in gewürfelter, geschnittener oder geraspelter Form wartet noch darauf, seine Verwendung zu finden, genauso wie eingelegte Bressehühnerbrüste, dünn geklopfte Kalbsschnitzel und marinierter Schaschlik. Tortenböden stapeln sich in der einen Ecke, während es in der anderen nach Nussstrudel duftet. Und mittendrin mein Großvater in seinem Drei-Taschen-Hemd, das mittlerweile mit Eigelb und anderem Zeug besudelt ist.

»Nimm dir was vom Brot mit Pastrami, Oletschka«, begrüßt er mich. »Wie war es an der Uni? Kommst du voran mit dem Lernen?«

»Alles gut«, sage ich.

»Schön, schön. Hast du an den Meerrettich gedacht?«, fragt er Polina.

»Ja, selbstverständlich doch.« Sie holt das Glas aus dem Kühlschrank und zischt in meine Richtung, ich könne doch wenigstens die Küche saubermachen, wenn ich schon beim Kochen nicht mithelfe.

»Ach, Polja, lass sie doch. Die Arme lernt schon so

viel für ihre Zwischenprüfung, da muss sie nicht mithelfen«, springt mir mein Opa bei.

Polina kräuselt die Lippen und wendet sich dem Kalbfleisch zu, während Ludmila etwas auf dem Herd ablöscht und meine schlecht gelaunte Cousine Lena ein altes handbemaltes Tablett mit Obst füllt.

»Oletschka, schaust du mal kurz nach, was das sein könnte? Mir tut nämlich die Stelle hier schon seit ein paar Tagen weh.« Opa streckt mir seinen Arm entgegen und zeigt auf die Innenseite des Unterarms. Abgesehen von zwei Muttermalen ist da nichts zu sehen, und ich drücke leicht drauf.

»Drück ruhig fester«, fordert er, »man kann nie früh genug mit dem Üben anfangen.« Also drücke ich fester und sehe Begeisterung in seinen Augen aufflammen.

»Ich sage doch, dieses Kind besitzt von Natur aus heilende Kräfte! Kaum zu glauben, aber es ist schon besser.«

Ich bemerke, wie Lena die Augen verdreht, und freue mich ein wenig darüber. Allen Anwesenden, Opa inbegriffen, ist klar, dass er bloß eine leichte Verspannung von zu viel Küchenarbeit hat. Doch meiner zukünftigen Karriere wegen zieht er diese Show ab, und alle machen brav mit. Jede noch so ungeschickte Bewegung von mir wird von ihm positiv ausgelegt, was nicht unbedingt zum harmonischen Miteinander führt, denn meine Tanten und Cousinen sind durch diese ständige Bevorzugung genervt, gedemütigt oder neidisch. Nur meine Mutter scheint hier die Einzige zu sein, die aufrichtig strahlt. Früher hat mich Mutters

Strahlen mit Stolz erfüllt. Jetzt drehe ich mich etwas von ihr weg, um bloß nicht ihre Fröhlichkeit zu sehen.

Soweit ich weiß, hat es in meiner Familie nie Ärzte gegeben. Es gab Kaufleute und Offiziere, Ingenieure und Hausfrauen, Lehrer und Musiker. Dennoch besteht die Möglichkeit, dass irgendwo auf dieser Welt ein entfernter Verwandter als Arzt praktiziert hat, denn meine Familie nimmt es mit der Wahrheit nicht so genau, und es kommt durchaus vor, dass sie sich bei manchen Ereignissen irrt oder die beteiligten Personen durcheinanderbringt. Angeblich lebt meine Familie seit mehreren Generationen in Odessa, und angeblich waren es meine polnischen Ururgroßeltern mütterlicherseits, die als Erste hierhinkamen. Angeblich hatte mein Großvater eine große Verwandtschaft, und angeblich ehelichte er meine Großmutter in nur drei Monaten. Sicher dagegen ist, dass er mit ihr drei Töchter bekam, Ludmila, Polina und meine Mutter Svetlana. Sicher ist auch, dass er bei den Geburten ungeduldig vor dem Krankenhaus wartete und jedes Mal wenn seine Frau ein rosa Päckchen im Fenster hochhielt, »schon wieder ein Scheißmädchen« rief, in die nahe gelegene Kneipe ging und dort seinen Kummer ersoff. Angeblich probierte Opa nach seinem dritten »Scheißmädchen« auch mit anderen Frauen einen männlichen Nachkommen zu zeugen. So munkelt man zumindest in der Nachbarschaft. Allerdings konnten diese Gerüchte nie bestätigt werden, was jedoch niemanden davon abhält, weiter darüber zu tratschen.

Später brachten auch seine Töchter nur Mädchen

zur Welt. Traditionsgemäß rief er bei jeder Geburt seinen Spruch und warf meiner Großmutter bis zu ihrem Tod vor, das wäre allein die Schuld ihrer schlechten Gene. Er bedauerte, keine Polin geheiratet zu haben, so wie es sich sein verstorbener Vater angeblich sehnlichst gewünscht hatte, und sah uns als eine Art gerechte Strafe Gottes an.

Dass Ludmila, Polina und meine Mutter sich alle scheiden ließen, ist in meinen Augen kein Zufall: Bei uns gibt es einfach keinen Platz für fremde Männer. Wir sind ein Frauenhaus mit Opa als Überbleibsel seiner Spezies. Je stärker er sich einen männlichen Nachkommen wünscht, desto mehr Östrogene schwirren um ihn herum. Hätte er sein Schicksal akzeptiert, wäre sein Wunsch vielleicht in Erfüllung gegangen. Aber für solche Gedanken ist in seinem Kopf kein Platz. Er bereut es, nicht auf seinen Vater gehört zu haben, und nervt uns, wir sollten Polnisch lernen.

Zu meinem eigenen Vater, den meine Mutter kurz nach meiner Geburt verlassen hat, gibt es ebenfalls wenig Kontakt. Früher hat er mir alle paar Wochen einen obligatorischen Besuch abgestattet, der stets kurz und schmerzlos verlief. Er überreichte mir ein Geschenk, meist in Form gewöhnlicher Karamellbonbons, und erkundigte sich, wie es mir ging. Darüber hinaus gab es kaum etwas, worüber wir sprechen konnten. Er hat eine neue Ehefrau, einen Hund, geht zu jeder Jahreszeit angeln und fristet ein in meinen Augen recht spießiges Dasein. Mein Opa bezeichnet ihn als Nichtsnutz und Versager, der sein kümmerliches Dasein mit dem Malen idiotischer Bilder finanzieren muss, und schärft mir ein, mich von ihm fernzuhalten. »In seinem Alter sind andere bereits Präsident geworden, und er hat nicht mal genug Geld, um dir gute Pralinen zu schenken.«

Als mir mein Vater ein einziges Mal ein wertvolles Geschenk machte, passte es Opa allerdings auch nicht. Es handelte sich um eine Reproduktion von Aiwasowski. Auf der ganzen Bildfläche tobt ein Sturm, und gewaltige Wellen schlagen gegen ein Segelschiff, das vor einem roten Himmel auf dem Wasser tanzt. Mascha hat sich früher immer aufgeregt, warum ich dieses Monster bei mir aufgehängt hätte. Ich habe nur gelacht und ihr erst Jahre später verraten, dass, wenn Tageslicht in einem bestimmten Winkel auf das Bild fällt, sich die Meeresfarbe in der linken Ecke wie durch Zauberhand in Hellgrün verwandelt. Das Wasser wirkt gebändigt, und der Sturm scheint aufgelöst. Noch heute stehe ich jedes Mal wie gebannt davor und warte auf dieses Ereignis. Für meinen Opa jedoch ist das Gemälde ein Mahnmal für den Einfluss anderer Männer auf unser Leben, und immer wenn er mich davor sitzen sieht, scheucht er mich mit irgendwelchen Befehlen auf.

Von seinen Enkelinnen kam Opa mit mir anfangs am wenigsten zurecht, denn als letztgeborenes Mädchen hatte ich seine Erwartungen am meisten enttäuscht. Bevor ich auf die Welt kam, hatte er von seiner Mutter geträumt, die einen Buben in den Armen hielt, und darin ein gutes Zeichen gesehen. Er verbot meiner Mutter, mein Geschlecht während der Ultraschalluntersuchung zu erfragen, und schickte sie stattdessen zu einer Wahrsagerin. Diese bestätigte dann seine Hoffnung: Ein kräftiger Junge würde bald unsere Familie bereichern. Man schaffte einen blauen Kinderwagen an und überlegte den passenden Vornamen.

Als ich dann geboren wurde, muss Opa so unter Schock gestanden haben, dass er nicht mal seine übliche frauenverachtende Phrase von sich gab. Dafür nannte er mich von da an entweder Oleg, als Pendant zu Olga, oder Sascha, so wie sein Vater hieß, und verbot meiner Mutter, mir die Haare lang wachsen zu lassen. Ein Junge bin ich trotzdem nicht geworden, obwohl mein Charakter nicht unbedingt dem eines braven Mädchens entsprach. Immer wenn ich mit aufgeschlagenen Knien oder zerrissenem Kleid nach Hause kam, sah Opa darin eine Bestätigung, dass ich ein Junge hätte werden sollen. »Schau sie dir doch an«, sagte er zu meiner Mutter, »mit dem Charakter und Benehmen wäre sie in einem anderen Körper besser aufgehoben«, woraufhin meine Mutter mich ins Zimmer zerrte und mir eine Standpauke hielt.

Dass ausgerechnet ich die Einzige in der Familie war, die Opas strahlend grüne Augen mit einem rautenförmigen gelbroten Einsprengsel erbte, nahm er als persönliche Beleidigung auf. Vielleicht ärgerte es ihn, sein Alleinstellungsmerkmal verloren zu haben. Vielleicht vertrat er auch die Meinung, es stünde mir als Mädchen nicht zu, die gleichen Augen zu haben wie er. Jedenfalls reagierte er gereizt, wenn man ihn darauf ansprach. Ich meinerseits lernte, damit zu leben, es meinem Opa nicht recht machen zu können. Manchmal versetzte er mich derart in Rage, dass ich in der Nachbarschaft Lügen über ihn verbreitete und leugnete, dass er mein Opa war. Ich erzählte, er wäre der Opa von Lena oder Natascha, aber nicht meiner und setzte damit noch mehr Gerüchte in die Welt. Sein Blick auf mich änderte sich erst mit der Aussicht darauf, ich könnte als Medizinstudentin doch noch die Ehre der Familie retten.

»Was fehlt noch?« Mein Großvater geht alles durch, lässt ab und zu Wörter wie »Sülze«, »Kompott« oder »Dorschleber« fallen, die augenblicklich von Ludmila notiert werden. In ihren Augen: blanker Horror und die Perspektive, weitere drei bis vier Stunden in der Küche zu verbringen.

»Wer soll das alles essen? Hast du die ukrainische Armee eingeladen?«, fragt sie mit einem erschöpften Lächeln, ohne allerdings den Stift abzulegen.

»Muss ich mich denn verdammt noch mal dafür rechtfertigen, dass ich ein Mal im Leben mit ein paar Freunden feiern möchte? Habe ich das nicht verdient, oder hast du Angst, ich verprasse dein Erbe?«, explodiert Opa sofort und haut mit den Fäusten auf den Tisch, sodass die Zucchinischeiben den Möhrenstiften gefährlich nahe kommen. »Und wenn, dann würde ich sicherlich nicht die ukrainische, sondern die sowjetische Armee einladen, merk dir das endlich! Wir sind *ein* Volk, und ich lasse mich nicht auseinanderdividieren, nur damit der Westen uns in kleinen Happen verspeisen kann! Diese Scheißkapitalisten!«

»Ist ja gut, Vati, reg dich nicht auf«, schaltet sich Polina ein. »Alles wird so gemacht, wie du es haben willst, mach dir keine Sorgen.«

»Ich mache mir keine Sorgen. Deine Schwester macht sich welche. Dem eigenen Vater die Feier nicht zu gönnen, wo gibts denn so was?«

Ludmila schaut resigniert drein, dreht sich zur Arbeitsplatte und fängt an, das schmutzige Geschirr abzuwaschen – ein stummes Schuldgeständnis. Morgen in aller Früh wird sie sicherlich in ihre Gemeinde rennen und sich dort die Augen ausweinen.

»Komm, trink etwas Wasser. Natürlich hast du diese Feier verdient. Wer, wenn nicht du?« Polina redet auf Opa ein, bis er sich hinsetzt und einen großen Schluck nimmt.

»Du bist die Einzige hier, die mich versteht, Polinotschka«, sagt mein Großvater und tätschelt ihren Arm.

Das sagt er abwechselnd zu jeder seiner drei Töchter, und auch wenn sie sich dessen bewusst sind, brauchen sie diese armseligen Liebesbekundungen. Ich nehme an, dass es ihm einfach einen Mordsspaß bereitet, alle nach seiner Pfeife tanzen zu lassen.

Ich lege mir Brot und etwas Fleisch auf den Teller, verspreche, gleich wiederzukommen, und verlasse das Schlachtfeld.

»Wir warten auf dich!«, ruft Polina hinterher, bevor ich in unserem verschachtelten Flur verschwinde.

Ursprünglich bestand unser Zuhause aus drei separaten Wohnungen. Nach mehreren Wanddurchbrüchen und zahlreichen Bauarbeiten wurde daraus eine einzige, mit fünf Balkonen, drei WCs und Badezimmern, einer riesigen Abstellkammer und einer soliden Eingangstür mit drei Türschlössern, die nur schwer aufzukriegen sind. Dank Opa verwandelte sich dieses Raumsammelsurium nach und nach zu einer Ganzheit, die das gesamte fünfte Stockwerk einnimmt. Seitdem bewohnt jede von uns ihr eigenes Zimmer, das sie von Opa auf immer und ewig zugeteilt bekommen hat. Opa selbst hat das größte Zimmer mit Südwestbalkon bezogen, während Natascha und Alina mit je neun Quadratmetern auskommen müssen. Mein Zimmer grenzt an Opas, was mir einerseits die schöne Nachmittagssonne beschert, andererseits aber auch die Qual, seinen Raucherhusten ertragen zu müssen. Der Mittelpunkt unserer Wohnung befindet sich im größten Zimmer, das mein Großvater bedeutungsvoll mit Salon bezeichnet und in das er Gäste immer zuerst schickt, bevor wir in der viel gemütlicheren Wohnküche Platz nehmen können. Der sogenannte Salon hat an sich nichts Repräsentatives, abgesehen von dem weißen Flügel, der wie ein großes seltenes Tier in einer Ecke liegt. Das restliche Mobiliar umfasst mehrere vollgestopfte Bücherregale, zwei grüne Sofas, etliche, nicht zueinanderpassende Stühle und einen alten Vitrinenschrank, der immer abgesperrt ist. Eine leicht vergilbte Blumentapete, schwere dunkle Vorhänge und Opas Papirossygestank, der jeder Lüftungsaktion standhält, komplettieren den Raum und verleihen ihm etwas Altmodisches und Unheimliches. Der Salon wird kaum genutzt. Nur sonntags wird er manchmal für ein paar Stunden zum Mittelpunkt unseres Zusammenlebens, um Dinge zu bereden, die uns alle betreffen. Falls man überhaupt von einem Zusammenleben sprechen kann. Denn eigentlich bleiben wir mehrere Einheiten, die dazu gedrängt werden, sich im verwinkelten Flur mehrmals täglich über den Weg zu laufen und unsere Leben voreinander auszubreiten.

Durch diesen Flur flüchte ich nun um mehrere Ecken bis in mein Zimmer, wo es wohltuend nach Regen riecht. Ich schließe das Fenster, ziehe meine ausgeleierte Jacke an und beiße vom Brot ab.

Ich mache drei Kreuze, wenn der morgige Tag überstanden ist, tippe ich in mein Handy ein, *was hat ihn bloß geritten, dieses ganze Tamtam zu veranstalten?* ☹

Dass Sergej und ich uns mittlerweile fast täglich schreiben, weiß nicht mal Mascha. Eigentlich schreibe nur ich ihm fast täglich, und er antwortet, wann immer er Zeit oder Lust hat. Meistens nachts, wenn ich längst schlafe und er noch unbedingt meine Meinung zu einem seiner Stücke braucht. Schon in der Kindheit hat sich bei Sergej alles ums Klavierspielen gedreht. Seit wir gemeinsam in die Musikschule gegangen sind, lebt er in dieser definitiv schöneren Welt, während ich irgendwann das Handtuch geworfen habe.

Heute ist seine Musik meine einzige halbwegs sinnvolle Ablenkung vom Studium. Ich spiele sogar wieder ein wenig, heimlich natürlich, wenn niemand da ist. Nur meine Cousine Alina kriegt es mit, was mich nicht weiter stört. Sie ist zarter und verträumter als Natascha, die immer die Tonangebende der beiden Zwillinge war. Und während sie als Kinder sich noch selbst genügten und niemandem Zugang zu ihrem Zweiergespann gewährten, streiten sie sich heute häufiger, meist wegen Jungs. Dennoch wird Alina ihrer Schwester immer verbunden bleiben, und auch mich behält sie im Blick. Sie ist die Einzige in der Familie, die mich nicht wegen möglicher Diagnosen löchert oder mir erwartungsvoll ihre schmerzenden Glieder entgegenstreckt. Als sie mich das erste Mal nach jahrelanger Pause wieder auf dem Flügel spielen gehört hat, fragte sie mich nach dem Grund meines plötzlichen Sinneswandels, doch ich gab mir Mühe, mir nichts anmerken zu lassen. Alina mag Sergej nicht. Seit wir als Kinder zusammen in die Musikschule gegangen sind und er, obwohl drei Jahre älter, mir nie dabei half, meine Tasche zu tragen, ist er bei ihr durchgefallen. Selbstverliebter Pawlin, hat sie damals gesagt, und ich weiß, dass sie auch heute noch dieser Meinung ist. Vielleicht weiß Alina, dass Sergej wieder da ist. Vielleicht ist es ihr aber auch entgangen, zumal er nicht wieder zu seiner Mutter, die ihn jahrelang allein erzogen hat, in den dritten Stock zurückgekehrt ist. Er brauche Abstand, hat er mir vor sechs Monaten erzählt, als wir uns zum ersten Mal seit Jahren wieder zufällig im Stadion trafen. Da sei die Bruchbude seiner Großeltern in der Moldawanka genau das Richtige für ihn.

An dem Tag führte Odessas Fußballklub Chornomorets 1:0 gegen Karpaty Lemberg, und alles stand kopf. Mascha schrie Beschimpfungen in Richtung der gegnerischen Mannschaft mit derselben Inbrunst, mit der sie mir immer wieder versicherte, sich in keiner Weise für diese bescheuerte Sportart zu interessieren. Gena, ihr Begleiter und treuer Fan in dritter Generation, zog vor lauter Begeisterung sein Matrosenhemd aus und präsentierte seinen durchtrainierten Körper. Die Menge jubelte, obwohl erst Halbzeit war. Die Fans waren nicht zu bändigen und träumten von den alten glorreichen Zeiten in der achtzigjährigen Klubgeschichte, als Chornomorets noch Titel gewann.

Ich wusste nicht, dass Sergej wieder zurück war, und erkannte ihn erst auf den zweiten Blick. Er trug seine Haare jetzt ganz kurz, sodass das normalerweise gut versteckte Tattoo hinter seinem linken Ohr – eine kurze Herzschlaglinie – mir sofort ins Auge sprang, als er die Mütze auszog. Er saß drei Reihen vor mir. Dieselbe Statur, die gleiche, etwas nach links geneigte Kopfhaltung. Er war mit einer ganzen Truppe unterwegs, alles Musikhochschulstudenten, die eindeutig zu viel intus hatten.

Auch Gena schien einen von ihnen erkannt zu haben und lachte über diese »zukünftige Musikerelite«, die, anstatt ihre edlen Gefühle zu kultivieren, sich lieber besoff und Tussen die Zungen in den Hals oder sonst wohin steckten. Mascha nannte Gena einen Primitivling, schien aber seinem Humor gegenüber nicht abgeneigt zu sein, und lachte herzlich mit, als er die »Elite« mit Sonnenblumenkernen bewarf, bis ein paar von ihnen, Sergej inklusive, sich schließlich umdrehten. Sein genervter Blick wanderte von Gena zu Mascha und blieb dann an mir kleben. Überrascht zog er die Augenbrauen hoch, überlegte kurz und winkte mir dann etwas bemüht zu. Es wirkte, als wäre es eine unangenehme Überraschung, mich hier zu treffen.

»Kneif mich«, bat ich Mascha, während ihre anstatt meiner Hand in die Luft flog und ihm zurückwinkte. Sie musterte ihn eindringlich und schubste mich leicht, meinte, er sei viel männlicher und schnittiger geworden. Ich kannte meine Freundin nur allzu gut, und vielleicht lag es an ihrer Bewunderung, dass ich mit Sergej und den anderen, nachdem Chornomorets doch verloren hatte, etwas trinken ging.

»Olga!«, höre ich meine Mutter aus dem Flur rufen. »Kommst du endlich?« Sie steht im Türrahmen, mit Küchenschürze auf ihren Hüften und einer zerzausten Frisur, und ich denke mir, dass sie ausnahmsweise wie eine Mutter und nicht wie eine Trainerin aussieht.

»Ja, ich komme.« Ich stopfe mir die Pastramireste in den Mund und ergebe mich für den Rest des Abends meiner ausgeflippten Verwandtschaft.

Halte durch!, lese ich Sergejs Worte in der Nacht und schreibe einem küssenden Emoji-Gesichtchen eine größere Bedeutung zu als ich sollte.

Der Samstag fängt so an, wie der Freitag geendet hat. Ich wache auf, weil der Wind die Wassertropfen gegen die Scheiben meines Zimmers schleudert, steige aus dem Bett, ziehe die Vorhänge auf, kippe das Fenster und lege mich wieder hin. Die Wolken knallen aufeinander, entladen sich in Regengüssen, färben den Morgen zum Abend. Der Wind flattert in den Vorhängen, bläht sie zu Segeln auf und huscht dann ins Zimmer hinein. Am schönsten ist ein Unwetter am Meer zu beobachten. Immer wenn wir es von unserem Lieblingsstrand Luzanovka nicht mehr rechtzeitig zum Zug schafften, versteckten wir uns unter einer kleinen Brücke und harrten aus, bis das Gewitter vorbeizog. Von dort hatte man eine atemberaubende Sicht. Es schüttete und donnerte, oft schlugen die Blitze direkt ins Meer ein und erhellten für Sekunden den dunklen Horizont. Das Wasser veränderte seine Farbe von Dunkelblau zu Malachitgrün, die Wellen schäumten wie bissige Hunde, bereit, den unvorsichtigen Schwimmer für immer zu verschlingen oder alles fortzureißen, was sich ihnen in den Weg stellte. Der Sand, vor wenigen Augenblicken noch weich und fein wie Maismehl, bekam eine betonartige Konsistenz und spuckte oft verloren geglaubte Ringe oder Münzen an die Oberfläche.

Das Geschrei meines Großvaters, nicht minder dröhnend als das Unwetter draußen, reißt mich aus den Erinnerungen.

»Ich habs doch gewusst, dass es bis heute nicht fest wird!«, höre ich seine Stimme durch die Wohnung schallen.

Ich wälze mich aus dem Bett und schleiche zur Küche.

»Wo ist Ludmila? Warum ist sie nicht hier?«, fragt dort mein Großvater wie ein verwöhntes Kind, das sein Lieblingsspielzeug nicht auf dem gewohnten Platz findet. »Ludmila! Ludaaa!«, schreit er und guckt erwartungsvoll Richtung Küchentür, die leider ich an ihrer Stelle betrete.

»Wo ist sie?«, brüllt er mich an. »Ist sie in ihrem Zimmer?«

»Keine Ahnung«, antworte ich vorsichtig, unsicher über das Ausmaß der Katastrophe. »Was ist denn passiert?«

»Passiert?«, ruft Opa. »Hier, schau es dir selbst an.« Er schiebt mir eine Schüssel unter die Nase, darin schwappt eine bräunliche Flüssigkeit. »Nichts ist passiert, das ist es ja. Die Sülze ist nicht fest geworden.«

Übersetzt bedeutet das anscheinend eine Katastrophe mittleren Ausmaßes, der ich nicht gewachsen bin. Zum Glück kommen in dem Augenblick meine Mutter und Polina hinzu, von dem morgendlichen Geschrei alarmiert.

»Ludmila ist kurz rausgegangen«, sagt meine Mutter. Die Stille, die nach diesem Satz entsteht, kann man mit den Händen greifen.

»Ach, so ist das also? Nicht mal heute kann sie eine Ausnahme machen und rennt zu diesen Idioten!«

Er guckt mich, Polina und meine Mutter abwechselnd an und fährt mit seinen Beschimpfungen fort. »Was ist los? Habt ihr eure Zungen verschluckt? Was schweigt ihr wie Dummköpfe?«

»Vati, lass sie doch.« Meine Mutter, die gerade über

sich hinausgewachsen ist, knetet nervös ihre Hände und stellt sich ans Fenster.

»Na, wenn sie es unbedingt braucht, dann soll sie am besten den ganzen Tag dort verbringen.«

Die Schüssel mit der Sülze landet in der Spüle, und wir schauen zu, wie die fettige Brühe im Abfluss verschwindet.

Dass Ludmila sich seit einer halben Ewigkeit mit den Glaubensbrüdern und -schwestern einer fragwürdigen Gemeinde abgibt, ist ein offenes Geheimnis. Mein Großvater hat es bislang zu ignorieren versucht. Die meiste Zeit des Tages ist meine Tante eine durchschnittliche, friedliche Erscheinung, die bei einer Pharmafirma angestellt ist und seit Jahren gegen ihre Kilos ankämpft. Sie hält weder Predigten, noch versucht sie, uns zu bekehren. Sie zündet zu Hause keine Kerzen an und liest auch keine religiöse Literatur. Ihre Kleidung entspricht ihren Körpermaßen, ihre Schminke ist meist überladen, ihre kurzen Haare sind rötlich gefärbt und die Fingernägel bunt lackiert. Trifft man sie auf der Straße, kommt man wahrscheinlich nicht auf die Idee, dass sie sich jeden Samstag und jeden zweiten Sonntag geistlichen Dingen widmet und brav einen Teil ihres Lohns einer Glaubensgemeinschaft spendet. Und nur selten merkt man, dass Ludmilas Körper zwar da ist, ihr Geist aber irgendwo in anderen Sphären schwebt.

»War das nötig?«, pflichtet Polina nun Großvater bei. »Hätte sie nicht wenigstens heute auf ihren Aberglauben verzichten können? Ich schwöre, wenn sie in der nächsten Stunde nicht auftaucht, gehe ich dahin und zerre sie höchstpersönlich zurück!« Sie scheint richtig aufgebracht zu sein oder wittert die Gelegenheit, Ludmila ihre Rolle als Älteste streitig zu machen. Zumal meine religiös gewordene Tante keinen großen Wert auf diese Position legt.

»Was ist das hier für eine Versammlung so früh am Morgen? Wollten wir nicht ausschlafen?« Meine Cousine Lena, im rosa Nachthemd und ungekämmt, gähnt wie ein Nilpferd und lässt sich schwerfällig auf einen Hocker sinken, der gefährlich wackelt.

»Die Sülze ist nicht fest geworden«, antwortet Polina und ordnet Lenas Haare.

»Oje! Und? Müssen wir den Krankenwagen rufen?«

»Nur für deine Tante Ludmila, falls sie nicht bald hier auftaucht.«

»Was hat die denn damit zu tun?«

»Die Sülze gehörte zu ihren Aufgaben.«

»Und?«

»Und? Was meinst du mit und? Also wirklich, Lena, du kennst doch Vati, und du weißt, wo Luda heute ist.«

Meine Cousine begreift, dass hier bald zwei Welten aufeinanderprallen werden und dass es hässlich werden könnte. »Dann verschwinde ich noch für ein Stündchen in mein Zimmer«, beschließt sie schnell.

»Der Tag ist noch so lang«, sagt Lena zu mir im Flur. »Wir werden noch genug Gelegenheiten bekommen, uns mit Opa auseinanderzusetzen.«

Ich gebe ihr ausnahmsweise recht und krieche wieder unter die Decke.

Als der Regen einige Stunden später aufhört und der Himmel sein gnädiges Hellblau auf unser Haus strahlt, ist die nicht fest gewordene Sülze bereits fast vergessen angesichts einer größeren sich anbahnenden Katastrophe.

»Bist du völlig von Sinnen? Warum schleppst du mir diese Behinderten an? Willst du mich endgültig umbringen?«

Meine Tante Ludmila, ihr Gesicht knallrot, guckt entschuldigend in die Runde, die ein paar Schritte hinter ihr steht. Ein mittelgroßer Mann und zwei ältere Frauen, alle mit einem nicht wegzuwischenden Lächeln, tun so, als wären Großvaters Worte nicht an sie gerichtet, und wünschen ihm im Chor alles erdenklich Gute zu seinem Ehrentag.

»Was für ein Tag?«, lacht er auf. »Mein Geburtstag war am Mittwoch.«

Die Runde schweigt und bleibt im Türrahmen stehen.

»So, und jetzt verschwindet hier, und zwar dalli. In die Wohnung lasse ich euch nicht rein. Ich bin nicht so blöd wie meine Tochter. Wollt ihr auskundschaften, wie wir leben, damit ihr Ludmila noch mehr Geld abknöpfen könnt?«

Der Besuch lächelt eisig, bewegt sich aber nicht.

»Soll ich die Polizei holen? Polina, bring mir das Telefon!«, kommandiert er, und unsere Gäste kommen doch in Bewegung.

»Nicht nötig«, sagt eine der Frauen, »wir wollen Ihnen nur das Geschenk überreichen.«

»Ach, ihr dürft reden? Na, das nenne ich aber eine fortschrittliche Sekte, wenn sich Frauen äußern dürfen.«

»Es ist ein Irrtum zu glauben, wir wären eine Sekte«, schaltet sich der Mann ein. Seine Stimme ist tief und passt nicht so richtig zu den lichten Haaren und dem schlaksigen Körperbau. Er fängt plötzlich an, über Dinge wie Bewusstseinsdimensionen, Energie und innere Ressourcen zu sprechen – alles Kriterien, die, wenn ich ihn richtig verstehe, die wahre Religion ausmachen. Seine Worte wirken beinahe hypnotisch, und ich kann ein bisschen verstehen, dass Ludmila auf ihn hereingefallen ist.

»So, ihr verzieht euch jetzt auf der Stelle!« Mein Großvater hat endgültig die Geduld verloren. »Und wehe, ihr lasst euch hier noch mal blicken, ihr durchgeknallten Idioten! Denkt nicht, ich werde nicht mit euch fertig!«

Er dreht sich um und verschwindet im Flur, schreit noch im Weggehen, dass wir endlich die Tür schließen sollen.

»Das Geschenk«, sagt eine der Frauen und drückt mir schnell noch eine Tüte in die Hand, bevor die Dreiheiligkeit Richtung Aufzug entschwebt.

»Schmeiß das später weg«, flüstert mir Polina zu. »Nicht dass Vati es mitkriegt.« Ich nicke und frage mich, was wohl da drin ist. »Und wasch dir anschließend die Hände«, fügt sie hinzu. »Wer weiß, was für Bakterien diese Irren uns hier angeschleppt haben.«

Ludmila, die von ihrer Gemeinde anscheinend mit

ausreichend Energie und Zuversicht versorgt worden ist, schüttelt nur den Kopf.

»Und mit dir reden wir später«, blafft Polina sie an. »Was ist bloß in dich gefahren? War das nötig?«

»Ich habe nichts Schlimmes getan. Sie wollten ihm bloß gratulieren, nicht mehr und nicht weniger. Sei nicht so misstrauisch, sonst wirst du am Ende noch wie er.«

»Polja macht sich Sorgen, genauso wie ich übrigens«, mischt sich nun auch meine Mutter ein.

»Ach, lasst mich doch endlich in Ruhe. Ich muss noch einen Eimer Kartoffeln schälen. Ich habe jetzt keine Zeit für diese sinnlosen Diskussionen.«

Sie lässt meine Mutter und Polina stehen und verschwindet in der Küche. Entweder ist mein Großvater zu beschäftigt, oder er beschließt, später seine Tochter zur Schnecke zu machen, jedenfalls vernehmen wir weder Schreie noch Beschimpfungen aus ihrer Richtung.

»Das dürfen wir ihr nicht durchgehen lassen«, fährt Polina fort. »Nicht dass diese Brüder uns noch gefährlich werden. Die kennen doch alle Tricks. Am Ende bleibt unserer Ludmila nur ein Nachthemd übrig. Du siehst ja, wie weit sie bereits gegangen sind.«

»So weit werden wir es nicht kommen lassen«, bekommt sie die gewünschte Unterstützung meiner Mutter.

»Ludmila hat sich verändert, mehr, als ich gedacht habe«, sagt Polina.

»Langsam frage ich mich, wo das alles noch hinführen wird«, sagt meine Mutter. »Weißt du, was sie mir neulich gesagt hat? Dass sie an einen Masterplan glaubt und dass es so kommt, wie es kommen soll, stell dir vor!«

»Und was ist das für ein Plan?«

»Keine Ahnung, ich hatte nicht den Nerv, mir ihre Hirngespinste anzuhören.«

Polina schüttelt den Kopf. »Ist dir aufgefallen, dass sie fast keine Hosen mehr trägt?«

»Ja, das stimmt! Ich frage mich auch, warum sie nur Kleider anzieht, wo sie die doch gar nicht so mag.«

»Ich sags dir, dieser Typ da, der sich als geistiger Führer ausgibt, ist höchst gefährlich. Vielleicht sollte man ihn anzeigen.«

»Nein, nur das nicht. Aber wir sollten sie da rausholen, bevor sie noch eine komplette Gehirnwäsche verpasst bekommt.«

Ich weiß, dass meine Mutter sich ernsthafte Sorgen um ihre ältere Schwester macht. Ludmila sei schon immer zu lieb gewesen, hat sie mir mal erzählt, daher war sie das perfekte Opfer für meinen Großvater. Er habe sie gebeugt und dann gebrochen, sie in Geschichten hineingeritten, die ihr nicht guttaten, und schließlich dazu gebracht, den Mann zu verlassen, den sie liebte. Vielleicht ist das ihre unbewusste Rache.

Bis die angekündigten Gäste eintrudeln, hantiert mein Großvater fleißig mit Pfannen und Töpfen, prüft, ob der Hefeteig genug aufgegangen ist, setzt Kompott auf und zerkleinert den Hering für einen Aufstrich. Alle helfen nach Kräften, während er herummeckert und nicht versteht, warum wir immer noch nicht in der Lage sind, uns die einfachen Schritte für ein Bœuf Stroganoff oder den Zarensalat zu merken.

Wir verdrehen die Augen und verrichten unsere Putz- und Schälarbeiten, bis es endlich so weit ist.

III

Da mein Großvater sich mit fast all seinen männlichen Freunden entweder längst zerstritten hat oder sich aufgrund der jüngsten Entwicklungen im Land gerade streitet, besteht der Großteil der Eingeladenen aus älteren Damen, die allesamt ein Faible für Lippenstift zu haben scheinen. So viele auseinanderklaffende rote Münder habe ich noch nie auf einem Haufen erlebt. Es wirkt beinahe gespenstisch. Sie gehen auf, verschlingen etwas von ihren Tellern und schließen sich wieder, um zu kauen. Manche aber bleiben offen und zeigen den Stand der Zerkleinerung jener Gerichte, die wir in den letzten Tagen zubereitet haben. Ich muss einen Würgereiz unterdrücken.

»Wie Hyänen«, flüstert mir Alina zu, und wir lachen.

»Was ist denn hier so lustig?«, ziehen wir sofort die Aufmerksamkeit von Opa auf uns, der schon einiges intus hat und sicherlich bald seine berühmt-berüchtigten Lobeshymnen auf den Kommunismus anstimmen wird. Tief in seiner Seele ist er immer noch überzeugter Kommunist, auch wenn er gewisse Zugeständnisse an die früheren Vergehen seiner Partei machen musste. Manchmal, wenn er besonders nostalgisch wird, holt er irgendeinen Orden aus der Schatulle und erzählt stolz, ihn als einer der Ersten für besonderen Fleiß verliehen bekommen zu haben. »Für nichts abgerackert«, murmelt dann Ludmila leise und erzählt, dass, wenn Oma nicht gewesen wäre, wir alle noch immer in einer Kommunalwohnung mit zehn Parteien und einem Klo wohnen würden, denn mehr waren der Partei ihre treudoofen Anhänger nicht wert. Dem Flackern in seinen Augen entnehmen wir, dass er kurz davor ist, mit seinen Tiraden loszulegen, und wir müssen aufpassen, dass er ab jetzt nicht mehr trinkt.

»Olga hat sich eben daran erinnert, was wir als Kinder alles angestellt haben«, sagt Alina, und Opas Augenbrauen gehen leicht nach oben. Jetzt schaut er fast besonnen aus, als würde er sich mit Wehmut an uns und die vergangenen Jahre erinnern.

»Das stimmt, ihr wart schlimm, und zwar alle! Bin ich froh, dass ihr endlich erwachsen seid! Und aus Olga wird hoffentlich eine gescheite Ärztin, sonst waren alle meine Bemühungen umsonst.«

»Ja, genau.« Alina zerrt mich zur Seite, bevor ich in die Luft gehen kann, und flüstert mir zu, ich solle den alten Mann doch reden lassen. Sie hebt ihr Glas. »Prost! Auf dass dieser Irrsinn bald ein Ende hat.«

Nicht weit von uns unterhält sich Polina mit einem der wenigen anwesenden Männer, während Ludmila die Schüsseln nachfüllt. Wo meine Mutter ist, weiß ich nicht, wahrscheinlich liest sie noch in Eile den Teil ihrer Rede durch, den sie übernehmen muss. So was Dummes wie diese Rede kann auch nur meiner Tante Polina einfallen, hat sie sich gestern bei mir beklagt, und als ich ihr dazu riet, darauf zu pfeifen, beschuldigte sie mich, kein Einfühlungsvermögen und Taktgefühl zu haben. Lena scheint der Feier nur körperlich beizuwohnen. Geistig befindet sie sich seit einiger Zeit irgendwo in Mexiko, Indien oder Südkorea, je nachdem, wo die TV-Soap, der sie gerade verfallen ist, spielt. Nur Natascha strahlt ein königliches Wohlwollen aus, so wie mein Opa es sich gewünscht hat, was wiederum Alinas neidvolle Blicke nach sich zieht.

Ich proste ihr zu und schicke ein Stoßgebet gen Himmel, man möge mich aus diesem Abend und dieser Familie retten.

Je länger die Feier sich hinzieht, desto unruhiger wird mein Großvater. Er lacht nicht mehr und macht keine Scherze. Und seine Rede über die Vorzüge des Kommunismus fällt so mickrig aus, dass nur wenige sie überhaupt mitbekommen. Sogar die roten Münder bemerken es irgendwann, und neugierig, wie diese alten Weiber nun mal sind, scharen sie sich um ihn, um die Gründe seiner Nervosität zu erfahren. Doch er trinkt weiter seine kleinen Wodka-Gläschen und zwingt alle, mehr zu essen. »Habe ich etwa umsonst so lange geschuftet? Warum isst hier niemand? Oder schmeckt es euch nicht?«, brüllt er, und die Damen drängen sich an den Tisch, der dank dem fleißigen Auffüllen von Ludmila immer noch unberührt aussieht.

»Du hast dich selbst übertroffen«, bestätigen sie. »So lecker kann man nicht mal im Restaurant essen.«

Opa nickt zustimmend. Sein Gesichtsausdruck bleibt dennoch mürrisch – ein untrügliches Zeichen, dass er zu viel getrunken hat und jetzt nicht mehr kontrollierbar ist. Bald werden seine schlechtesten Charaktereigenschaften zum Vorschein kommen, denn er gehört zu jener Sorte Mensch, die unter Alkoholeinfluss zu bösartigen Kotzbrocken werden.

»Nimm ihm die Flasche weg, er hat wirklich genug«, flüstert meine Mutter Polina zu.

»Komm, Vati, iss du auch etwas«, versucht es meine Tante. »Es schmeckt tatsächlich hervorragend.«

»Das weiß ich«, brummt er, lässt sich aber etwas Salat und ein Fleischklößchen auf den Teller legen. Doch als er bemerkt, wie Polina nach dem Wodka fasst, brüllt er: »Lass die Flasche stehen! Sofort!«, und greift nach Polinas Handgelenk wie ein Seeadler nach seiner Beute. Ein paar Gäste drehen sich um.

»Ist ja gut, beruhige dich«, gibt seine ertappte Tochter zurück, bleibt jedoch wie eine Aufseherin bei ihm stehen und kommt erst wieder zu uns rüber, als sein Teller leergegessen ist.

»Wir müssen ihn immer im Auge behalten«, weist sie uns an. »Und passt auf, dass ihn niemand ärgert.«

Was wirklich nicht so einfach ist, wenn ihm alles auf die Nerven zu gehen scheint, ganz besonders aber wir. Wenn sich eine von uns ihm nähert, umklammert er seine Flasche wie einen Rettungsring und scheucht uns weg. Auch die roten Münder erregen sein Interesse nicht mehr, und er behandelt sie nachlässiger, als sie es von ihm gewohnt sind.

In der Hoffnung, dieses erbärmliche Schauspiel möge bald enden, schiele ich jede zweite Minute auf die Uhr und jede dritte auf meinen Großvater, der immer noch auf seinem Platz sitzt und irgendwie niedergeschlagen wirkt. Als hätte er etwas anderes vom heutigen Tag erwartet, etwas, das nicht in Erfüllung gegangen ist.

»Lasst uns endlich die Torte anschneiden«, gähnt Lena, »ich habe keine Lust mehr, die Aufpasserin zu spielen.« Sie bemüht sich nicht mal mehr, gute Laune auszustrahlen.

Polina, Ludmila und meine Mutter gucken sich gegenseitig an. In den Gesichtern der Schwestern spiegelt sich die Enttäuschung ihres Vaters. Trotz all der Bemühungen und unzähliger Stunden in der Küche, trotz Opas Umgarnung und aufgesetzter Heiterkeit ist die Feier blass geblieben. Als wäre der Funken nicht übergesprungen, als wäre alles nur Attrappe geblieben und die Menschen bloß Statisten in Opas Stück.

Die Torte, ein zweistöckiges Monstrum aus Schokolade und Biskuit wird samt der Papierschachtel mit dem Logo der besten Konditorei Odessas in den Salon getragen. Der Deckel des Kartons wurde entfernt, und auf der Torte flackern ein paar Kerzen.

»Da, schau«, flüstert ein roter Mund einem anderen zu, »noch in der Schachtel. Damit auch alle wissen, dass er es sich immer noch leisten kann, in den besten Geschäften einzukaufen.«

Tatsächlich wollte mein Großvater, dass allen beim Anblick der Torte der Mund offen stehen bleibt. Allerdings ist sie nur im Karton geblieben, weil keine Kuchenplatte in der Wohnung groß genug war.

»Schön! Ein Kunstwerk!«, rufen die Münder von allen Seiten. Manche schießen noch schnell ein Foto davon, bevor mein Großvater sich daranmacht, die Kerzen auszublasen.

Und dann klingelt es Sturm, und Opa hält mit Lungen voller Luft inne, etwas irritiert und gleichzeitig mit Hoffnung in den Augen. Da niemand von meiner Verwandtschaft Anstalten macht, zur Tür zu gehen, übernehme ich das.

»Überraschung!« Vor mir steht ein hochgewachsener Mann, ungefähr in Opas Alter, und grinst mich mit weißen Zähnen an, die aus einer Werbung für Zahnpasta stammen könnten. Er trägt ein hellgrünes T-Shirt, alte ausgeleierte Jeans und Turnschuhe, deren Farbe nicht ganz eindeutig ist.

»Ja, bitte?«

»Erkennst du mich etwa nicht?«, fragt er enttäuscht, und sein Lächeln verblasst etwas.

Ich schüttele den Kopf.

»Schade! Aber ich bin mir sicher, dass du Olga bist. Diese Augen! Groß bist du geworden!«

Er drückt mich kurz an sich und kommt rein.

Hinter mir höre ich Opas Lachen. »Na, schau her! Der verloren geglaubte Freund taucht doch noch auf.«

Die beiden umarmen sich herzlich, und der Unbekannte klopft meinem Großvater auf die Schulter.

»Alles Gute, mein Lieber!«

»Danke, danke!« Opa strahlt. »Jetzt komm erst mal rein.«

Sie gehen ins Wohnzimmer, während ich irritiert zurückbleibe. Wer ist dieser Mann? Einen Augenblick später vernehme ich Freudenschreie und folge den beiden. Unser unerwarteter Besuch umarmt gerade meine Mutter, Polina und Ludmila gleichzeitig, was die drei Frauen zum Strahlen bringt. Für sie ist es wahrscheinlich der Höhepunkt des Tages, eine überraschende Würdigung, für was auch immer, nachdem Opa kein Wort des Dankes für die ganze Schufterei über die Lippen gekommen ist.

»Olja!«, meine Mutter winkt mich zu sich. Sie hört nicht auf zu lächeln und lehnt ihren Kopf an die Schulter des Mannes, während Opa sich wohlwollend wie ein Patriarch umschaut und tatsächlich besonnen wirkt. »Nun komm schon, David ist da!«, ruft mir meine Mutter zu.

Und nun weiß ich endlich, wen ich vor mir habe: David ist Opas ältester Freund. Vor einer Ewigkeit ist er nach New York ausgewandert. Das letzte Mal, das ich ihn gesehen habe, ist mindestens acht Jahre her.

»Das ist ja eine schöne Überraschung«, sagt Polina lächelnd, »dass du zu Vatis Geburtstag kommst.«

»Selbstverständlich! Der Kerl wird ja nicht jedes Jahr fünfundsiebzig.«

»Und wie lange bleibst du?«, fragt meine Mutter.

»Wir werden sehen«, antwortet David und zwinkert Opa zu. Aber anstelle von Freude sehe ich in Opas Gesicht ein nervöses Zucken.

»Die Kerzen!«, brüllt plötzlich jemand.

Einige der Kerzen auf der Torte haben sich gefährlich geneigt und flackern wild vor sich hin.

»Puste sie schnell aus«, sagt David, »dass alles gut wird, so wie früher!«

Und schon wieder huscht ein Schatten über Opas Gesicht. Er fängt sich und pustet die Kerzen aus, sodass die Torte endlich angeschnitten werden kann.

David schnappt sich einen leeren Teller, belädt ihn mit unterschiedlichstem Essen und verschlingt alles in einem beachtlichen Tempo. Als würde man es ihm gleich wieder wegnehmen. Die Gäste und meine Familie schauen ihm belustigt zu, doch es stört ihn nicht im Geringsten. Er ignoriert auch die Fragen, die meine Tanten ihm stellen, etwa wie es ihm und seinem Sohn geht, ob der Flug angenehm war, warum er im Hotel übernachtet und nicht bei uns, was er von den Unruhen hält und ob Amerika der Ukraine helfen wird.

Er sagt kein Wort, isst, lädt sich noch mehr Essen auf und blickt sich suchend um.

»Wo sind eigentlich Arontschik und Mischa?«, fragt er Opa mit vollem Mund. »Wieso sind die nicht da?«

»Mit denen bin ich fertig.« Opas Stimme wird hart. »Die will ich nicht mal bei meiner Beerdigung dabeihaben.«

David lacht. »Und Semjon?«

»Den alten Idioten hat es doch glatt auf die Krim

verschlagen. Angeblich recherchiert er dort für seine Memoiren.« Opa schüttelt den Kopf.

»Er schreibt? Seit wann?«

»Seit er völlig senil geworden ist. Vielleicht dreht er auch nur irgendwelche krummen Geschäfte.«

»Hast du seine Nummer?«

»Muss ich gucken.«

»Wunderbar, mein Lieber, wunderbar!«

Davids gute Laune wirkt ansteckend auf alle Anwesenden, selbst Opa hat nun ein verstohlenes Lächeln auf den Lippen.

»Mädels, euer Vater altert überhaupt nicht, aber ihr müsst ihm bessere Kleidung besorgen. Ich kann seine alten Dreitaschenhemden nicht mehr sehen, ehrlich. Und macht was mit seinen Haaren.«

Normalerweise müsste Opa bei diesen frechen Bemerkungen, bei der Einmischung in seine Privatsphäre, ausflippen. Doch er lacht nur schallend, als wären es lauter Komplimente, eine Geheimsprache vielleicht, die die beiden seit Ewigkeiten verbindet und die zu verstehen nur sie in der Lage sind.

»Polinotschka, meine Hübsche, du blühst wie eine Blume. Ich weiß noch genau, wie damals ein Fotograf am Strand mindestens dreißig Fotos umsonst von dir geschossen hat, weil er meinte, er sei es deiner Schönheit schuldig.«

»Ach, David, charmant wie immer!«, strahlt Polina und bekommt etwas Anmutiges und Friedliches. Als würde diese Erinnerung sie aus der ihr verhassten Rolle der mittleren Schwester emporheben.

»Auf euch!« David prostet der Runde zu. »Solch hübsche Frauen gibt es wahrlich nur bei uns!«

Die roten Münder bekommen sofort glänzende Augen. Ich höre sie tuscheln, David sei ein Witwer, und staune, wie schnell sie zu dieser Information gekommen sind und was sie damit anfangen wollen.

»Und Ludmilotschka muss uns nachher unbedingt was vorsingen. Ihre Stimme habe ich immer noch in den Ohren.«

Ludmila wird leicht verlegen, nickt aber und schmunzelt. Alina und Natascha schauen ungläubig auf ihre Mutter und schließlich einander an, und ich könnte schwören, die beiden sind einen Moment lang wieder auf derselben Wellenlänge. Das letzte Mal haben sie ihre Mutter als Kinder singen gehört, und das ist verdammt lange her.

Zwei Stunden und etliche Gläser Wein später rezitiert David eine Geschichte, die meine Mutter ihm mal zum Geburtstag geschrieben hat. Er kann sie komplett auswendig, und alle Anwesenden applaudieren. Im Gegensatz zu unserem Großvater gewinnt er mit jedem Glas noch mehr an Witz, Wärme und Herzlichkeit. Es wird getanzt und gelacht. Auch meine Cousinen und ich hängen mittlerweile an Davids Lippen, während er, gesättigt und zufrieden, in seinem Gedächtnis herumwühlt und alte Geschichten zum Besten gibt. Und endlich höre ich Opas herzliches, beinahe kindliches Lachen. Ein Lachen, das ansteckend ist und das Opa in ein ganz anderes Licht stellt.

Kurz bevor wir schlafen gehen, überreicht David

jeder von uns einen Briefumschlag mit grünen Geldscheinen darin.

»Nicht dass ihr denkt, ich käme ohne Geschenke!«, ruft er. »Und deines bekommst du später«, wendet er sich an Opa. »Dich habe ich natürlich auch nicht vergessen.«

Auf einmal merke ich wieder eine Spannung zwischen den beiden, schreibe diese Beobachtung aber meinem leicht alkoholisierten Zustand zu. Diesem Zustand verdanke ich es auch, dass ich einige Minuten später Sergej aus dem Bett klingele, um meine Begeisterung über unseren Besuch zu teilen.

»Den musst du unbedingt kennenlernen«, sage ich mit euphorischer Stimme, während Sergej am anderen Ende der Leitung leise lacht. »Hätte mein Großvater doch bloß einen Bruchteil von Davids Liebenswürdigkeit!«

»Was wäre dann?«

»Mein Leben wäre leichter. Und nicht nur meins.«

»Glaubst du?«

»Klar. Wenn ich bloß an mein Studium denke …«

»Na, dann möchte ich dich mal auf andere Gedanken bringen. Was hältst du davon, wenn wir uns am Donnerstag am Strand in Luzanovka treffen, wie früher?«

»Klingt wie ein Date«, kommt mir schon über die Lippen, bevor ich nachdenken kann, was ich sage. Gut, dass ich ihm dabei nicht ins Gesicht sehen muss.

»Nenn es, wie du willst«, antwortet er viel zu gelassen dafür, dass es sich tatsächlich um ein Date handeln könnte. »Ich garantiere aber gute Laune und ein wenig Abwechslung.«

»Einverstanden«, sage ich und lege als Erste auf.

IV

»Wer ist dieser David?«

Mascha und ich sitzen in ihrer winzigen, mit Orchideen vollgestellten Küche und trinken Kaffee. Gedankenversunken kratzt sich meine Freundin den Nagellack von ihren Fingernägeln, pustet die lila Fetzen weg und begutachtet kritisch die frei gewordenen Stellen. Den Nagellackentferner benutzt sie nur in Ausnahmefällen und schiebt es auf die schädliche Wirkung der Flüssigkeit auf die Nagelstruktur. Nie würde sie zugeben, dass das Knibbeln sie beruhigt, genauso wie Kinotickets in kleine Stücke reißen oder an ihren Haarsträhnen herumspielen. Nein, Zugeständnisse, die ihre Schwachstellen offenbaren, gehören nicht zu ihrem Repertoire.

Aus dem Wohnzimmer donnert überraschend laute Musik, was Mascha von ihrer Beschäftigung abbringt. »Mutters neue CD mit ukrainischen Liedern«, seufzt sie etwas theatralisch. »Damit foltert sie uns seit Tagen.«

In dem Moment öffnet sich die Tür, und ihre

Mutter platzt herein. Wortlos stellt sie eine zur Hälfte gefüllte Roshen-Pralinenschachtel auf den Tisch und geht wieder. Maschas Mutter trägt ihr Haar neuerdings kurz, fast zu kurz im Verhältnis zu ihrem kleinen Kopf. Früher habe ich mich in ihrer Nähe immer unwohl gefühlt. Sie war distanziert, fragte nie, wie es mir ging oder was Mütter normalerweise fragen, wenn Kinder ihre Freunde mit nach Hause bringen. Ihre Bewegungen waren langsam, ihre Schritte kurz und geräuschlos. Überhaupt war sie recht farblos im Vergleich zu ihrem Mann, einem Koloss aus Muskeln, Bauch und groben, markanten Gesichtszügen, dessen laute Stimme in jeder Ecke ihrer winzigen Wohnung donnerte. Er tut dir nichts, sagte Mascha bei meinem ersten Besuch, als ich vor lauter Angst nicht mal »Guten Tag« herausbekam. So wie man von Hunden sagt, sie würden zwar laut bellen, aber nicht beißen. Und über ihre Mutter sagte sie, sie sei seltsam. »Wahrscheinlich wurde ich adoptiert«, vermutete sie, und ich half ihr bei der Suche nach Beweisen dafür, dass sie niemals ein Produkt dieses seltsamen Gespanns sein könnte.

Und dieses Gespann bekriegt sich nun seit ein paar Monaten, denn Maschas Mutter himmelt alles an, was in irgendeiner Beziehung zur Ukraine steht, während ihr Vater im Russischen die wahre Stärke sieht. Mascha zufolge gibt es dieser Ehe zwar wieder den nötigen Pep, andererseits geht ihr das Getue unheimlich auf die Nerven.

»Und in diesem Wahnsinn muss ich leben«, stöhnt Mascha, als die Musik abgedreht und kurze Zeit später wieder aufgedreht wird. Sie nimmt sich eine Praline aus der Schachtel und steckt sie sich in den Mund. »Also erzähl jetzt endlich.«

»David ist Opas ältester Freund, der lange vor meiner Geburt nach New York ausgewandert ist und seitdem immer wieder in unregelmäßigen Abständen hier auftaucht.«

»Und wegen ihm, glaubst du, hat dein Opa auf diese ganze Geburtstagsinszenierung bestanden?«

»Kaum zu glauben, oder?«

Dass die gestrige Feier ihren einzigen Zweck darin gehabt haben sollte, David zu beeindrucken, kam mir anfangs absurd vor: Weshalb sollte mein Großvater, in dessen Welt er selbst das Zentrum war, sich für jemanden abrackern, den er in den letzten Jahren mit kaum einem Wort erwähnt hatte und der bald wieder verschwunden sein wird? Was veranlasste ihn dazu, seinem Freund diesen Empfang zu bereiten? Die Nervosität, die gestern über Opas Gesicht huschte, habe ich mir jedenfalls nicht eingebildet.

»Und wie lange bleibt euer Besuch in Odessa?«

»Keine Ahnung. Es klang so, als wollte er ein paar Wochen bleiben. Zumindest hat er so lange sein Hotelzimmer gebucht. Und mein lieber Opa hat mich bereits als Stadtführerin für David eingespannt.«

Mascha seufzt. Sie mag es nicht, wenn ich nicht zu ihrer uneingeschränkten Verfügung stehe. Sie kommt mich gern besuchen, am liebsten unangekündigt, und ist beleidigt, wenn ich nicht da bin. Besonders früher hat sich Mascha immer gern bei mir aufgehalten, sie mochte mein Zimmer, das damals noch mit einer Blumentapete tapeziert war, sie mochte die Ausziehcouch und die Süßigkeiten, die in einer überdimensionalen Porzellanschale auf dem Schreibtisch lagen. Sie beneidet mich seit jeher, überspielt es aber mit einer leichten Verachtung für alles, was mich umgibt. Die Perspektive, dass meine Zeit nun von einem Fremden beansprucht werden könnte, findet bei ihr keinen Gefallen.

»Ach komm«, sage ich, »du hast mich doch sowieso schon lange nicht mehr besucht.«

»Es ist ja auch nicht besonders einladend«, gibt Mascha zurück. »Dein Großvater kann mich nicht ausstehen. Einmal hat er demonstrativ alle Vitrinenschränke abgeschlossen, als ich reingekommen bin.«

Mascha hat recht. Opas ist sich sicher, dass sie auf die schiefe Bahn geraten wird, und als er zufällig von ihrer Sehnsucht nach dem Westen erfuhr, hat sich sein Misstrauen ihr gegenüber nochmals dramatisch gesteigert.

»Komm doch trotzdem mal wieder«, sage ich.

»Nein danke«, lacht sie.

»Vielleicht hat er sich ja geändert«, sage ich und glaube es selbst nicht. »Vielleicht ist die große Zeit der Veränderungen gekommen.«

»Dein Großvater und Veränderungen? Dass ich nicht lache.«

Sie gießt sich noch mehr Kaffee ein und trinkt ihn in winzigen Schlückchen, obwohl er mittlerweile kalt geworden ist.

Ich wechsle das Thema. »Ludmila ist heute jedenfalls zu Hause geblieben.«

»Na, immerhin.«

Ich möchte Mascha gerade von dem Besuch der Glaubensbrüder erzählen, da fällt sie mir ins Wort.

»Dieser Idiot Gena hat mir doch tatsächlich gestern die Kette gekauft«, wechselt sie unvermittelt das Thema. »Ich hätte nicht gedacht, dass dieser Geizhals so viel springen lässt.«

Anscheinend haben wir lange genug über mich gesprochen, und jetzt ist sie dran und erwartet von mir Nachfragen und volle Aufmerksamkeit. Erst wenn sie in dieser Hinsicht befriedigt ist, wenn ich sie je nach Lage entweder lange genug bewundert oder bemitleidet habe, wenn sie das Gefühl hat, sie stehe wieder im Zentrum meiner Welt, erst dann wird Ruhe einkehren und ich kann ihr vom Rest des Abends erzählen.

»Tatsächlich?«, frage ich leicht genervt. »Du wirst ein leichtes Spiel mit ihm haben.«

Sie lacht und widerspricht nicht. Dann klingelt ihr Handy.

»Wenn man vom Teufel spricht«, zwinkert sie mir zu und geht ran.

Sie plaudert mit ihm, ohne dabei ihre Nägel zu vernachlässigen, und ich gebe mir die größte Mühe, nicht neidisch zu werden. Schon als wir uns in der Grundschule kennenlernten, konnte sie alle Jungs um den Finger wickeln. Sie lächelte unsere Klassenkameraden an, und die trugen ihr den Schulranzen bis vor die Haustür. Sie lächelte den Koch in der Schulkantine an, und er gab ihr ein extragroßes Stück Kuchen. Später lächelte sie unsere Lehrer an, und sie gaben ihr bessere Noten. Ich beneidete sie um diese Gabe und versuchte jahrelang, ihr Lächeln nachzuahmen. Aber es blieb bloß eine Nachahmung, auf die nur die Jungs reinfielen, die von ihr bereits abgewiesen worden waren.

»Ich weiß nicht«, höre ich sie sagen. »Vielleicht.« Dann lacht sie wieder. Sie scheint für diesen Proleten Gena tatsächlich eine Art Zuneigung zu empfinden.

»Ich muss noch überlegen«, kokettiert sie weiter, während ich darauf warte, dass sie ihr Telefonat endlich beendet. Aber meine bösen Blicke beeindrucken sie wenig, und sie plappert fröhlich vor sich hin. Radj sagt, ich wäre für Mascha eine viel bessere Freundin, als sie es für mich jemals sein würde, und warnt mich davor, dass sie mich hintergehen könnte. Und ich warne ihn, sich nie zwischen beste Freundinnen zu stellen, da könne er nur verlieren. Aber meine Worte hinterlassen keinen bleibenden Eindruck bei ihm, und alle paar Wochen stimmt er dasselbe Lied an.

Gestern habe ich ihn mehrmals versucht anzurufen, aber er ist nicht rangegangen. Auch meine drei Textnachrichten sind unbeantwortet geblieben, und ich überlege, zu ihm zu fahren und zu schauen, ob er noch lebt. Ob sein dünner Körper in irgendeiner Ecke seiner vollgestellten Wohnung vor sich hin modert oder ob er nur wieder seine Launen hat und mir ein schlechtes Gewissen bereiten möchte.

»Hör auf zu träumen«, unterbricht Mascha meine Gedanken. Anscheinend ist ihr Telefonat beendet.

»Was soll ich denn sonst machen, die Lieder deiner Mutter mitsingen?«

Wir müssen beide lachen.

»Komm, wir fahren zum Meer«, sagt sie in einem Befehlston, als hätte ich gerade geschlagene zwanzig Minuten telefoniert und sie auf mich gewartet. Typisch Mascha. Aber das schöne Wetter, das nach dem Regen richtig sommerlich ist, bewegt mich schließlich doch dazu mitzukommen.

Wir marschieren eine Weile auf dem Gesundheitsweg, einer Art Promenade, die sich von Lanzheron bis zum Arkadija-Strand erstreckt, und weichen abwechselnd den Radfahrern, Inlineskatern und Joggern aus. Mascha, schlank und drahtig wie ein russischer Windhund, betrachtet die schwitzenden Individuen etwas von oben herab. Als würde sie nicht verstehen, warum man sich zuerst derart gehen lässt, um dann mit viel Mühe den Ballast wieder loszuwerden. An einem Kiosk kaufen wir Wasser und setzen uns auf eine gerade frei gewordene Bank im Schatten der Akazien.

»Herrlich«, sagt Mascha. »An solchen Tagen bin ich glücklich, hier zu leben«.

Ganz Odessa riecht nach Meer. Der Geruch dringt in jeden Winkel, hinter jede Fassade, in jede Wohnung. Manchmal verbindet er sich mit dem Aroma frisch gebratener Paprika oder dem blühenden Fliederbusch, dem Abfallgestank des vorbeifahrenden Müllwagens oder dem Duft eines abgekochten Maiskolbens. Dann kommt ein Wind auf und trägt alles weg. Wie Wellen am Strand, die die ersten in den Sand gezeichneten

Liebesbekundungen, *O + S*, so schnell wegwischen, dass man gar keine Zeit hatte, diese Formel mit einem Herzen zu umrahmen.

Mascha ist da normalerweise pragmatischer. Immer wenn ich von der Stadt schwärme, von der Brise, von den Sonnenuntergängen, vom Strandleben, entgegnet sie mir, dass sie bei der nächsten Gelegenheit abhauen und es keine Sekunde bereuen würde. Das sagt sie ständig und wartet auf diese eine besondere Gelegenheit, die sich immer noch nicht ergeben hat. Aber heute ist sie ungewohnt versöhnlich und scheint sogar von den Möwen verzückt, die über das Meer kreisen. Dieser Gena hat eindeutig Auswirkungen auf ihr Gemüt.

»Was genau läuft da eigentlich mit Gena?«, frage ich sie.

»Nur das Übliche«, meint sie und nimmt ihre Sonnenbrille ab. »Er tut mir gerade gut.« Sie schließt die Augen und erinnert mich an eine Katze, die sich nach ihren nächtlichen Ausflügen in die Sonne legt und ausruht.

»Ich treffe mich wieder mit Sergej«, höre ich mich sagen und erstarre, erschrocken über meine Zunge, die sich gerade selbstständig gemacht hat.

»Ach!« Mascha öffnet sofort die Augen und guckt mich spöttisch an. »Wieso überrascht mich das nicht? Hätte mich eher gewundert, wenn du die Finger von ihm gelassen hättest.«

»Und mich hätte es gewundert, wenn du das nicht kommentiert hättest«, antworte ich etwas pikiert. »Ich frage mich, wieso ich dir das überhaupt gesagt habe.«

»Vielleicht, weil du nicht weiterweißt?«

»Quatsch!«

»Warum denn dann?«

Ja, warum? Weil sie recht hat und es über die Freundschaft hinaus mit Sergej nicht so richtig läuft? Weil er sich sehr verändert hat während dieser anderthalb Jahre in Deutschland? Oder weil ich im Grunde genommen immer noch nicht weiß, ob er mir genauso guttut wie Gena anscheinend meiner Freundin?

»Einfach so, stell dir mal vor!«, fasse ich meine Unklarheit zusammen.

»Ach komm, als hättest du nicht gewusst, wie ich darauf reagieren würde! Vielleicht willst du, dass ich es dir ausrede, und erzählst es mir deswegen?«

»Mein Gott, Mascha! Es reicht schon, wenn ich bloß seinen Namen erwähne, da malst du dir gleich die schlimmsten Szenarien aus. Ich will nicht, dass du mir etwas ausredest, weil es da nichts zum Ausreden gibt.«

»Wie du meinst.« Sie macht ein gleichgültiges Gesicht.

Ich starre vor mich hin, plötzlich genervt von dem schönen Ausblick, der mir meine innere Unzufriedenheit nur noch stärker vor Augen führt, und überlege, unter welchem Vorwand ich verschwinden soll.

»Beklag dich nur nicht später bei mir«, höre ich sie sagen.

»Mache ich nicht.«

»Gut. Eine Sache muss ich aber noch loswerden«, lässt sie nicht locker.

Ich seufze. »Kann das nicht warten?«

»Nein. Tu mir bitte einen Gefallen und idealisiere deinen Sergej nicht. Er ist ein ganz gewöhnlicher Mensch, der isst und schläft und scheißt. Ja! Brauchst nicht so gucken.«

»Dann sei nicht so ordinär.«

»Manchmal geht das nicht anders. Er ist kein Halbgott. Nur weil er ein wenig Talent und viel Glück hatte, heißt das noch lange nichts. Zudem glaube ich, Deutschland hat ihm nicht gutgetan. Er wirkt irgendwie gekränkt. Vielleicht ist sein Talent bereits verblüht, ohne sich richtig entfaltet zu haben. Gib ihm nicht deine Energie, lass dich nicht aussaugen.«

»Er ist kein Vampir.« Ich rutsche ein Stück weg von ihr, ihren Moralpredigten und ihrer Ablehnung Sergej gegenüber. Dass sie von Neid angetrieben wird, ist ein lächerlicher Gedanke, ich weiß. Aber manchmal glaube ich es tatsächlich, und das macht mir Angst. Angst, sie würde mir etwas vormachen, nur um sich meinem Glück in den Weg zu stellen. Damit ich es ja nicht besser hätte als sie und weiter in ihrem Schatten stünde.

»Ich sehe es dir doch an: Du wirst dich da wieder hineinstürzen, falls du es nicht bereits tust«, legt sie nach. »Und wofür? Hast du damals nicht lange genug gelitten, reicht es dir nicht?«

»Damals war ich fünfzehn«, knurre ich missmutig. Ich habe überhaupt keine Lust, daran erinnert zu werden, wie beschissen es mir seinetwegen ging. Er hat sich verändert, ich habe mich verändert: Wozu die Vergangenheit wieder aufwühlen?

»Deine blöde Sturheit ist manchmal unerträglich! Willst du dir damit etwas beweisen? Dass du ihn herumkriegen kannst, dass er auf dich steht?«

»Können wir das Thema wechseln?«

»Mann, Olga! Manchmal denke ich, es war ein großer Fehler, dass du dich kaum mit Männern abgegeben hast.«

»Na, dafür hast du reichlich Erfahrung gesammelt. Es langt bestimmt für uns beide.«

»Mach dich nur lustig. Aber eines musst du mir lassen: Ich falle auf niemanden rein, ich behalte immer meinen Kopf auf den Schultern.«

Eine Weile lang versucht sie, mich noch umzustimmen, schimpft auf Sergej, zählt all seine negativen Eigenschaften auf, meint, ich hätte definitiv etwas Besseres verdient, bietet sich an, einen passenderen Kandidaten für mich auszuwählen, und gibt schließlich auf, als ich in ein stures Schweigen verfalle.

»Dann lass uns wenigstens weitergehen«, sagt sie und steht abrupt auf. »Ich verbrenne hier noch.«

»Ich müsste jetzt eigentlich heim. Wir haben Besuch.«

»Echt jetzt?« Sie hebt ihre Brille hoch. »Nicht mal eine lausige halbe Stunde hast du noch für mich? Na super, da hat sich der Ausflug richtig gelohnt.«

Sie ist aufgewühlt, und bevor sie mir noch was Schlechtes wünscht, gehe ich lieber mit.

Nicht weit vor dem Otrada-Strand bindet Mascha ihre Haare zu einem Zopf zusammen und biegt rechts ab.

»Wo willst du denn hin?«, frage ich sie, doch sie zieht mich wortlos weiter, und wir nehmen einen schmalen Pfad, der zum Meer führt.

Sie deutet auf ein kleines Boot am Ufer. »Eine Überraschung für dich«, sagt sie lächelnd, und ich ahne nichts Gutes. Ich hasse Überraschungen, vor allem wenn sie Maschas Kopf entsprungen sind.

»Was hast du vor?«, frage ich. »Du weißt, ich muss wieder nach Hause.«

»Ja, ja, es dauert nicht lange. Aber dieses Wetter schreit doch förmlich nach einer Bootsfahrt.«

Ich nicke und finde die Idee gar nicht so schlecht, bis ich eine Person sichte, die Gena sehr ähnlich sieht.

»Das ist doch nicht etwa dein Freund dort, oder?«, frage ich ungläubig.

»Erstens ist er nicht mein Freund, und zweitens, ja, das ist er. Und? Jemand muss doch rudern.«

Diese falsche Schlange schleppt mich doch glatt zu ihrer Verabredung.

Als wir uns Gena nähern und er mich entdeckt, geht es ihm so wie mir gerade: Einer ist hier einfach zu viel.

»Hast du lange gewartet?«, fragt sie mit zuckersüßer Stimme und begrüßt ihn mit einem Küsschen auf die Wange.

»Geht so.« Er ist verärgert und lässt es mich spüren. Ist nicht meine Idee gewesen, würde ich am liebsten schreien, aber es würde nichts bringen, und ich steige in das Boot.

»Tut ruhig so, als wäre ich nicht da«, sage ich und

setze mich so weit weg, wie es in einem kleinen Boot nur möglich ist.

***

Nicht mehr lang, und mein Großvater zieht endlich in die alte Datscha um, wo er immer einen Teil des Sommers verbringt. Und wir werden ihm dann eine nach der anderen folgen. Vorigen Montag sind Tante Polina und meine Mutter bereits hingefahren, um sie zu putzen und vorzubereiten, und erzählten, die Nachbarn wären bereits eingezogen. »Kein Wunder, bei alldem hier«, seufzte Ludmila und bedauerte, nicht mitgekommen zu sein.

Das alljährliche Ritual einer Übersiedelung ans Meer ist nach Meinung unseres Großvaters Pflicht eines jeden sich achtenden Odessiters. So wie man früher zu einer Auslandskur aufbrach, fahren wir in das dreißig Kilometer entfernte Paradies. Denn nur dort ist das Meerwasser so klar und der Sand so weich und sauber. Der von unserem Zuhause nur wenige Stationen entfernte Strand Luzanovka dagegen ist laut Opa überfüllt und schmutzig. »Etwas für ab und zu«, degradiert er meinen Lieblingsstrand, zu dem auch die gesamte Nachbarschaft gern fährt.

Die Datscha ist ein in die Jahre gekommenes Häuschen, das unweit der Stadtgrenze liegt und nicht genug Platz hat, um uns alle auf einmal zu beherbergen. Vor einer halben Ewigkeit von Opa nahezu eigenhändig gebaut und sein ganzer Stolz, steht das Haus das Jahr über weitgehend leer, und nur in den Sommer- und den ersten, noch warmen Herbstwochen erwacht es aus seinem postsowjetischen Schlaf und ächzt zur Begrüßung mit allen schief genagelten Brettern wie ein Greis mit morschen Knochen.

Zu der alljährlichen Reise gehört auch das Ritual des Schwesternstreits im Vorfeld, wer wann und wie lange das Haus für sich beanspruchen darf. Ende Juni, wenn das Wetter stabil ist und es nicht mehr so häufig regnet, die heißen Juliwochen oder doch lieber den samtenen August? Meine Tanten und meine Mutter streiten sich, während Opa danebensitzt, genüsslich seine stinkigen Papirossy raucht und damit die Luft verpestet. Am Ende würde er bestimmen, und niemand würde ihm widersprechen, so wie auch keiner auf die Idee gekommen wäre, den ganzen Sommer lang in der Stadt zu verbringen und sich dem »Paradies« zu entziehen. Keiner außer mir.

Es war der Sommer, in dem ich mich in Sergej verliebt habe. Ich war fünfzehn und weigerte mich strikt, mit der Familie rauszufahren, während Mascha in der Stadt bleiben durfte. Meine Mutter war versunken in die Vorbereitungen für einen bevorstehenden Wettbewerb, wo sie sich als Trainerin einen Ruf machen konnte, und in einem unachtsamen Moment gestattete sie mir, den Sommer über in der Wohnung zu bleiben.

Ich weiß noch, dass es sehr schöne Wochen waren, die Mascha und ich, ausgerüstet mit billigen Romanen und gerösteten Sonnenblumenkernen, meist an den öffentlichen Stadtstränden verbracht haben. Maschas freizügige Bikinis waren ein Blickfang und bescherten uns zahlreiche Flirts, wobei ich mich nur auf einen verbalen Austausch beschränkte, während sie mir bereits meilenweit voraus war. Sie kannte viele Typen, die uns Drinks spendierten. Sie trugen bevorzugt Muskelshirts und stellten ihren gebräunten Bizeps zur Schau, während Mascha über ihre ordinären Witze lachte und ihre Aufmerksamkeit in vollen Zügen genoss.

Eines Abends, es war noch hell, aber die überladene Beleuchtung verwandelte bereits die Promenade in einen Jahrmarkt, saßen wir in einer Strandbar, tranken süßes, klebriges Zeug und versuchten, die Mückenstiche zu ignorieren. Das erste Drittel des Sommers war schneller verstrichen, als wir erwartet hatten, aber noch lagen genügend lange, sonnige Tage vor uns, um nicht ernsthaft ins Grübeln zu kommen.

Ich erinnere mich, Sergej erst bemerkt zu haben, als an einem vollbesetzten Tisch nicht weit von unserem jemand laut auflachte. Eine spärlich bekleidete Person, die von ihrem Begleiter gekitzelt wurde, schrie und versuchte, sich aus seinem Griff zu befreien. Dann sah ich am selben Tisch Sergejs blonde Mähne, hörte sein Lachen, beobachtete, wie er seine Haare nach hinten warf, wie er seinen Drink hielt, und mir wurde auf einmal ganz komisch. Er wirkte älter als achtzehn und war nicht mehr der verträumte und etwas andersartige Junge aus dem dritten Stockwerk oder aus der Musikschule. Er gefiel mir sofort, und diese Erkenntnis lähmte mich. Erst als Mascha mich zum zigsten Mal mit Olga ansprach, wachte ich auf. Sie wollte rübergehen, was ich anfangs energisch verweigerte. Doch sie brauchte nicht lange, mich zu überreden, und wir gesellten uns zu ihnen.

An seinem Tisch war ich jedoch nur nervös und klebte an meinem Glas. Vielleicht bemerkte Sergej irgendwann mein Unbehagen, denn er fragte, ob ich ihn zum Kiosk begleiten würde, er wolle sich Zigaretten holen.

Den ganzen Weg dorthin schwiegen wir, und ich fluchte innerlich, wieso mir nichts einfiel, worüber wir reden könnten. Als er dann seine Schachtel in den Händen hielt, fragte er, ob ich was dagegen hätte, wenn er hier eine rauche. Der Trubel am Tisch sei ihm zu viel. Ich versicherte ihm, überhaupt nichts dagegen zu haben, und wir setzten uns auf die unterste Stufe einer Treppe, die zum Wasser führte. Die Steine, die über den Tag die Wärme der Sonne gespeichert hatten, waren angenehm, denn obwohl es ein milder Abend war, fröstelte ich leicht.

Ich weiß nicht mehr genau, worüber wir anfangs sprachen und ob überhaupt. Vielleicht schwiegen wir nur und beobachteten die Liebespaare oder hörten dem Wellenrauschen zu. Ich weiß noch, dass er mich irgendwann danach fragte, warum ich nicht wie jeden Sommer in der Datscha sei, und ich erkundigte mich nach seinem Studium. Er sprach von einer Sackgasse, in der er gerade steckte. Auf meine Nachfragen, was ihm denn fehle, gab er ausweichende Antworten, bis es schließlich aus ihm herausbrach. Er klagte über seine Unfähigkeit und sein fehlendes Talent – als hätte er auf der vorletzten Stufe gestanden, aber die letzte wäre für ihn unerreichbar. Er meinte, sein Spiel sei nie vollständig, nie tief genug, egal, wie lange er übe, und schmetterte plötzlich Komplimente in meine Richtung, die sich wie Vorwürfe anfühlten. Ich sei für eine Musikkarriere prädestiniert gewesen, ich hätte mit meinem wenigen Üben die ganze musikalische Palette bedienen können, ich hätte mein Talent vergeudet, was in seinen Augen ein Frevel war.

Zuerst war ich von seinem Ausbruch etwas eingeschüchtert, bis es mir langsam dämmerte, dass er Zuspruch von mir erwartete, dass ich ihn trösten sollte. Ich sollte sein Talent anpreisen und ihn als Genie anerkennen, sollte ihm versichern, dass alles wieder gut werden würde, dass sein Erfolg nur eine Frage der Zeit sei. Doch stattdessen sagte ich, er sei zu verbissen und solle am besten alles loslassen, woraufhin er mich plötzlich zu sich zog und küsste.

Eine kurze elektrisierende Wirkung, ein Aufflammen des Körpers und ein anschließender Fall in die dunkle Tiefe.

Er stand abrupt auf, schnappte sich meine Hand, die verräterisch zitterte, und half mir hoch. Dann rannte er knietief ins Wasser und zog mich mit. Dort holte er mich wieder ganz dicht an sich heran, streifte mir ein paar unsichtbare Haare aus dem Gesicht und küsste mich noch mal, sanft und lange genug, dass ich es diesmal tatsächlich erfassen konnte.

Anschließend gingen wir schweigend zurück in die

Bar, wobei ich versuchte, gleichgültig und selbstsicher zu wirken und nicht auf meine nassen Füße zu achten.

Später auf dem Weg nach Hause quälte mich Mascha mit Fragen über Fragen, wollte alles ganz genau wissen und überhäufte mich mit Analysen und Ratschlägen zum weiteren Vorgehen. Ich hörte ihr aufmerksam zu, wollte mir alles ganz genau einprägen und fühlte mich ihr endlich ebenbürtig.

Das waren auch schon meine glücklichsten Momente gewesen, denn von da an herrschte Funkstille, und ich wartete nur. In der Nacht wartete ich darauf, dass endlich der nächste Tag anbrechen würde. Am Vormittag wartete ich auf den Nachmittag, denn höchstwahrscheinlich schlief Sergej noch. Ich versuchte, mich anderweitig zu beschäftigen, um nicht dauernd aufs Handy zu starren. Ich blätterte in ein paar Büchern und legte sie schließlich beiseite. Und dann tat ich das, was mir seit dem Vorabend im Kopf herumschwirrte: Ich setzte mich tatsächlich an den Flügel. Es fühlte sich komisch an, wieder auf diesem unbequemen Hocker auszuharren, so fremd und unwirklich, gar nicht vertraut, wie ich es mir erhofft hatte. Als ich meine Finger auf die Tasten legte, brauchten sie eine Weile, bis sie wieder in Bewegung kamen. Ich spielte furchtbar. Meine Hände gehorchten mir nicht mehr. Ständig schaute ich auf die Klaviatur, suchte nach den richtigen Tasten, konnte das Tempo nicht halten. Alles, was ich aus dem Instrument rausbekam, klang hölzern und unbeholfen.

Am Abend rief mich Mascha an, und ich musste

ihr meine kleine Niederlage eingestehen, denn innerlich war ich davon überzeugt gewesen, dass sich Sergej bei mir melden würde. Am nächsten Tag beschlichen mich die ersten Zweifel, und ich wurde langsam nervös. Und als er sich am Abend immer noch nicht gemeldet hatte, überkam mich eine traurige Vorahnung, er würde mich überhaupt nicht anrufen.

Ich weiß nicht mehr, wie ich die nächsten Tage überlebt habe. Ich glaube, die meiste Zeit habe ich im Bett verbracht und auf ein Wunder gewartet. Wie so oft schloss ich mit mir selbst Wetten auf mein Schicksal ab – Wetten, die nie eingelöst wurden, weder von mir noch vom Schicksal: Wenn ich das Glas Wasser auf einmal austrinken kann oder wenn ich eine ungerade Anzahl von Münzen in meinem Portemonnaie habe oder wenn in den nächsten fünf Minuten ein Auto unten hupt, dann wird mich Sergej anrufen. Zwischendurch schlief ich, aber nie länger als zwei, drei Stunden am Stück und sah auch dementsprechend aus.

»Gute Neuigkeiten«, verkündete mir Mascha an Tag vier, nachdem sie mich mit großer Mühe aus meinem Zimmer rausgezerrt und in die Küche befördert hatte.

Dort herrschte Chaos. Mutter, Polina und Ludmila hatten es trotz komplexer Planung tatsächlich geschafft, alle gleichzeitig zur Datscha aufzubrechen, und niemand war mehr da, um uns zur Ordnung zu ermahnen.

Mascha schob alles, was herumlag, auf einen Haufen, setzte Tee auf und platzte mit ihrer Sensation heraus: »Er überlegt sich, ob du vielleicht seine feste Freundin werden solltest!«

Die Überraschung war ihr gelungen. Ungläubig starrte ich sie an.

»Na? Zufrieden? Krise vorbei?«

Ich nickte eifrig. Das Leben in mir kehrte zurück. »Woher weißt du das?«

»Sein Freund hat es mir verraten.«

»Welcher denn? Der neben dir saß?«

»Genau. Er hat gesagt, Sergej hätte sich in dich verknallt. Und zwar richtig.«

Unwillkürlich musste ich breit grinsen, auch wenn ich mein Glück vor Mascha eigentlich nicht so offen zeigen wollte.

»Na? Bin ich deine beste Freundin, oder was?«, fragte sie stolz.

»Die allerbeste«, bestätigte ich ihr, und sie schmunzelte.

»Also, kein Trübsal blasen, sondern ab an den Strand«, sagte sie. »Vielleicht ist er auch dort.«

Der Juli verflog, ohne dass es mir aufgefallen war. Ein Tag ging in den nächsten über, eine Nacht floss in die darauffolgende hinein, während ich mich meinem traumähnlichen Zustand hingab und nicht gestört werden wollte. Ich wartete darauf, Sergejs Freundin zu werden, und war so fest davon überzeugt, dass nicht mal Maschas vorsichtige Einwände, er würde sich aber wirklich viel Zeit lassen, mich von meinem Glauben abbrachten. Erst Anfang August holte mich die Realität wieder ein, als Mascha mir eines Tages berichtete,

Sergej mit Jana gesehen zu haben. Damit brach sie mir das Herz. Doch als meine beste Freundin hielt sie es für ihre Pflicht, mich zu informieren.

»Es tut mir leid, aber besser du erfährst das von mir als von jemand anderem«, sagte sie, und eine Sekunde lang hatte ich das Gefühl, dass es ihr gar nicht leidtat.

Ich sagte, es sei mir schnurzegal, mit wem er sich treffe, denn er sei sowieso nicht mein Typ. Ich heulte die Nacht durch und fuhr am nächsten Tag zur Datscha. Zwei Tage lang ertränkte ich meinen Kummer im Schwarzen Meer und schwor anschließend, mich nie mehr zu verlieben.

V

Zum ersten Mal seit Langem sitze ich ohne Radj in den nicht enden wollenden Vorlesungen und stelle fest, dass er mir tatsächlich fehlt. Mir fehlt seine Nörgelei und dass er mich dauernd mit seinen Bemerkungen aus meinen Träumen herausreißt, mir fehlen seine Anhänglichkeit und die lustigen Bildchen, die er malt. Mir fehlt auch sein verschwommen-bekiffter Blick auf die Welt, der jeder Realität standhält. Denn jetzt gerade bin ich dieser Realität ausgeliefert und wünsche, Radj würde mich ablenken. Ich vernehme ein Flüstern aus der Reihe vor mir über die bevorstehende Zwischenprüfung und spüre mit aller Deutlichkeit, dass es kein Zurück gibt: Dieser Weg führt mich direkt ins Krankenhaus, und ich frage mich, ob meine Verwandtschaft den Menschen von Odessa das tatsächlich antun möchte.

Gestern am späten Nachmittag beim gemeinsamen Essen mit David hat Opa sich selbst mit Lobhudelei auf meine zukünftige Medizinkarriere übertroffen. Sogar meiner Mutter wurde es irgendwann peinlich. Ich sei schon als Kind für diesen Beruf prädestiniert gewesen, und er sei froh, mein Talent rechtzeitig erkannt und gefördert zu haben, prahlte er vor seinem Freund David, während ich mich auf meinen mit Blumen bemalten Teller konzentrierte. Und dann lobte er meinen Fleiß und meine Disziplin und gab an, ich wäre eine der Besten in meinem Studiengang, was schlichtweg gelogen war. Davon bin ich weit entfernt. Ich habe zwar bis jetzt alle meine Prüfungen geschafft und Praktika absolviert, tue mich aber nie besonders hervor, mogle mich vielmehr durch das Studium. Ich gehöre dieser Gruppe Studierender an, die man als Masse bezeichnen kann. Wir fallen nicht auf und möchten das auch gar nicht. In seinem Größenwahn dichtet mir Opa allerdings außergewöhnliche Leistungen an, von denen ich nicht mal träumen würde, und wenn ich versuche, das Bild geradezurücken, sagt er, er wisse es besser.

Gestern wagte ich nicht, ihm zu widersprechen, schließlich galt es, einen guten Eindruck bei David zu hinterlassen, der sich allerdings eher für Nataschas Miniaturaquarelle als für meine Karriere zu begeistern schien. Ich konnte ihm das nicht verübeln. Natascha hat schon als Kind für ihr Leben gern gemalt, weswegen Ludmila damals entschied, sie in eine Zeichenschule zu schicken. Später wurde das Malen kleiner Aquarelle ihre Leidenschaft, wobei ihr als Motive überwiegend Meeresküsten und Leuchttürme dienten. Manchmal verirrte sich eine Stadtlandschaft oder ein einsamer Baum auf die Bildfläche, aber es blieben Ausnahmen. Während ihrer Ausbildung zur Technischen Produktzeichnerin hörte sie zu Opas Freude jedoch mit dem Malen auf. Er hatte sie bereits auf einem von Odessas Boulevards sitzen und Porträts für minderbemittelte Touristen malen sehen. Nachdem sie ihre Ausbildung abgeschlossen hatte, fand Natascha trotz vieler Bemühungen keinen Job und überlegte tatsächlich, ihre Palette wieder auszupacken. Dann traf sie ihre frühere Schulfreundin Marina, die ein Nagelstudio eröffnet hatte und ihr ein Angebot unterbreitete. Seitdem pinselt Natascha ihrer Kundschaft Meeresmotive auf die Nägel und verdient dabei gutes Geld. Diese unerwartete Wendung in Nataschas Karriere war für meinen Großvater anfangs ein Schock. Er sprach zwei Monate lang kein Wort mit Natascha und klagte, sein Ansehen wäre für immer ruiniert. Um die Situation nicht weiter eskalieren zu lassen, meiden wir dieses Thema nun konsequent, was Opa trotzdem nicht davon abhält, Ludmila vorzuhalten, sie hätte ihre Tochter schlecht erzogen.

Als sich das Gespräch gestern in die falsche Richtung zu entwickeln drohte und Natascha kurz davor war, David in Einzelheiten unserer Familienangelegenheiten einzuweihen, sprang Opa vom Stuhl auf und beendete kurzerhand das Essen. Später verdonnerte er mich dazu, David in den nächsten Tagen durch die Stadt zu begleiten – zuvor hatten wir uns immerhin abgewechselt –, und ließ sogar meine bewährte Ausrede, ich müsse lernen, nicht gelten.

»Wer weiß, was er alles vorhat«, meinte Opa. »Beobachte ihn eine Weile. Du bist die Einzige hier, deren Urteil ich trauen kann«, versuchte er, mich mit seinen üblichen Köderkomplimenten weichzuklopfen. Auf meine Bemerkung, David sei doch seines Geburtstags wegen gekommen, lachte Opa nur kurz auf und streichelte mir über den Kopf, als wäre ich eine Minderbemittelte.

Das alles würde ich jetzt gern Radj erzählen und mit ihm überlegen, was es zu bedeuten hat. Ob es nur wieder Opas Hirngespinste sind, die ihn dazu treiben, seinem besten Freund zu misstrauen, oder ob David tatsächlich etwas vorhat? Und wenn ja, was? Auch wenn mich Großvaters Verdächtigungen in keiner Weise überraschen, bemerke ich in seinem Verhalten eine gewisse Anspannung, wie bei einem Raubtier, das fürchtet, von einem größeren angegriffen zu werden.

Radj lädt gern alle Geschehnisse mit Bedeutung auf, als wäre er ein großer Guru, ein Meister, der jede Wendung vorhersehen und vielleicht sogar abwenden kann. Je höher sein Bekifftheitsgrad ist, umso schöner werden seine Visionen, eine Wirkung wie bei meinem Großvater und Alkohol, nur umgekehrt. Aber Radj ist nicht da, und ohne ihn kommt mir die Uni noch fader vor als sonst.

Wo bist du?, schreibe ich ihm, als die Gespräche in der Reihe vor mir immer Furcht einflößender werden, und bin überrascht, eine Minute später seine Antwort zu lesen: *Ganz vorne.* Dann sehe ich seinen Kopf, der sich kurz zu mir nach hinten dreht und schließlich wieder zur Tafel. Als würde ihn das dort Geschriebene interessieren. Er sitzt neben seinen Landsleuten, die im Gegensatz zu ihm wirklich lernen, und freut sich wahrscheinlich gerade tierisch, dass ich nachgegeben habe. Dass ich nach ihm gesucht habe, dass ich mich ohne ihn langweile. Dass ich es nicht aushalte ohne ihn. Und das ärgert mich – nicht, weil er das alles denkt, sondern weil es teilweise stimmen könnte.

Damit er meine Verwirrung nicht mitbekommt, packe ich rechtzeitig meine Unterlagen und haue nach der Vorlesung gleich ab. Ohne mich auch nur ein Mal umzudrehen, renne ich aus dem Hörsaal nach draußen, wo die Sonne mich blendet, und dann um die nächste Ecke, bevor ich stehen bleibe und ausatme. Es ist kaum jemand außer mir da. Nur ein paar Vögel kreisen über der Straße. Die Stadt wird mit jedem Tag schöner. Die Bäume blühen, unter meinen Füßen liegen die Blüten wie zartrosa Schnee. Ich trete vorsichtig drauf, möchte diese Schönheit nicht kaputtmachen. Doch der Wind hat andere Pläne: Er wirbelt plötzlich alles um mich auf, weht mir Sand in die Augen und stürmt weiter zum Meer. Ein Störenfried, der kommt, wenn man nicht mit ihm rechnet.

Ich öffne die Tür zu unserer Wohnung und rieche den Apfelstrudel. Die Luft ist durchtränkt von diesem Aroma, es ist der ultimative Duft meiner Kindheit, eng verbunden mit dem Gefühl von Freiheit und Freude. Auf dem Küchentisch steht ein Blech mit den leicht verbrannten Endstücken, die ich sofort abbreche und in den Mund stecke. Der Teig bröselt unter meinen

Fingern, und die noch heiße Apfelmasse droht auf den Boden zu tropfen. Ich verbrenne mir den Mund und trinke direkt aus dem Wasserhahn. So schmeckt es am besten. Erst dann vernehme ich ein leises Geräusch, eine Diskussion vielleicht. Durch den Türspalt sehe ich im Salon David und Ludmila sitzen, wobei er ihr väterlich über die Haare streicht.

»Ich bin glücklich, wirklich«, höre ich sie sagen, »zum ersten Mal seit einer Ewigkeit.«

»Das ist gut, Luda, das freut mich.«

»Wenigstens du kannst dich für mich freuen.«

»Lass ihm Zeit, es ist nicht leicht für ihn«, sagt David, und mir wird klar, dass sie über Opa reden.

»Für mich etwa? Er manipuliert mich mein ganzes Leben lang. Meinst du, das hinterlässt keine Spuren? Du weißt es nicht, aber damals, als ich meinen ersten Freund Alexej kennenlernte und ihn zum Essen nach Hause eingeladen habe, da hat mein lieber Vater behauptet, Alexej hätte seine Golduhr gestohlen. Und, was war? Ich habe sie später in seiner Sockenschublade gefunden. Er selbst hat sie dort versteckt! Das ist doch nicht normal. Wer denkt sich so etwas aus, um seiner Tochter zu schaden?«

David drückt sie an sich. »Na ja, dein Vater ist schon schwierig, das will ich nicht leugnen. Aber ich glaube nicht, dass er dir tatsächlich schaden wollte.«

»Was wollte er dann? Verhindern, dass ich glücklich werde? Ich bin mir sicher, hätte er Dima damals vor der Hochzeit kennengelernt, hätte er ihn mir auch ausgeredet.«

Ich erinnere mich an die Geschichte. Ludmila hat anscheinend erst dann unserem Großvater ihren zukünftigen Ehemann vorgestellt, als die beiden bereits heimlich geheiratet hatten. Er tobte, musste aber erkennen, dass er verloren hatte. Ihr Mann Dima zog in unsere Wohnung, und Ludmila gebar ein Jahr später Natascha und Alina. Kurze Zeit darauf ging sie wieder zur Arbeit, während ihr Mann an seiner Dissertation weiterschrieb und auf die Zwillinge aufpasste. Dass sein Schwiegersohn nicht in der Lage war, einen Jungen zu zeugen, ihm stattdessen weitere »Scheißmädchen« bescherte und dann noch den Schneid hatte, keinen Groschen zu verdienen, nahm Opa ihm übel. Von da an begann er, ihn zu schikanieren, wo es nur ging. Wenn der Schwiegersohn sich nachts aus der Küche ein Glas Wasser holen wollte und an den Einmachgläsern, die wie Minen in der Küche verteilt standen, hängen blieb, schrie Opa aus seinem Bett heraus, dass man ihn im Krieg wegen seiner Tollpatschigkeit schon längst erschossen hätte. Und wenn eine der Zwillinge krank wurde, war es auch seine Schuld, denn anscheinend hatte er »keine Augen im Kopf oder überhaupt keinen Kopf«, sonst hätte er die ersten Erkältungssymptome nicht übersehen. »Aus dem wird doch nichts«, pflegte Opa laut in den Raum zu rufen, sodass die arme Ludmila zusammenzuckte und ihr Mann sich auf die Unterlippe biss. Erschöpft von den Vorwürfen, sie hätte alles falsch gemacht, fing Ludmila an zu essen. Und zu kochen. Und immer wenn Opa ihr mit seiner Kritik an ihrem Ehemann besonders zusetzte, da buk sie nächtelang durch und aß dann alles allein auf. Mit den Jahren verwandelten sich Ludmilas Pfunde in eine Schutzrüstung, die für jegliche Kritik undurchdringlich werden sollte.

Und dann hat er Dima tatsächlich aus dem Haus getrieben, hat den Mädchen den Vater geraubt, wie meine Tante zu jammern pflegt, und sie alle ins Unglück getrieben. Er hat Dima keine Wahl gelassen. Wer hält schon so einen Terror aus?

Dima ging nach Krasnojarsk in Russland, weil ihm dort völlig unerwartet eine Doktorandenstelle angeboten wurde. Und Ludmila und die Kinder mussten bleiben. »Nur über meine Leiche«, schrie Opa, als er von den Plänen seiner Tochter erfuhr, während Dima Ludmila anflehte, diesem Irrenhaus endlich zu entfliehen. Tagelang ging es hin und her. Mal war sie auf der Seite ihres Ehemannes, mal redete ihr Opa zu und beschimpfte Dima als Egoisten, der nur an seine Karriere denke und den armen Kindern das Schwarze Meer und das gute Klima wegnehmen wolle. Er schleppte Alina und Natascha zum befreundeten Kinderarzt, der den Kleinen eine schwache Gesundheit attestierte und vom harten sibirischen Klima abriet. »Seht ihr«, schrie Opa, »sogar die Ärzte bescheinigen euch, dass es die armen Mädchen umbringen könnte! Wollt ihr Mörder sein?«

Die arme Ludmila litt höllische Qualen und gab schließlich ihrem herrischen Vater nach. Sie ließ ihren Mann allein fahren, und er schrieb ihr wöchentlich leidenschaftliche Briefe, schickte Pakete mit Kaviar und anderen Delikatessen, die Opa gewinnbringend unter den Nachbarn verkaufte, und bettelte darum, dass Ludmila und die Kinder endlich zu ihm zögen. Ein weiteres Jahr verging, und die Briefe wurden seltener, bis er ihr eines Tages mitteilte, sich neu verliebt zu haben, und um die Scheidung bat. Ludmila versank im Nichts und buk und aß noch mehr.

David nimmt Ludmila in den Arm. »Ich verstehe das Problem. Mein Sohn Andrej hat diese Amerikanerin geheiratet, und bei uns gab es auch viel Streit. Nur dass sie am Ende *mich* vor die Tür gesetzt haben. War wohl das Richtige, sonst hätte es auch so geendet.« David zwingt sich zu einem Lächeln.

Ludmila schluchzt. »Schau mich doch an«, sagt sie. »Ich kann kein Kilo abnehmen, ohne dass ich im selben Moment zwei zunehme. Und mit dem Essen hat es nichts mehr zu tun, sondern hiermit.« Sie tippt sich an die Stirn und wischt die Tränen ab. »Ich bin schon immer eine viel bessere Tochter für ihn gewesen als er ein Vater für mich. Nun habe ich endlich meinen Halt gefunden – meine Gemeinde ist mir eher eine Familie als meine eigene«, sagt sie mit einer leicht weinerlichen Stimme, während ich leise zurück in die Küche gehe und von dort über den anderen Flur in mein Zimmer. Es fühlt sich komisch, beinahe abstoßend an, Zeuge der Gefühlswelt meiner Tante geworden zu sein. Üblicherweise ist Opa der Einzige hier, der es sich leisten kann, seine Fassung zu verlieren. Wir dagegen hüten unsere Emotionen, verstecken sie, als wären sie unsere

Schwachstellen, und achten darauf, dass Großvater so wenig wie möglich davon mitkriegt, um nicht noch mehr Macht über uns zu erlangen.

Als ich mein Zimmer betrete, fällt es mir sofort auf: Das Bild ist weg.

Verdutzt starre ich die leere Wand an, die Stelle, an der normalerweise meine geliebte Aiwasowski-Reproduktion hängt. Ich kann es nicht fassen und schaue hinter dem Schrank und unter meinem Bett nach und kneife mich in den Arm. Aber es hilft nichts, der Aiwasowski bleibt verschwunden. Dabei bin ich mir ziemlich sicher, dass das Bild heute früh noch da hing.

Ich klopfe bei Lena an, aus deren Zimmer ich das Schluchzen irgendeiner mexikanischen Schönheit aus einer TV-Schnulze vernehme. »Weißt du, wo mein Bild ist?«, frage ich sie.

»Keine Ahnung«, sagt sie gelassen. »Seit wann interessierst du dich für Kunst?«

»Das sagt die Richtige. Liegst hier rum und ziehst dir diesen Schwachsinn rein.« Diese Eskalation kommt sogar für unsere Verhältnisse schnell.

»Und wenn schon?«

Dann starrt sie mich an und wartet, dass ich ihr Zimmer verlasse, damit sie in ihr TV-Fantasieland zurückkehren kann. Seit einiger Zeit schaut Lena am laufenden Band alle möglichen Schmonzetten, mit dem Resultat, dass die reale Welt ihr nicht mehr genügt. Weder ihr BWL-Studium noch die Jungs, die Tante Polina ihr dauernd als gute Partie vor die Nase hält, findet sie so spannend wie die Helden auf dem

Bildschirm. »Schau dir die Typen an«, sagt sie zu ihrer Mutter. »Was soll ich mit ihnen anfangen? Sie werden sich nie ändern, und das ist öde.« Ihr Faible für die TV-Parallelwelt lässt langsam eine schwere Obsession erkennen, aber ich nehme es hin. Genauso wie ich Opas Ergebenheit dem Kommunismus gegenüber hinnehme, Ludmilas Glaube an ihre Sekte und Maschas Traum von einem reichen Mann.

Lena scheucht mich mit einer Handbewegung aus dem Zimmer, und ich reiße mich zusammen, um ihre Tür nicht zuzuknallen. Hoffentlich vergammelt sie auf ihrer Couch. Immerhin glaube ich ihr, dass sie nichts vom Verbleib meines Bildes weiß, sonst hätte sie meine Ahnungslosigkeit genüsslicher ausgekostet.

Ich schaue in den Zimmern meiner anderen Cousinen nach, ohne allerdings allzu viel Hoffnung zu haben. Nataschas Zimmer riecht mittlerweile nach Nagellack wie Opas Zimmer nach Zigaretten, und Alinas überrascht mich mit seiner Sterilität. Weg sind die kleinen Vasen, die bei ihr immer auf dem Fensterbrett standen, und das kitschige Kissen mit Herzen vermisse ich auch. Ich öffne ihren Kleiderschrank und könnte schwören, dass auch viele ihrer Klamotten verschwunden sind. Doch dann meine ich, Opas Stimme zu hören, und stürme hinaus. Ich sehe seine leicht gebeugte Gestalt mit einer Netztragetasche in die Küche gehen.

»Oletschka! So früh zu Hause? Wie war die Uni?« Er stellt eine Flasche Öl und eine Packung Mehl auf den Tisch.

»Warum hängt mein Bild nicht an seinem Platz, Opa? Was soll denn das?«

»Pssst! Was brüllst du wie eine Irre?« Er eilt zur Küchentür, um sie zuzuziehen, und winkt mich zu sich. »Ich habe das Bild an einem sicheren Ort deponiert«, flüstert er und schaut mich verschwörerisch an.

»Und wieso?«, flüstere ich zurück.

»Wegen David«, sagt er in einem Ton, als würden diese zwei Wörter alles erklären.

»Was hat David mit meinem Bild zu tun?«

»Muss ich dir wie einem kleinen Vogel alles vorkauen und in den Mund legen?«, regt er sich auf, fügt aber flüsternd hinzu: »Hast du nicht mitgekriegt, wie er sich dafür interessiert hat, als ich ihm die Wohnung gezeigt habe?«

Ich schüttele den Kopf.

»Also wirklich, Olga, du enttäuschst mich gewaltig. Aber gut, ich erkläre es dir später. Jetzt muss ich zu den beiden rübergehen. Wer weiß, was deine schwachsinnige Tante ihm alles erzählt hat.«

Wenn du wüsstest, denke ich und bin wütend, weil er mich gerade so abgefertigt und keine meiner Fragen beantwortet hat. Doch einen Augenblick später ruft er bereits nach mir. »Oletschka, komm mal kurz zu uns, Kind.«

Widerwillig betrete ich das Wohnzimmer. Ludmila und David sitzen immer noch auf dem Sofa, nur der Abstand zwischen den beiden hat sich vergrößert. Ludmila lächelt zwar, als wäre nichts gewesen, ihre Augen allerdings sind noch etwas gerötet.

»Schau, Oletschka, David hat hier etwas Komisches an der Wange. Was könnte das sein?«

Er verdreht Davids Hals so, dass dessen Dauerlächeln kurz erlischt, und deutet auf einen Fleck hin.

»Ist Olga denn im Studium so weit, dass sie das beurteilen kann?«, fragt der vermeintliche Patient, und Opa lockert seinen Griff etwas.

»Es schadet nicht, wenn sie mal einen Blick drauf wirft, oder? Also, was sagst du?« Opa schaut mich erwartungsvoll an.

Ich tue so, als würde ich es genau begutachten, und sage schließlich, dass es meiner Meinung nach nichts Besonderes sei.

»Na, dann ist ja gut.« Opas kurze schroffe Antwort bedeutet, er ist sauer. Sauer, weil David es gewagt hat, meine Medizinkenntnisse infrage zu stellen, und vielleicht auch, weil ich nichts Schlimmes bei ihm feststellen konnte. David schaut uns belustigt an und zwinkert mir zu.

Ich murmele eine Entschuldigung und gehe auf mein Zimmer. Dass mich Opa immer noch herumkommandiert wie eine Zweijährige!

Ich blicke auf mein Handy, es zeigt zwei verpasste Anrufe von Radj. Immerhin. Das gibt mir etwas Auftrieb, sodass ich sogar die Bücher aufschlage und Multiple-Choice-Fragebogen ankreuze. Immer wieder wandert mein Blick dabei auf die leere Wand. Sie bereitet mir Unbehagen, und ich überlege sogar, etwas anderes aufzuhängen, finde allerdings nichts, was mich zufriedenstellt.

»Weißt du zufällig, wo Opa mein Bild deponiert hat?«, frage ich später Mutter, die kurz bei mir reinschaut. Zu diesem Zeitpunkt haben Opa und David die Wohnung verlassen, und mir ist klargeworden, dass ich auf eine Erklärung von ihm noch lange warten werde.

»Nein, das weiß ich nicht. Und es interessiert mich auch nicht. Kümmer dich lieber um deine Prüfung.«

»Was hat das eine mit dem anderen zu tun?«

»Eben! Also verstehe ich nicht, warum dich irgendein Bild beschäftigt, wenn deine zukünftige Karriere auf dem Spiel steht.«

»Welche Karriere, Mutter? Es ist bloß eine Prüfung, übertreib nicht!«

»Olga! Reiß dich zusammen!«

Meint denn jeder hier, er könne mit mir wie mit einem Kind reden? Meine Mutter hat den ultimativen Ton einer Trainerin, für die ihre Schützlinge nur dann etwas wert sind, wenn sie gewinnen. Ansonsten müssen sie zu Gewinnern geformt werden. Dass ich allerdings schon lange nicht mehr in diese Kategorie gehöre, hat sie immer noch nicht verstanden.

»Schon gut, es ist sowieso sinnlos«, sage ich und ernte ihren missbilligenden Blick.

Den Rest des Abends verbringe ich mit Warten, während im Hintergrund Ravi Shankar singt. Ich warte auf Opa, damit er mich endlich aufklärt, warum er das Bild abgenommen hat. Ich warte auf meine Mutter, weil sie mich bestimmt noch wegen irgendwas belehren möchte. Und ich warte auf einen Anruf von

Radj. Doch nichts davon geschieht, und ich gehe früh ins Bett. Natürlich gelingt es mir nicht einzuschlafen. Mein Zimmer, das ich immer mochte, hat sich verändert, und auch wenn ich wie ein Mantra wiederhole, dass mein Bild bald wieder an seinem Platz hängen wird, fühle ich eine Unruhe in mir wachsen. Als würde alles nie mehr so sein wie früher.

Beim Aufwachen am nächsten Morgen hängt mir der letzte Traum noch nach. Ich sehe Sergejs Gesicht vor mir, ein schönes slawisches Gesicht mit ausgeprägten Wangenknochen und starker Kieferpartie. Und seine blauen Augen, in denen ich so gern versinken möchte. Ich sehe sein Lächeln und höre seine Stimme und rufe mir in Erinnerung, dass wir für heute verabredet sind. Wenn das Treffen gut verläuft, kommen wir vielleicht doch noch richtig zusammen, denke ich und könnte die Welt umarmen. Es macht mir nicht einmal etwas aus, dass Opa bereits um diese Zeit nicht mehr zu Hause ist, dass meine Mutter mich einfach nur grimmig anguckt und dass sich Radj noch immer nicht gemeldet hat. Heute bin ich zufrieden, beschließe ich und küsse meine Mutter auf die Wange, die erstaunt stehen bleibt und dann zögerlich meinen Rücken streichelt.

Mascha und ich sitzen in einem Café unweit der Uni, die ich heute anscheinend ganz schwänzen werde, und nippen an unseren Tassen. Meine Freundin ist wie so oft so angezogen, als wäre sie bereit für ein Date in einem noblen Restaurant, während meine eher sportliche Kleidung, die sie kommentarlos, aber kritisch begutachtet, keine Rückschlüsse auf das heutige Treffen mit Sergej zulässt.

Wir genießen die noch milde Sonne und überlegen, was der Sommer wohl zu bieten hat. Maschas ursprüngliche Idee, meine Zwischenprüfung, die ich ihrer Meinung nach selbstverständlich bestehen werde, gebührend auf dem KaZantip-Festival auf der Krim zu feiern, ist nun Geschichte, und ich bedauere, im letzten Jahr nicht dabei gewesen zu sein. Mascha hat noch monatelang von der ausgelassenen Atmosphäre auf dieser Technoparty geschwärmt, von den coolen DJs und natürlich von den Jungs, von denen mindestens die Hälfte hinter ihr her war.

»Es wird wohl einen Ersatz an einem anderen Ort dafür geben, aber mir ist ehrlich gesagt die Lust vergangen«, sagt sie.

»Wird jetzt sowieso nicht mehr möglich sein«, antworte ich. Die ganze KaZantip-Idee hätte für mich nur auf der Krim funktionieren können, denn dort lebt Opas Cousine dritten Grades, eine Meeresbiologin und bekennende Kommunistin wie mein Großvater. Zu dieser »goldigen« Frau wäre er bereit gewesen, mich mit Mascha fahren zu lassen, denn dieses Prädikat drückt das größte Lob und die tiefste Bewunderung aus, zu der mein Opa bei Frauen fähig ist.

»Ich überlege mir was«, sagt Mascha, »mach dir keine Sorgen.«

»Mache ich auch nicht. Von mir aus können wir den ganzen Tag am Strand liegen.«

»Ich weiß, deswegen überlege ich mir auch was«, lacht sie.

So wie früher, denke ich, als sie sich überlegt hat, den Sportunterricht zu schwänzen, um im nahe gelegenen Park Zigaretten zu rauchen. Oder als wir unsere Familien belogen haben, wir würden jeweils bei der anderen übernachten, und stattdessen am Strand feierten und dann im Morgengrauen nackt im Meer geschwommen sind. Mascha überlegt sich oft Sachen, und sie funktionieren immer. Oder fast immer.

»Nur nichts Großes«, bitte ich. »Ich weiß gar nicht, ob ich die Prüfung feiern will.«

»Ach komm«, winkt sie ab.

Ein Passant zwinkert Mascha zu, und sie lächelt milde. Wie die Königin, die dem Untertanen ihre Gunst erweist. Er dreht sich noch mal um, in der Hoffnung, sie hätte tatsächlich Interesse an ihm, aber meine Freundin ist mit ihren Gedanken schon ganz woanders. Ich sehe seinen enttäuschten Blick, der von ihr zu mir wandert und mich kurz streift. Aber ich scheine nicht seinem Geschmack zu entsprechen. Normalerweise hätte mich seine Reaktion gestört, ich wäre genervt, schon wieder die zweite Geige zu spielen, aber heute bin ich versöhnlich. Heute ist es mir egal, ob ich ihm sympathisch und hübsch genug vorkomme, soll er doch an Mascha denken. Denn sie hat ihn längst vergessen.

Manchmal frage ich mich, wie sie es schafft, die Jungs reihenweise abzuweisen oder sie für ihre Zwecke einzusetzen, ohne dass auch nur einer böse auf sie wird. Mehr noch, bei ihrem nächsten Anruf stehen sie wieder parat. Meine Cousine Alina meint, Mädchen wie Mascha werden bereits so übertrieben weiblich und manipulativ geboren, da kann man nichts machen. Aber, tröstet sie mich, oft geraten diese Maschas dann an die Falschen, und anstatt ihre ambitionierten Träume im Cabriolet auf den Bahamas auszuleben, fahren sie mit dem Regionalbus ein paar Kilometer außerhalb Odessas, um bei den Bauern dort billigere Lebensmittel einzukaufen. Ich schaue Mascha zu, wie sie selbstbewusst ihren Kaffee trinkt, und kann sie mir wirklich nicht beim Feilschen um ein Kilo Kartoffeln vorstellen.

»Habe ich dir schon erzählt, dass ich mich bei einer Au-pair-Agentur beworben habe?«, fragt sie.

Definitiv keine Kartoffeln, denke ich. Wenn sie feilscht, dann eher um Diamanten. »Nein, hast du nicht«, sage ich.

»Tja, die nehmen zwar ordentlich Provision, aber ich hoffe, sie finden schnell eine Familie für mich. Sonst macht mir Gena noch einen Heiratsantrag, und ich gründe eine eigene«, lacht sie. »Ich glaube, er ist tatsächlich kurz davor.«

Von all ihren Verehrern ist mir Gena am unsympathischsten, und sollte er ihr tatsächlich einen Antrag machen und sie würde annehmen – denn sie steht auf ihn, ob sie es zugibt oder nicht –, dann kann ich mir nicht vorstellen, wie es mit unserer Freundschaft weitergehen soll.

»Nichts wie weg mit dir«, sage ich, und sie lacht wieder.

»Du wirst mich noch vermissen, warte nur ab.«

Sie hat recht, ich werde sie vermissen, das weiß ich. Aber ich frage mich auch, wie mein Alltag ohne sie aussehen könnte, ohne ihre Geltungssucht und ohne unsere ständige Konkurrenz. Denn wir vergleichen uns seit der ersten Klasse. Seit dem ersten Diktat und der ersten Mathestunde. Später kamen Jungs und Physik dazu. In Physik versagte Mascha und ich bei den Jungs. Und ich weiß, dass es auch weiter so zwischen uns gehen wird. Wir werden unsere Jobs vergleichen und die Ehemänner, später die Kinder, bis wir anschließend die Falten in unseren Gesichtern und die grauen Haare zählen werden.

»Ich vermisse dich jetzt schon«, streichle ich noch ihr Ego, bevor wir uns verabschieden. Sie schüttelt den Kopf und rennt zur Haltestelle.

Das Meer ist ruhig. Vorsichtig strecken sich einzelne Wellen zum Strand hin aus und rollen wieder zurück. Ich bin an unserem alten Strand in Luzanovka, wo wir als Kinder so gern hingefahren sind. Der Himmel ist klar, am Horizont sieht man Schiffe im Wasser liegen, die in der Dunkelheit funkeln werden, und nur leise, mit eingedämmtem Sound, bringt sich die zurückgelassene Stadt in Erinnerung. Ich bin zu früh da, setze mich auf einen Bootskiel und warte. Ein Segelschiff schneidet die Wellen und zieht einen Streifen glatter Oberfläche hinter sich her. Ich frage mich, ob Sergej etwas Romantisches vorhat, verwerfe den Gedanken aber wieder. Wie ich davor den Gedanken verworfen habe, er würde mich gleich um einen Gefallen bitten wollen. Darum, ihn vielleicht zu einem Vorspiel zu begleiten oder etwas Ähnliches. Dann vergeht die halbe Stunde, die ich zu früh da war, und dann noch zwanzig Minuten, die mir zeigen, wie weit meine Vorstellungen von der Realität entfernt sind. Der Sand drückt in den Schuhen, und ich finde es mittlerweile idiotisch und kindisch, sich hier und nicht in einem ordentlichen Café verabredet zu haben.

Ich denke, das wars jetzt. Kein Happy End für Olga und Sergej. Doch dann ist die Hoffnung wieder da, und sie mehrt sich, je näher seine Figur am Strand kommt. Jedes Mal wenn ich ihn sehe, überrascht mich das Gefühl, unsere Geschichte sei noch nicht zu Ende. Mehr noch: Als wüsste ich, er würde genauso wie ich empfinden und auch mehr wollen.

»Entschuldige«, sagt er, »ein blöder Tag«, und setzt sich neben mich. Dann holt er zwei Flaschen Bier aus seinem Rucksack.

»Willst du?«

»Nein, vielleicht später.«

Er trinkt allein, während ich aufs Meer starre und meine Laune samt den Erwartungen hinterm Horizont herunterrutschen.

»Im Wasser gibt es keine Grenzen«, sagt er plötzlich.

»Es gibt überall Grenzen, auch im Wasser«, entgegne ich.

»Kannst du nicht mal ausnahmsweise mit mir einer Meinung sein? Wieso dieses dauernde Widersprechen? Das macht mich echt müde.«

Er ist gereizt, und ich weiß, was mich jetzt erwartet. Wahrscheinlich gelingt ihm irgendeine schwierige Klavierpassage nicht so, wie er es sich wünscht. Oder sein Professor hat eine unpassende Bemerkung abgegeben, die er wieder mal zu persönlich genommen hat. Oder sein Unmut dem korrupten Musikhochschulsystem gegenüber hat heute einen neuen Höhepunkt erreicht. Früher oder später wird er es auspacken, das weiß ich mittlerweile.

»Du bist aber gut drauf.«

Er trinkt weiter, bis die Flasche leer ist. »Weißt du, dass Igor und nicht ich zum Wettbewerb fahren wird? Unserer lieber Professor hat sich heute entschieden.«

Ein paar Kieselsteine fliegen Richtung Wasser.

»Oh, Mist.«

»Allerdings.«

»Und wenn du deinem Professor einen Hausbesuch abstattest?«

»Mit Blumen und Pralinen, oder wie?«

»Mit Geld«, sage ich, »und mit netten Worten. Du weißt doch, Geld regiert die Welt. Da sind die schönen Künste keine Ausnahme.«

Er guckt mich an. »Nein, Olga. Kein Geld für den Arsch. Ich werde mich später dafür hassen. Entweder er erkennt mein Talent, oder er kann mich mal.«

»Sei nicht so idealistisch.«

»Doch, das bin ich. Und wenn es dir nicht passt, kannst du gehen.«

Ich bleibe sitzen.

»Ich dachte, mein Talent wird hier endlich genug

gewürdigt und gefördert. Was für ein Idiot ich doch bin! Ich hätte in Deutschland bleiben sollen. Es war ein Fehler zurückzukommen. Dort wird man wenigstens wie ein Künstler behandelt.«

»Sei nicht so radikal.«

»Ich? Ich bin radikal? Also ich bitte dich. Das alles hier ist doch am Arsch: die Menschen, die Ausbildung, das Leben. Was werde ich hier erreichen mit meinem nutzlosen Abschlusszeugnis einer Musikhochschule?«

Seine Wut macht mich sprachlos.

»Sei froh, dass du was Gescheites studierst, du kannst später wenigstens einen guten Beruf ausüben, während ich für Touristen in einer heruntergekommenen Bar spielen werde.«

»Ich verspreche, ich komme dann und applaudiere laut«, versuche ich, die Situation aufzulockern, und es gelingt mir – Sergej lächelt. Seine Hand wandert zu meiner, er streift meine Handfläche mit seinen Fingern und berührt die Fingerkuppen. Ich fühle mich so, als hätte ich endlich wieder was, das mir ganz nahegeht.

»Schau, wie schön der Horizont ist«, sage ich. Der Himmel teilt sich gerade in zwei Teile auf: rechts dichte aufgequollene Wolken und links ein völlig sauberer Himmel, leicht rosa von der gerade untergehenden Sonne. »Wie Yin und Yang.«

Sergej lacht.

»Hast du schon mal wegen einem Typen weinen müssen?«, fragt er unvermittelt.

Ja, wegen dir, denke ich.

»Wieso willst du das wissen?«

»Ach, nur so. Habe gerade über etwas nachgedacht. Vergiss es.«

Die Frage gefällt mir nicht. So was will man doch nicht von einer Person wissen, an der man interessiert ist. »Wirst du etwa von enttäuschten Mädels belagert?«, versuche ich es weiter mit einem lockeren Ton, doch er zieht eine Grimasse.

»Die Welt dreht sich nicht nur um Frauen«, gibt er bissig zurück.

Somit lande ich wieder da, wo ich nicht hinwollte – auf einer Zwischenstation ohne Verpflichtungen und Versprechungen, aber mit viel Ungewissheit und wenig Aussicht auf mehr. Es ist eine befremdliche Erkenntnis, ich versuche, sie zu verscheuchen wie Fliegen von einem Tortenteller, doch es gelingt mir nicht. Ich mag diese Gedanken nicht, sie verwirren mich, zeigen, dass ich mich auf einem Weg befinde, der nirgendwohin führt.

Nirgendwohin führt auch unser Treffen. Außer dass Sergej sich an einen Klavierwettbewerb in unserer früheren Musikschule erinnert und dass ihm da ein Licht in Bezug auf mich aufgegangen sei. Auf mein Talent, und überhaupt habe er mich damals erst richtig wahrgenommen. Mein Herz flattert, wartet vergeblich auf einen Kuss oder eine Liebeserklärung, auf etwas, worauf meine Fantasien weiter aufbauen können.

»Wir sind doch ein Team, oder?«, fragt er, bevor ich aus der Tram aussteige. Ich nicke, und er umarmt mich.

Die Tür geht zu, er winkt mir, und ich beiße mir auf die Unterlippe.

VI

Wenn die Kastanienbäume zu blühen anfangen, beginnt Odessas schönste Zeit. Der Sommer steht in den Startlöchern, die Badesaison kündigt sich an, und die Luft ist noch angenehm mild. Die weißen Blüten ragen wie kleine Kerzenleuchter zu Tausenden in die Höhe und übertragen eine fast festliche Stimmung auf die Passanten, die unter ihnen flanieren. Die Trams sind überfüllt, die Wahrsagerinnen auf dem Markt ausgebucht. Das Leben verlagert sich mehr und mehr nach draußen. In den alten Innenhöfen riecht es nach gebratenen Auberginen, Knoblauch und gegrillter Dorade. Zwischen den kaputten Steinplatten sprießen frische Grashalme, an denen dicke Hauskatzen nagen. Die Hofhunde bellen selten, im Grunde nur, wenn sich ein Fremder hierhin verirrt. Alle anderen werden mit einem gemäßigten Schwanzwedeln begrüßt. Die Abende werden lang, die Nächte kurz. Jeder kennt jeden:

»Wie geht es Ihnen?«

»Es geht.«

»Wann heiratet Ihre Tochter endlich?«

»Fragen Sie nicht. Das Kind wird mich noch ins Grab bringen.«

»Ach was. Wir werden alle noch auf der Hochzeit Ihrer Enkelkinder tanzen.«

»Ihr Wort in Gottes Ohr.«

Die Menschen zieht es zum Meer, an die Stadtstrände oder weiter raus, um den Touristen zu entfliehen. Und während die Wellen an den Felsen in kleine Wasserperlen zerbrechen, ahnt man leise, was Glückseligkeit bedeutet. Meistens bleiben die Odessiter ihrer Stadt lebenslang treu. Manchmal müssen sie aber woanders hinziehen, und es bricht ihnen das Herz.

Die ganze nächste Woche lässt sich Radj nicht an der Uni blicken. Als ich mich endlich überwinde, ihn anzurufen, geht er nicht an sein Handy. Langsam mache ich mir Sorgen um ihn. Nur ein *Alles OK*, das ich dann doch noch von ihm bekomme, bewahrt mich davor, zu ihm zu fahren. Das und die Tatsache, dass ich so etwas wie Davids persönliche Stadtführerin geworden bin. Mein Großvater hat uns alle so geschickt eingespannt, dass wir seit der Ankunft seines Freundes um ihn herumtanzen wie um ein goldenes Kalb. Seit einer Woche ziehe ich nun täglich mit David von Stadtteil zu Stadtteil, vom jüdischen Friedhof zum Strand, von einem alten Antiquariat zu den schönsten Straßen und habe mittlerweile auch dieses Dauerlächeln im Gesicht, das ich bereits bei meinen Tanten und meiner Mutter beobachtet habe.

»Du schaust wie eine Grenzdebile«, sagt Opa, wenn

er mich abends wieder ausquetscht, wo ich überall mit David gewesen sei und mit wem er unterwegs gesprochen habe.

»Dieser alte Schwachkopf mit seinem amerikanischen Grinsen. Und siehst du, wie schick er sich macht?«, sagt Opa. »Für wen richtet dieser Alain Delon seine Fassade her?«

Die Fassade meines Großvaters jedenfalls bleibt immer die gleiche, obwohl sie auch etwas Auffrischung vertragen könnte.

»Pass schön auf«, flüstert mein Großvater, »wer weiß, welche Gehirnwäsche er hinter sich hat.«

David scheint bei Opa die widersprüchlichsten Gefühle auszulösen: Mal wirkt er beschwingter, geradezu ausgelassen, und dann überfällt ihn das schlimmste Misstrauen seinem Freund gegenüber, und ich frage mich, ob er sich selbst seiner emotionalen Achterbahn bewusst ist.

»Mir reicht eine Durchgeknallte hier«, sagt Opa und nickt in Ludmilas Richtung, die nur müde lächelt. Sie ist auch die Einzige von uns, die keine »Aufgabe« bekommen hat. Und während meine Mutter für David seltene Antiquariatssachen besorgt, Polina sich um die Arzttermine kümmert – in New York sind alle Ärzte schlecht – und meine Cousinen ihn sonst irgendwie bespaßen, scheint Ludmila sich der Kollektivverpflichtung entzogen zu haben.

Da mein Aiwasowski-Bild einen Tag später wieder an seinem Platz hing, spiele ich die brave Enkelin und erstatte Bericht. Auf meine Nachfragen, wieso er mein

Bild weggenommen habe, mimt Opa den Unschuldigen und meint, er hätte nur den Rahmen reinigen lassen wollen. Und an die Anspielung auf Davids Interesse an dem Bild erinnert er sich nicht mehr und meint, sie sei meiner Fantasie entsprungen.

Mein Opa hat immer gepredigt, es gäbe nichts Wichtigeres auf der Welt als die Familie. »Familie, Familie und nochmals Familie!«, rief er uns Kindern zu und hatte dabei eine erschreckende Ähnlichkeit mit dem Anführer des Weltproletariats und dessen Aufforderung: »Lernen, lernen, nochmals lernen!«

»Wisst ihr, dass ich für euch mein Leben geben würde?«, konfrontierte er Natascha, Alina, Lena und mich mit seiner Vorstellung der grenzenlosen Liebe und löste bei uns Unbehagen aus. Was könnten wir denn ihm bieten? Gute Noten? Gehorsam? Fleiß? Nichts, aber gar nichts war in unseren Augen so viel wert wie seine Aufopferung für unser Wohl. Und daher wollten wir sie gar nicht haben. »Ich kann es nicht mehr hören«, beschwerten wir uns untereinander und wünschten, unser Großvater würde uns lieber das Schachspielen beibringen oder ein Eis kaufen, so wie es die Großväter unserer Freundinnen taten. Aber nein, Eis und Spiele waren für ihn zu gewöhnlich. Er setzte seine Liebe mit seinem Leben gleich, was mich bisher davon abgehalten hat, jemandem »ich liebe dich« zu sagen.

Trotz dieser unermesslichen Liebe und ständigen Beschreibungen, in welche Art von Tod er für uns gehen würde, scherte sich Opa kaum um unsere Wünsche und Träume. »Erschießen lassen würde ich mich für euch!«, rief er theatralisch durch die Küche und verlangte im selben Atemzug, Alina solle sich gefälligst mit der Enkelin irgendeiner Bekannten von ihm anfreunden. »Vom achten Stock würde ich mich für jede von euch stürzen!«, sagte er mit weit aufgerissenen Augen. »Und ihr könnt nicht mal eurem Opa zuliebe diese grässliche Musik abstellen?« Es waren Erpressungen und erschwindelte Zusammengehörigkeitsbekundungen zugleich. Er war launisch und furchtbar misstrauisch. Seine Paranoia krachte mit derselben Frequenz wie seine makabren Liebesbekundungen auf uns nieder, und oft wechselten die beiden Komponenten so schnell, dass wir innerhalb weniger Minuten mit ihm in einen bösen Streit gerieten.

»Na? Wollen wir mal? Bin schon gespannt, wie sich meine Moldawanka verändert hat.« David reibt sich freudig die Hände. »Aber sag nichts: Ich möchte es mit meinen eigenen Augen sehen.«

Heute ist meine letzte Tour, anscheinend hat sich Opas Verdacht, sein Freund führe was im Schilde, seinen Launen folgend verflüchtigt, und ich darf mich wieder mir selbst widmen.

Wir nehmen die 28er-Tram, dann die 12er und steigen am Privoz aus. Ich mag den Markt nicht sonderlich und gehe meistens nur auf das Betteln von Radj hin, weil er immer wieder aufs Neue von der dort herrschenden Hektik, dem Gedränge und im Sommer auch von den Gerüchen fasziniert ist. Er kann stundenlang durch dieses Lebensmittellabyrinth schlendern und Sachen kaufen, die er nicht braucht. Ich komme mir dort immer wie ein Verkehrshindernis vor, das andauernd den Menschenmassen ausweichen muss. Man schubst mich, man motzt mich an, man kleckert Eis auf meine Schuhe. Ab und zu, wenn das Gedränge besonders dicht ist, landet irgendeine Männerpfote auf meinem Hintern, und bevor ich mich umdrehen kann, ist sie wieder verschwunden.

Zum Glück will David gar nicht zum Privoz, sondern wir gehen daran vorbei, biegen rechts ab, überqueren die nächste Straße nicht weit vom Jüdischen Krankenhaus und sind mitten in der Moldawanka, die sich seit dem letzten Mal, als ich hier war, noch weiter verkleinert zu haben scheint. Bald wird nichts mehr vom alten, ursprünglichen Odessa übrig sein, denke ich, als wir einen dieser greisenhaften Innenhöfe mit heruntergekommenen Häusern, herumhängenden Kabelschleifen und dem Geruch gebratenen Fischs betreten. Ein Dutzend Katzen eilt uns entgegen, in der Hoffnung, wir hätten etwas Essbares dabei, und sie miauen beleidigt, als wir an ihnen vorbeigehen.

»Hier hat meine erste Kindheitsliebe gewohnt«, sagt David und zeigt auf ein neu aussehendes weißes Plastikfenster im Erdgeschoss, das wie Davids Zähne aufgrund seines strahlenden Weiß sofort ins Auge springt. »Ihr Vater war ein Repressionsopfer unter Stalin, und sie wurden nach Sibirien verbannt.« Er zeigt auf ein anderes Haus. »Und hier lebte früher Ljowa, der kurzsichtige Briefmarkenverkäufer. Aber das weißt du bestimmt von deinem Großvater.«

»Ich höre diesen Namen zum ersten Mal.«

David schaut mich erstaunt an. »Na ja, er hatte so eine Art Laden, halb illegal natürlich, wie fast alles in Odessa. Jedenfalls wurden dort jeden Dienstag und Donnerstag Briefmarken getauscht und verkauft. Und im Hinterzimmer liefen ganz andere Geschäfte. Dieser Ljowa, den halb Odessa kannte, saß für gewöhnlich auf einem Requisitenstuhl des Opernhauses vor dem Laden und erzählte Erfolgsgeschichten seiner Enkel, die in Amerika lebten. Das hättest du sehen sollen: so ein vergoldeter Barockstuhl mit überdimensionaler Rückenlehne und darauf Ljowa, blind wie ein Maulwurf, aber mit einer Stimme wie Pavarotti.«

»Wie ist er zu diesem Sessel gekommen?«

»Sein Bruder Dodik war Nachtwächter in der Oper – nebenher verkaufte er auch Fisch auf dem Privoz –, der gab ihm den Stuhl im Tausch gegen eine seiner seltenen Briefmarken.«

»Ist ja witzig.«

»Ja«, seufzt David. »Das waren noch Zeiten. Da konnte man sich Odessa ohne Ljowas halb im Sessel versunkene Gestalt gar nicht vorstellen.«

Alle paar Meter bleibt David kurz stehen, erzählt dies und jenes, lacht, scherzt, scheint bester Laune zu sein. Er hat etwas Euphorisches an sich, wie ein Kind, das sich über alles freuen kann. Vielleicht hat er tatsächlich eine Gehirnwäsche hinter sich?

Je länger David erzählt, desto mehr verliere ich

mich zwischen all den Ljowas und Arontschiks und ihren gemeinsamen Unternehmungen. Zwischen den Bootsausflügen und Angeltouren, die nie nach Plan verliefen. Zwischen all den Spirituosen, die getrunken und geschmuggelt wurden, zwischen den ausländischen Parfüms, die großzügig auf die Frauen versprüht wurden, zwischen Zigarren und Zigaretten, die bis zum Morgengrauen geraucht wurden, und zwischen den Wetten auf alles Mögliche, die immer in Streitereien endeten und manchmal auch in Schlägereien. Ab und zu wiederholt sich David, wobei seine neuen Versionen stets von den alten abweichen. Ich frage nicht nach und nicke freundlich, was ihn zu weiteren Geschichten animiert.

Irgendwann schaue ich auf die Uhr und erschrecke, es ist schon eins. Eigentlich wollte ich noch bei Radj vorbeischauen. Ob er überhaupt zu Hause sein wird, weiß ich allerdings nicht, ich habe keine Antwort bekommen, als ich mich für den Nachmittag angekündigt habe. Hoffentlich hat dieser Idiot nichts angestellt.

Das seltsame Schweigen, das seit Tagen zwischen uns herrscht, kann sich nur noch in einem Streit auflösen. Ich kenne seine Art, plötzlich auszuflippen, mich zu beschimpfen, zu verdammen und schließlich an meinen Füßen zu landen und um Verzeihung zu betteln. Als würde er dieses Drama gelegentlich brauchen, um sich damit abzufinden, dass wir nur Freunde sind. Meint zumindest Mascha. Vielleicht hat sie recht, und ich sollte ihn tatsächlich loswerden, solange wir uns noch im Guten trennen können. Bevor er noch ganz durchdreht.

»Ah! Genau das Richtige für eine Abkühlung.« David setzt sich im Schatten der Bäume an einen Plastiktisch, der von den Pollen einen gelben Schleier trägt. Ich lasse mich neben ihn auf den Stuhl fallen. Ein Eis, und dann bin ich weg, wiederhole ich innerlich wie ein Mantra.

»Bitte für meine schöne Begleitung und mich ein Eis, Liebchen«, gibt er seine Bestellung bei einer Kellnerin auf. Dass auch er wie mein Opa alle Frauen, die er nicht näher kennt, mit »Liebchen« anspricht, degradiert ihn in meinen Augen. Aber der Kellnerin gefällts, denn sie kichert über diese alberne Anrede und serviert das Eis so schnell, dass die Kugeln noch nicht einmal angeschmolzen sind, was normalerweise der Fall wäre.

David probiert seine Portion und lässt sich zufrieden zurückfallen. »Wunderbar!«, ruft er aus. Er scheint eine Weile in Erinnerungen zu schwelgen. Seine Augen sind mit einem Schleier überzogen wie das Meer ganz in der Früh vom Dunst einer hellgrauen Nebeldecke, bevor die Sonne sie wegbrennt. Doch dann lächelt er wieder mit diesen furchtbar weißen Zähnen und sagt mir, wie schön ich doch sei und wie gut es tue, wieder in Odessa am Schwarzen Meer zu sein. Ich lächle und schaue bedeutungsvoll auf meine Uhr. Endlich bemerkt David, dass es mich fortzieht.

»Hör mal, bevor du gehst, wollte ich mit dir noch was besprechen.«

Ich ahne nichts Gutes.

»Ich möchte deinen Großvater überraschen und plane ein Treffen mit unserer alten Clique.«

»Du weißt doch, er hasst Überraschungen«, entgegne ich skeptisch. »Und er hat sich mit fast allen zerstritten«, füge ich noch hinzu.

»Eben. Daher musst du mir helfen, sie zusammenzubringen. Nicht dass etwa unterschiedliche politische Meinungen unserer Freundschaft gefährlich werden könnten. Das Treffen soll nächsten Freitag in Arkadija stattfinden. Sieh zu, dass du ihn irgendwie dorthin bekommst, ohne dass er was mitkriegt.« Es klingt wie ein Befehl.

»Ich versuche es, aber ich kann wirklich für nichts garantieren«, sage ich schließlich, um das Gespräch abzukürzen.

»Wunderbar! Du wirst es schon hinkriegen, da bin ich mir sicher.«

David führt galant meine Hand an seinen Mund und deutet einen Handkuss an. Dann seufzt er leicht. »Eure Mütter haben gute Töchter erzogen, das muss man schon sagen. Wären doch meine Enkel mir gegenüber genauso respektvoll wie ihr.« Er schweigt einen Augenblick und fährt dann fort: »Mein Andrej hätte eine Russin heiraten sollen, nicht irgendeine Amerikanerin, die ihm das Leben zur Hölle macht und ihn manipuliert. Ich bin mir sicher: Von allein wäre er nie auf die Idee gekommen, dass ich meine Enkel nur dann sehen darf, wenn ich mich rechtzeitig ankündige. Wo gibts denn so was?«

Ich male mir aus, dass diese Ankündigungen bestimmt nicht zu seinen Stärken zählen. Genauso, wie in bestimmten Momenten den Mund zu halten oder sich nicht in das Leben seines Sohnes einzumischen. In dem Punkt gleicht er meinem Großvater, dem es jedoch viel besser gelingt, die Oberhand über seine Familie zu behalten.

»Andrej ist ein guter Junge, leider zu gut für die Frauen. Mir wäre es lieber, er wäre ein Schürzenjäger«, lacht David. »Ich hoffe, seine Söhne bekommen mehr vom Leben. So schöne junge russische Mädchen waren hinter ihm her, und dieser Idiot verliebt sich in diese komische Frau! Die Allotschka, zum Beispiel. So ein gutes Mädchen war das, kultiviert und eine gute Köchin. Oder Liliana! Die hättest du sehen sollen – eine richtige Schönheit! Aber nein, die waren dem Herrn alle nicht gut genug. Er wollte eine andere. Und nun bitte schön!«

Ich rühre in meinem Eisbecher, als wäre es Tee, während David weiter von seinen Enkeln, deren Studium und Amerika erzählt. Ihn jetzt zu unterbrechen und zu gehen, wäre unhöflich, und ich will unsere letzte Tour nicht ruinieren. Also höre ich ihm halb zu. Diese Unterhaltung, das Eis, das Viertel mit den zerfallenen Häusern, den leeren Innenhöfen und der Vorahnung, dass hier alles bald ganz anders aussehen wird, lässt Wehmut in mir aufsteigen. Bald ist David wieder weg, und die Erinnerung an seinen Besuch wird mit der Zeit verblassen.

»Schau mal.« David holt sein Portemonnaie aus der

Hose und zeigt das Bild von einem lächelnden Mann auf einer belebten Straße. Die Sonne scheint, der Hintergrund wirkt wie durch einen künstlich angelegten Filter verschwommen. »Das ist Andrej«, sagt David nicht ohne Stolz. Ich betrachte die hellbraunen Haare und die feinen Gesichtszüge, schaue mir seinen linken Arm an, den er hochhebt, um nicht von der Sonne geblendet zu werden, und finde, dass seine Statur in Relation zu seiner Körpergröße etwas stämmig wirkt. Er hat die gleichen schneeweißen Zähne wie sein Vater. Seine Augen sind nicht zu erkennen, sie liegen im Schatten seiner Hand.

»Sehr hübsch schaut er aus«, sage ich. »Ganz der Vater.«

Ich merke, wie David mich anstarrt. Wie seine Gesichtsmuskulatur einfriert, das Lächeln erlischt. Ich glaube, er hört sogar auf zu atmen.

Ich warte einen Augenblick. »David? Alles in Ordnung?«

Er schaut mich an, eindringlich, als suche er etwas in meinem Gesicht, dann entspannt er sich wieder und lächelt. Beim Anblick seiner weißen Zähne bin ich geradezu erleichtert.

»Entschuldige, die Hitze setzt mir ein wenig zu. Vielleicht sollte ich langsam zurück ins Hotel fahren«, sagt er.

»Ja, natürlich.«

David streckt das Foto wieder in sein Portemonnaie und zieht ein paar Geldscheine hervor, die er unter seine Eisschale klemmt.

»Gute Gene sind unser Geheimnis«, sagt er noch, bevor wir uns verabschieden.

Während ich zu Fuß zu Radj schlendere, überlege ich, Mascha anzurufen, um mit ihr über Davids merkwürdige Reaktion zu sprechen, aber bestimmt ist Gena gerade bei ihr, und ich habe nun wirklich keine Lust auf unterdrücktes Gekicher im Hintergrund.

Als ich schließlich bei Radj lande, bin ich fast überrascht, dass er wirklich zu Hause ist. Ich freue mich richtig, seine dünne Gestalt wiederzusehen.

»Magst du Tee?«, fragt er mich, nachdem er mich hineingelassen hat.

Ich schüttele den Kopf und werfe meine Handtasche auf sein Bett. Es ist die einzige Möglichkeit, etwas abzulegen, denn in seinem Zimmer stapeln sich Kisten voller Obst und Gemüse, die seine Vermieterin hier deponiert. Sie kauft es bei den Bauern in den umliegenden Dörfern und verhökert es später auf dem Markt für den doppelten Preis. Mit derselben Dreistigkeit, mit der sie Radjs Zimmer als Lagerraum nutzt, bedient er sich an ihren Früchten.

»Eine Runde Backgammon?«, frage ich.

Er nickt, obwohl er nicht gern gegen mich spielt. Ich verliere dauernd. Aber ich bin von dem Spiel besessen. Sollte ich heute gegen ihn gewinnen, dann ist Davids Schockstarre von vorhin nur ein Produkt meiner Fantasie, beschließe ich.

»Bau du auf«, sagt er und holt Zigaretten und eine Flasche Wodka.

Die erste Runde verliere ich in Rekordzeit. Radj ist sauer und hat keine Gnade mit mir. In der zweiten Runde wehre ich mich verzweifelt, würfle aber immer schlechte Kombinationen und verliere wieder.

»Hab Erbarmen«, bettle ich verzweifelt, doch er schmeißt mich auch aus der dritten Runde raus.

»Genug?«, fragt er genervt.

Bockig baue ich wieder auf. Ich finde Gefallen daran, ihn zu provozieren, auch wenn das Mittel dazu meine eigene Unfähigkeit ist.

In der vierten Partie bekomme ich wieder eine Chance, die ich dann allerdings doch vermassele.

»Das reicht«, sagt er und klappt das Brett zusammen. »Hast du Hunger?«

»Ja«, antworte ich, obwohl ich nicht hungrig bin. Ich möchte nur gerade nicht mit ihm in einem Zimmer sein. Zwischen uns hat sich eine Spannung aufgebaut, von der ich befürchte, sie könnte sich entladen.

Er verschwindet in die Küche, während ich halb liegend zurückbleibe. Auf seinem Tisch steht das Familienfoto, das er vor einem Monat in den Schrank verbannt hat.

»Gehts dir gut? Was machst du so?«, frage ich ihn, als er mit einem Teller voll Reis und Hühnchen hereinkommt.

Er zuckt mit den Schultern. »Hab den Job im Café bekommen.«

»Echt? Ich wusste gar nicht, dass du dich darauf bewerben wolltest. Gratuliere! Und wie ist es so, als Kellner zu arbeiten?«

Doch er hat keine Lust auf ein Gespräch und stellt den Teller auf den Boden. »Hier, iss.«

»Was ist los mit dir, Radj? Soll ich lieber verschwinden?«

»Nein, du kannst hierbleiben.« Er dreht mir den Rücken zu.

»Was ist denn?«

Er schaut mich an, seine Augen funkeln. »Ich hätte nicht gedacht, dass dir unsere Beziehung so wenig bedeutet«, sagt er schließlich.

»Beziehung? Welche Beziehung, wovon redest du?«

»Ich weiß, du möchtest es dir nicht eingestehen, aber unsere Freundschaft ist doch keine Freundschaft mehr.«

»Sondern?«

Es fällt ihm nicht leicht zu antworten. »Na ja, fast eine Liebe«, stößt er hervor. »Und komm mir jetzt nicht wieder damit, dass ich mir das alles einbilde«, fährt er fort. »Denk lieber darüber nach, ob du dir nicht etwas einbildest. Oder ob du einfach Schiss hast zuzugeben, dass du was für mich empfindest.«

»Ich weiß nicht«, sage ich. »Vielleicht ist da tatsächlich ein Körnchen mehr zwischen uns als nur Freundschaft. Aber Liebe?«

»Siehst du, du hast so viel Angst davor, dass du dir selber nichts eingestehen willst.«

»Jetzt hör mal zu, Radj. Ich weiß, dass du mehr für mich empfindest. Und es tut mir leid. Ich habe für dich keine tieferen Gefühle. Aber ich mag dich sehr.«

Er starrt vor sich hin. »Ich wusste, dass du so reagieren würdest«, sagt er schließlich. »Du bist ein Feigling. Deswegen hast du auch dauernd Fluchtfantasien, bist deinem Leben nicht gewachsen, kannst deine Probleme nicht lösen und hast vor allem, was neu ist, eine Riesenangst. Und was Männer angeht, bist du genauso eine Versagerin wie deine Tanten und deine Mutter. Liegt anscheinend in der Familie!«

»Was bist du nur für ein Schwein! Was soll das? Warum musst auch du mir noch das Leben schwer machen?« Meine Stimme zittert vor Wut, doch ich reiße mich zusammen.

»Dir das Leben schwer machen? Und was ist mit meinem Leben?«, schreit er.

»Was weiß ich!«, brülle ich zurück. »Ich bin nicht für dich verantwortlich! Ich habe genug eigenen Kram, um den ich mich kümmern muss!«

»Eben, was weiß ich. Noch nie hast du dir Gedanken über mich gemacht. Ich bin nur ein Zeitvertreib für dich. Ich tauge nur dazu, dass du deinen falschen Weg nicht allein gehen musst. Aber was ist mit meinen Gefühlen? Scheiß auf Rajdesh! Ist nur ein blöder Inder, der bald eh wieder nach Hause fährt!«

Ich fülle mein Glas bis zum Rand und kippe alles hinunter. Der Wodka ist viel zu warm und brennt im Hals. Radj macht es mir nach. Wir gucken einander an, bis er es nicht aushält und die Gläser wieder füllt. Ich bereue, nicht doch zu Mascha gefahren zu sein. Wir stürzen das nächste Glas hinunter.

Wann und wie wir im Bett gelandet sind, kann ich nicht mehr sagen. Ich liege auf seiner Bettdecke, während Radjs Hände meinen Körper untersuchen. Ich habe noch fast alles an, er auch. Radj versucht, meinen Oberschenkel zu streicheln, doch ich ziehe mein Bein etwas weg. Ein Schauder durchläuft mich. Ich will das hier nicht.

»Ist dir kalt?«, flüstert er und küsst mein Ohr.

Ich schüttele nur den Kopf. Radj küsst mich weiter, und seine Lippen wandern meinen Hals hinunter. Da ich mich total verkrampfe, weicht er zum Kehlkopf aus, zum Kinn, an die Unterlippe, in den Mundwinkel. Ich traue mich nicht, den Kopf zur Seite zu drehen, und hoffe, dass er gleich aufhört. Ich krümme mich zusammen.

»Was ist?«, flüstert er. »Ist dir doch kalt? Soll ich dich wärmen?« Ohne meine Antwort abzuwarten, schmiegt er sich an mich. Gerade als ich glaube, es nicht mehr auszuhalten, hört er plötzlich auf und guckt mich entgeistert an.

»Ich widere dich an, stimmts?«

Ich gucke zur Seite.

Er setzt sich auf die Bettkante und schweigt.

»Entschuldige«, sage ich. »Radj?«

Er steht auf, huscht aus dem Zimmer und knallt die Tür zu.

»Verschwinde endlich!«, höre ich ihn schreien. »Hau ab!«

★★★

Die nächsten Tage verbringe ich wie im Delirium, und in den Nächten quälen mich die Albträume. Meist wache ich dann schweißgebadet auf, reiße die Fenster in meinem Zimmer weit auf und schaue eine Weile den Autos hinterher, die wie kleine Glühwürmchen eines nach dem anderen in die Nacht hineinkriechen.

Ich liege unter einer Gänsefederdecke, die so leicht ist wie eine aufgeschlagene Wolke, und fühle mich hundemüde. In unregelmäßigen Abständen flattert jemand herein und macht sich Sorgen.

»Dir fehlen Vitamine«, behauptet Polina und zwingt mich, Tabletten aus suspekten Packungen zu schlucken, die sie Gott weiß wo gekauft hat. Ich tue es, damit sie mich in Ruhe lässt.

»Besser?«, fragt sie nach ein paar Minuten hoffnungsvoll, und ich nicke leicht und schließe die Augen. »Schlaf nur«, flüstert sie, »das wird dir guttun, du brauchst Kraft für die Prüfung.«

Guttun würde mir zum Beispiel die Gewissheit, dass David durch meine Fragerei nicht verstört ist. Denn seit unserem letzten Ausflug hat er sich rargemacht und klappert seine alten Kumpels ab, was meinem Großvater überhaupt nicht gefällt. Er vermutet eine Verschwörung – dieses Mal zu Recht angesichts der Pläne von David, für ihn ein Überraschungstreffen zu organisieren – und qualmt mehr Zigaretten als sonst. Von Radj habe ich auch nichts mehr gehört. In diesem Fall bin ich allerdings froh darum – die Erinnerungen an den Nachmittag bei ihm quälen mich oft genug, und manchmal wird mir ganz übel davon. Vielleicht sind es aber auch nur die Nebenwirkungen von Polinas Tabletten, die mir die Magensäure nach oben treiben.

Später schaut Mutter vorbei und fühlt meine Stirn.

»Du bist etwas heiß, wahrscheinlich eine Sommergrippe, die sich da ankündigt.«

»Kann sein«, antworte ich, und sie lächelt zufrieden. »Da musst du durch, Olga, es wird schon wieder. Nicht auf den letzten Metern schlappmachen. Ich weiß, die Prüfung ist schwierig, aber du schaffst es schon. Und dann kannst du dich erholen, so viel du willst.« Mutter drückt mir mit Zuversicht die Hand und schiebt die Medizinbücher etwas näher an mein Bett.

Opa selbst kommt nicht vorbei, aus Angst, er könne sich anstecken, schickt aber Ludmila mit einem Teller voller Delikatessen und der Frage, wie ich denn mit dem Lernstoff vorankomme, zu mir.

»Lass es dir schmecken, Oletschka. Du brauchst Energie.« Sie richtet meine Decke noch etwas zurecht, nimmt meine Hand in ihre Hände und senkt für einen Augenblick den Kopf, als würde sie im Stillen beten. Anschließend gibt sie mir einen Kuss auf die Wange und schließt leise die Tür hinter sich. Wahrscheinlich wird sie Opa gleich ausrichten, es gehe mir schon besser und er müsse sich keine Sorgen machen – ihre Taktik, damit man sie in Ruhe lässt. Und Natascha, Alina und Lena versorgen mich mit Magazinen und etwas Tratsch. Natascha bietet mir sogar eine Substanz an, die meine Laune ankurbeln soll, aber ich lehne dankend ab.

Sie alle haben keine Ahnung, was ich wirklich durchmache, und warten, bis der Spuk vorbei ist. Ich bilde mir sogar ein, mein Zustand hätte Einfluss auf die gesamte Familie, die nun, sollte ich viel länger im Bett liegen bleiben, kollabieren würde. Als wäre durch mein Nichtfunktionieren ein empfindliches Gleichgewicht gestört worden. Der Gedanke tut eine Weile gut, ich komme mir wichtig und mächtig vor. Dann finde ich es doch ermüdend, für alles Glück der Verwandtschaft Verantwortung zu tragen, und schlafe erschöpft ein. Ich träume vom Meer, das mich am Strand mit hohen Wellen überrascht, und von Elefanten, die ins Wasser steigen und davonschwimmen.

★★★

»Steh auf, es reicht!«

Irgendwann am Freitag rüttelt eine unsanfte Hand den Schlaf von mir ab, und ich öffne tatsächlich die Augen. Die Sonne fällt mir direkt ins Gesicht, sodass ich schützend die Hand vor die Augen halte. An meinem Bett steht Mascha und funkelt mich böse an.

»Was soll das werden?«, fragt sie barsch.

»Was denn?«

»Das hier. Hast du jetzt vor, dein ganzes Leben im Bett zu verbringen, oder was?«

»Übertreib nicht, ich bin nur müde.«

»Wovon? Vom Nichtstun? Jetzt steh endlich auf.« Mascha reißt mir die schöne warme Decke, an die ich mich kralle, weg und öffnet das Fenster. Mein Zimmer füllt sich sofort mit Tramgeräuschen, Autohupen und der warmen, etwas nach Salz riechenden Luft.

»Was gibts Neues?«, frage ich.

»Nichts. Die Welt dreht sich weiter, auch ohne dich.«

»Wie schön. Dann kann ich ja so weitermachen.«

»Hör mal, stehst du jetzt auf oder nicht?«

Ich setze mich unmotiviert auf die Bettkante. Von dem Nachmittag bei Radj weiß sie noch gar nicht, und ich bin mir nicht sicher, ob ich es ihr erzählen soll. Mascha schaut mich von oben bis unten mit leicht zusammengekniffenen Augen an und kräuselt die Lippen.

»So wie du aussiehst, kann ich dich nicht mitnehmen.«

»Ich will gar nicht mitkommen«, wehre ich mich. »Gönn mir einfach noch ein wenig Ruhe.«

»Wozu? Damit du weiter in Selbstmitleid versinkst? Du musst mir nichts sagen, ich bin sicher, dein Zustand hat etwas mit Sergej zu tun. Aber jetzt reicht es. Heute kommst du mit mir.«

Ich starte noch einen Versuch, erzähle, dass ich unbedingt zur Uni muss, dass ich was vorhabe. Doch es ist ihr egal, denn sie hat auch etwas vor.

In Maschas Tasche befindet sich ein halber Kosmetikladen, und sie zieht ein Schminkutensil nach dem anderen hervor wie ein Zauberer die Kaninchen aus dem Hut. Dann macht sie sich ans Werk.

»Nicht so viel!« Ich ziehe meinen Kopf zur Seite. »Gib mir einen Spiegel.«

»Jetzt halt mal still und lass mich machen.«

Früher hat Mascha mich immer in unserem Treppenhaus geschminkt, damit meine Mutter es nicht mitbekam. Die wollte nicht, dass ich mich schminke, und machte jedes Mal eine Szene, wenn eine der netten Babuschkas aus dem Hof ihr wieder von meinen roten Lippen oder schwarz überschminkten Augen berichteten.

Zehn Minuten später reicht Mascha mir endlich den Spiegel. So schlecht schaut es tatsächlich nicht aus. Mascha lächelt. »Jetzt siehst du wie eine vorzeigbare Begleitung aus.«

Mein Spiegelbild gefällt mir. Der ausgebliebene Appetit der vergangenen Tage zaubert endlich den gewünschten Wangenknochenschatten hervor, und ich finde mich hübsch. Zum Teufel mit Radj, mit David und seinem Sohn, mit Opa und auch mit Sergej.

Mein Kleid ist zu kurz, die Schuhe zu hoch, aber ich sehe einen Funken Neid in Maschas Augen und fühle mich so, als könnte heute etwas Großartiges passieren.

Bevor ich mit Mascha die Wohnung verlasse, klopfe ich bei Opa an. Er freut sich, dass ich endlich mein Zimmer verlassen habe, und vergisst darüber sogar, meine Freundin zu beschimpfen.

»Hör mal«, sage ich zu ihm. »Was hältst du von einem kleinen Ausflug heute Abend?«

»Nichts natürlich. Was für ein Ausflug? Wohin?«

»David organisiert irgendein Treffen, und er hätte

dich gern dabei. Eigentlich sollst du nichts davon wissen, aber ich weiß, bei dir geht es so nicht, deswegen die Wahrheit. Also, gehst du hin und spielst den Überraschten?«

Opa schmunzelt. »Überraschung, sagst du? Was genau?«

»Keine Ahnung.«

»Dann komme ich nicht.«

»Wieso denn? Was kann schon passieren?«

»Weiß nicht. Sag du es mir.«

»Okay«, gebe ich nach. »Anscheinend werden auch alte Freunde von dir dort sein. Vielleicht spielt ihr Karten. Aber mehr weiß ich wirklich nicht.«

»Soso«, sagt er, und ich merke ihm an, dass er Interesse hat.

»Na komm schon. Wie oft gehst du noch raus? Wird dir guttun.«

»Gut, ich überlege es mir«, sagt er nach kurzem Abwägen. »Schließlich kann man David ja nicht unbeaufsichtigt auf diese alten Männer loslassen.«

Dass er es erwägt, kommt einem Wunder gleich. Wahrscheinlich wird er nicht die geringste Überraschung zeigen, wenn er in Arkadija ankommt, aber es ist mir egal – ich habe meinen Auftrag erfüllt.

Dass Mascha mich zu einer Demo mitnimmt, erfahre ich erst, als es zu spät ist.

»Mach dir keine Sorgen. Es ist gar keine richtige Demo, bloß ein kleiner Marsch. Sieh das als eine Gelegenheit, dir nach deinem Dornröschenschlaf die Beine zu vertreten«, beruhigt mich meine Freundin, als ich Anstalten mache abzuhauen. Ich dachte, sie würde mich zu einer Vernissage oder einem Geburtstag irgendeiner Freundin mitschleppen. Schlimmstenfalls in die Kneipe, in der Gena arbeitet. Doch nicht zu so was.

»Seit wann bist du politisch engagiert? Oder sehen die Typen da besonders gut aus?«, stichele ich. Doch sie zerrt mich hinter sich her und sagt, ich käme ihr manchmal sehr kindisch vor.

In der Nähe eines kleinen Akazienparks stehen viele, meist junge Leute im Schatten der Bäume. Man könnte sie für Studierende halten, die gerade ihre Vorlesungen schwänzen, hielten da nicht einige die ukrainische Flagge in der Hand. Manche haben gelb-blaue Bänder um den Oberarm gebunden und tragen ukrainische Trachtenoberteile mit aufwendigen Stickereien. Die bestickten Stoffe beeindrucken mich, lösen aber gleichzeitig ein beklemmendes Gefühl in mir aus.

»Sind das sicher keine Nationalisten?«, flüstere ich Mascha zu.

Sie verdreht die Augen. »Natürlich, was sonst! Und wenn du ein falsches Wort sagst, gehen sie dir sofort an die Kehle.«

Die Szenen vom Maidan huschen mir durch den Kopf, und Mascha, die mich sehr gut kennt, sagt schließlich, es seien ganz normale Menschen, die ihre Heimat lieben. So wie sie und ich es auch tun. »Beruhige dich«, sagt sie noch, bevor wir in Hörweite sind, »es sind normale Jungs, wirklich. Und wenn es dir nicht gefällt, werde ich dich sicherlich nicht festhalten.«

Ich spüre interessierte Blicke, als wir dazustoßen. Obwohl auch ich heute herausgeputzt bin, zieht Mascha alle Männeraugen auf sich. Wie immer. Sie hat schon vor dem Spiegel posiert, als wir noch in der Grundschule waren. Sie wollte unterschiedliche Gesichtsausdrücke üben, um, wie sie sagte, die Jungs zu manipulieren. Und die Mädchen. Ich verstand es damals nicht, aber es fesselte mich, mit welchem Enthusiasmus sie ihre vielen Gesichter einstudierte.

Mascha begrüßt ein paar der Anwesenden mit Kopfnicken, und während ich mich umschaue, bemerke ich etwas abseits Genas Gestalt. Er streift uns kurz mit seinem Blick und dreht sich halb um zu seinem Gesprächspartner, einem hochgewachsenen, dürren Typen mit verrückten Augen. Ich stoße Mascha leicht mit dem Ellenbogen und deute auf Gena. Sie sagt etwas wie »Schnee von gestern« und zuckt mit der Schulter.

Nach dem ersten Bier entspanne ich mich ein wenig. Zumal wir immer noch unter den weiß blühenden Bäumen stehen und ich die Hoffnung habe, dass es auch dabei bleiben wird. Man redet über den Westen, über Freiheit und die Chance auf ein besseres Leben. Und über Putin. Ich höre nur zu und vermeide es, direkt angesprochen zu werden. Meine Freundin dagegen diskutiert eifrig auf Russisch und Ukrainisch mit, und es macht für sie gar keinen Unterschied. Ich verheddere mich sofort im Ukrainischen – die Sprache ist auch nach vielen Schuljahren nie meine eigene geworden.

Westen, Fortschritt, europäisches Wertesystem. Woher hat Mascha das, und wieso weiß ich so wenig von ihren Ansichten?

»Wir wollen in die EU, und wir werden dafür kämpfen, egal wie lange die Proteste andauern, egal wie viel Gewalt nötig ist«, höre ich sie sagen. Mascha ist Feuer und Flamme. So viel Engagement kenne ich bei ihr nur, wenn es um Jungs geht. Doch diesmal scheint es ihr ernst zu sein, und ich glaube ihr. Ich glaube ihr, wenn sie sagt, sie habe Angst, ihre Heimat zu verlieren. Ich glaube ihr, wenn sie sagt, sie möchte gern die ukrainische Kultur verbreiten – ihre Vorfahren seien schließlich Donkosaken gewesen. Und ich glaube ihr, wenn sie meint, sie würde zu jedem Zeitpunkt Widerstand gegen Aggressionen von außen leisten.

Ein paar Jungs fangen an zu klatschen, und es erfüllt mich mit Stolz, sie als beste Freundin zu haben. Mascha lächelt zufrieden und dreht sich etwas nach rechts, sodass sie Gena direkt ins Gesicht blickt. Ich sehe ein zufriedenes Lächeln über seine Lippen huschen und dann eines über ihre, und schon ist der ganze Zauber für mich verflogen. Maschas Wangen glühen, die Augen glänzen – eine Pseudopatriotin. Wahrscheinlich war dieses ganze Demo-Gerede nur ein Vorwand, um Gena zu ködern. Denn trotz Maschas tiefster Überzeugung, sie habe einen reichen Mann verdient, mag sie diesen Typen, und zwar mehr, als sie es sich eingestehen will.

Langsam kommt etwas Bewegung in die Reihen, und dann marschieren wir tatsächlich los. Jemand schaltet eine schöne, melodische Musik ein und gleich wieder aus. Transparente werden eilig auseinandergerollt, und ich sehe patriotische Slogans in Großbuchstaben neben antisowjetischen Comics. Dann ertönt wieder Musik, dieses Mal anscheinend die richtige, und laute, beinahe aggressive Akkorde schallen über unsere Köpfe hinweg. Ich schiele auf die Straßen rechts und links, doch niemand scheint sich sonderlich für uns zu interessieren. Die Leute gehen weiter, und nur kleine Kinder zeigen mit Fingern auf uns.

»Wen juckt es schon, dass jeden Tag unsere Jungs an der Front sterben? Solange hier die schöne Sommerzeit begonnen hat, ist für diese Leute alles in Ordnung.« Plötzlich geht Gena neben mir, und ich frage mich, wie ich ihn nicht bemerken konnte. »Es wundert mich, dass du mitgekommen bist, Olga«, sagt er. »Hätte das nicht für möglich gehalten.«

Ich höre Respekt in seinen Worten und frage ihn, wieso er das nicht gedacht hätte. Er guckt mich an, schiebt sein blau-gelbes Band am Oberarm etwas höher und spuckt auf den Boden.

»Na ja«, sagt er schließlich, »sei mir nicht böse, aber solche alten Kommunistensäcke wie deinen Opa kann ich nicht ausstehen. Und wie ich mitbekommen habe, stehst du komplett unter seinem Einfluss. Ich habe einfach nicht damit gerechnet, dass du aus der Reihe tanzt.«

Mein Kopf fühlt sich auf einmal leer an und die Beine schwer wie Blei. Hat Mascha ihm das alles erzählt? Wieso sollte sie so etwas über mich sagen? Ich kralle mich an meine Tasche wie an einen Rettungsanker, um nicht zu stolpern.

»Dieser Marsch zeigt, dass wir Bürger der Ukraine sind und dass wir jedem, der was dagegen hat, den Schädel einschlagen, verstehst du? Entweder man teilt unsere Ansichten, oder man verschwindet besser schleunigst.«

Ich teile überhaupt nichts, schreit mein Inneres, ich bin nur wegen Mascha hier, dieser Verräterin! Wie konnte sie mit diesem Schwachkopf über mich und meine Familie reden? Ich erzähle ihr, dass mein Opa nichts von der EU hält und dass die Ukraine für ihn wie eine Prostituierte sei, die für Geld alles mit sich machen lässt. Und diesem Miststück fällt nichts anderes ein, als alles ungefiltert an diesen Möchtegern-Nationalhelden weiterzugeben!

»Wir sehen uns später. Du kommst doch nachher mit zum Strand?«

Ein zaghaftes Kopfnicken, und Gena beschleunigt seinen Schritt und schließt sich wieder den anderen an. Nur meine vermeintliche Freundin kann ich nirgendwo entdecken. Vielleicht ist sie schon längst abgebogen und flirtet irgendwo mit ihrem nächsten Opfer.

Eine gefühlte Ewigkeit später entdecke ich sie doch in einer der Reihen.

»Was fällt dir ein, mit diesem Idioten über meinen Großvater zu reden?«, fahre ich sie an. »Gehts noch?«

»Was ist jetzt schon wieder los?« Sie verdreht die Augen. »Wer hat meine kleine Olga beleidigt?«

»Wieso muss ich mir anhören, was für ein Arsch mein Opa ist? Und von wem? Irgendeinem dahergelaufenen Pseudokämpfer für die Gerechtigkeit? Erzählst du ihm auch von deinem Vater und seiner Obsession für all die russischen Feiertage, die er gern mit Wodka und Hering zelebriert?«

Anscheinend kommt der Angriff überraschend, denn sie sagt kein Wort. Nur ihr Lächeln weicht aus dem Gesicht.

»Was ist passiert?«, bringt sie schließlich doch heraus.

»Du bist passiert. Und du bist mir in den Rücken gefallen. Ich dachte, Gena sei Schnee von gestern? Gibs doch zu: Du bist nur seinetwegen hier!«

Sie gibt mir einen kleinen Stoß. »Was schreist du so rum? Ich kann nichts für seine Worte. Und nein, ich rede nicht mit ihm über dich.«

Ich fixiere sie mit meinem Blick. Das hasst sie.

»Okay, vielleicht habe ich beiläufig deinen Großvater erwähnt, mehr nicht!«, gesteht sie ein.

»Ich dachte, es geht dir am Arsch vorbei, ob wir unabhängig, russisch oder ukrainisch sind. Und jetzt plötzlich hältst du Reden wie auf einem Parteitag? Was ist hier los?«

»Was los ist?«, wird auch sie laut. »Ich begeistere mich einfach für viele Dinge, das ist los. Und während du nur über dein Studium und deine unerwiderte Liebe jammerst, will ich das Leben genießen! Aber das verstehst du nicht – deine Opferrolle ist dir viel zu lieb, als dass du sie aufgeben würdest. Was hindert dich daran, dein Studium hinzuschmeißen? Was kann schon passieren? Dein Opa überlebt es, glaub es mir, deine Mutter auch. Also, was ist?«

»Was ist? Das geht dich einen Scheiß an!« Ich drehe mich um und renne weg.

Ich laufe die Straße hinunter, möchte nur weg von diesen Leuten, weg von Mascha. Die Sonne spiegelt sich in den großen Vitrinen der Läden und blendet mich von allen Seiten. Sie strahlt mich an, als wollte sie, dass mich jeder sieht. Wenn ich stehen bleibe, drehe ich durch, und so laufe ich, immer weiter und weiter, bis ich Seitenstechen bekomme. Wer sagt, man könne nicht vor seinen Problemen weglaufen? Klar kann man das. Zumindest eine Zeit lang. Ich keuche noch, als mich ein Hund anspringt und seine schmutzigen Pfoten auf meinem Kleid verewigt. Sein Herrchen zieht an der Leine und schimpft. Der Hund wedelt entschuldigend mit dem Schwanz und beschnuppert die Erde um mich herum. Ich kriege ein »Sorry« zu hören, und dann gehen die beiden weiter. Warum kann dieser nette Typ nicht mein Freund sein und der Hund nicht mein Hund?

Zu Hause empfängt mich ausnahmsweise eine entspannte Stimmung. Polina sitzt vor dem Fernseher und lacht über irgendeinen alten sowjetischen Film, während meine Mutter in ihrem Sessel in einer Zeitschrift blättert. Opa ist tatsächlich zu dem Treffen in Arkadija aufgebrochen. Ludmila ist auch nicht da. In letzter Zeit wirkt sie immer zerstreuter und wird zunehmend zu einem »Störfaktor« in Opas Reich. Dieses Wort hat er selbst verwendet, nach seinem dritten Gläschen Wodka. Er befürchtet, die Gehirnwäsche der Sektenmenschen könnte Früchte tragen, und überprüft fast jeden Tag, ob das Silberbesteck noch vollzählig ist. Er behauptet, die Jünger würden unsere Tante bald bis aufs letzte Hemd ausgezogen haben und uns alle noch dazu. Anschließend kaut er an seinen Lippen, und ich meine, in seinem Kopf Ideen rattern zu hören, die nicht weniger verrückt sind als das, was die Glaubensbrüder angeblich vorhaben.

Mit leichtem Herzklopfen gehe ich in mein Zimmer. Das Bild hängt an seinem Platz, und mein Puls normalisiert sich. Ich lege mich hin, schließe die Augen und stelle mir zum zigsten Mal vor, wie ich meiner Verwandtschaft von meinen Plänen erzähle. Ich sage ihnen, dass ich keine Kraft mehr habe. Dass ich ausgelaugt bin. Dass ich mir nicht vorstellen kann, Ärztin zu werden. Obwohl, den letzten Satz werde ich wahrscheinlich nicht sagen.

Sie werden schweigen, dann toben und anschließend um mich weinen. Sie werden nach dem Schuldigen suchen, nach einem, der mich vom richtigen Weg abgebracht hat. Nach einem, der mich ruinieren will und mir nichts Gutes wünscht. Nach einem, der neidisch auf mich ist. Sicherlich wird Rajdeshs Name fallen. Und definitiv wird Maschas schlechter Einfluss eine Rolle spielen.

Ich werde darauf beharren, selbst die Entscheidung getroffen zu haben, und mich über ihre Sturheit aufregen, woraufhin sie meine Reaktion als Beweis für ihren Verdacht auslegen, was mich schließlich in den Wahnsinn treiben wird. Und schließlich, wenn nichts hilft, werden sie mir ein schlechtes Gewissen einreden. Opa wird sicherlich irgendeine Gesundheitsschwäche vortäuschen. Mutter wird meinen schneeweißen und gestärkten Arztkittel wie ein Baby in den Händen wiegen und Polina meine brotlose Zukunft ausmalen, in der sie mir unter die Arme greifen müssen.

Der Gedanke daran löst in mir sofort Schuldgefühle aus, und ich kann ihnen nichts entgegensetzen. Egal wie oft ich diese Szene durch meinen Kopf jage, egal welche Sätze ich mir zurechtlege, es gibt momentan kein Happy End für mich. Ich muss mich einfach damit abfinden.

VII

»Sage ich dir nicht andauernd, dass deine sogenannte beste Freundin eine Egoistin ist? Aber wer hört schon auf die eigene Mutter?«

Wir sind gerade in der Küche, die sich in der Morgensonne mit jedem Tag weiter aufwärmt und bald nur noch im Halbdunkel zu ertragen sein wird, und führen eine Art Mutter-Tochter-Gespräch, was mir so seltsam vorkommt wie die Tatsache, dass ich meine Mutter soeben in meine Probleme mit Mascha eingeweiht habe. Ich schwitze, obwohl es erst sieben Uhr ist, fächere mir mit einer Zeitung Luft zu und wünschte, wir könnten Opa endlich zu einer Klimaanlage überzeugen.

Mutter, die einerseits darüber empört ist, dass jemand ihre Tochter schlecht behandelt hat, sich aber andererseits darüber freut, mich endlich von Maschas Einfluss befreit zu sehen, versucht, gleichzeitig heißen Kaffee zu trinken, ein Ei zu braten und sich den Schweiß von der Stirn zu wischen. Solch einen Einsatz kenne ich bei ihr nur, wenn es um ihre Schülerinnen geht. Um ihre schlechten Schülerinnen, die sie unbedingt noch in Form bringen muss. In dieser Rolle blüht sie auf.

»Das ist alles nicht wichtig, es gibt keine besten Freundinnen. Sie alle wollen doch nur was von dir, glaube mir«, giftet sie weiter.

»Was denn?« Plötzlich ist Polina aufgetaucht. »Wer will was von wem?«

Mutter erzählt Polina, wie Mascha mich wegen eines Jungen hat stehen lassen, und wiederholt, sie hätte mich schon immer vor ihr gewarnt.

»Na, das wird ja auch Zeit«, pflichtet ihr Polina bei und holt sich ein Brett aus dem Regal, um sich darauf Obst zu schneiden. »Sei froh, dass du sie los bist. Solche wie die spannen dir auch ohne Gewissensbisse den Freund aus. Du kannst dich nur auf deine Familie verlassen, merk dir das.«

Ja, denke ich im Stillen, die Familie, diese tolle Gemeinschaft, die mir Kraft gibt und mich so akzeptiert, wie ich bin.

Das Husten und Fluchen im Flur kündigt nun auch unser wichtigstes Familienmitglied an. Ohne Begrüßung kommt Opa in die Küche und gießt die Reste unseres Kaffees in die Spüle, wäscht anschließend wortlos den Kaffeekocher mehrmals aus, befüllt ihn mit Wasser und Espressopulver und setzt ihn lautstark auf den Herd. Sein Treffen in Arkadija scheint nicht gut verlaufen zu sein.

»Was sitzt ihr hier rum?«, sagt er endlich. »Und warum lernst du nicht?«, fragt er an mich gewandt. »Glaubst du, du hast es nicht nötig?«

Wir schweigen, denn in seiner jetzigen Verfassung kann er nur Schimpftiraden von sich geben.

»Da hast du mir aber gestern was eingebrockt, du mit deinem blöden Gerede! Freunde treffen! Von wegen!«

»Was ist denn vorgefallen?«, frage ich.

»Was vorgefallen ist? Was soll die Frage? Reicht es nicht, dass ich meine Zeit mit diesen Idioten vergeudet habe? Brauchst du noch Mord und Totschlag?«

»Nein, aber –«

»Nichts aber! Idioten! Alle miteinander!«

Er knallt die Küchentür zu und stürmt hinaus, während der nasse Kaffeekocher leise zu zischen beginnt.

Polina schneidet in aller Ruhe weiter Bananen und Äpfel, schiebt sie in eine Schale und gießt etwas Naturjoghurt hinzu. »Opas Anfälle haben in letzter Zeit zugenommen, findet ihr nicht?«

Meine Mutter nickt kurz, sagt aber nichts. Ich zucke mit den Schultern. Wer zählt schon seine Anfälle?

»Eigentlich, seit David da ist«, fügt Polina hinzu.

»Finde ich gar nicht«, lässt meine Mutter wie nebenbei fallen. Sie wirkt nachdenklich.

»Nicht?«

Die Überraschung in Polinas Stimme ist so deutlich, dass Mutter aus ihren Überlegungen herausgerissen wird. »Nein«, sagt sie etwas zaghaft. »David tut unserem Vater gut. Immerhin ist er ja zu diesem Treffen gefahren. Vielleicht versöhnt er sich sogar irgendwann mal mit seinen Freunden.«

»Soweit ich es mitbekommen habe, war es Olga, die Vati dazu überredet hat.«

»Aber ohne David hätte es überhaupt kein Treffen gegeben.«

»Wie du meinst.« Mit genervtem Blick stellt Polina ihre Schüssel auf den Tisch und setzt sich zu uns.

»Oletschka, wie kommst du mit dem Lernen voran?«

»Gut«, sage ich.

»Lass dich von Opa nicht ärgern, hörst du? Ich kann mich an kaum ein Treffen mit seinen Freunden erinnern, nach dem er gute Laune hatte. Er spinnt doch nur.«

Ich nicke etwas verhalten und wundere mich, dass Polina nett zu mir ist. Dennoch tut es gut, dass mich mal jemand verteidigt, auch wenn ich meiner Tante sofort irgendwelche Absichten unterstelle.

»Hör mal«, sagt sie. »Eigentlich wollte ich heute mit Lena und den Zwillingen zur Datscha fahren und die Vorräte dort auffüllen, aber fahr du doch mit. Ein bisschen Ablenkung tut dir sicherlich gut.«

»So kurz vor der Prüfung?« In den Augen meiner Mutter blitzt eine gewisse Skepsis auf.

»Nun komm, zwei Tage Erholung hat sie sich doch verdient«, sagt Polina. »Und bis zum Examen sind es noch ein paar Wochen. Außerdem ist Felix auch dort.«

»Ach ja?«, horcht meine Mutter auf.

Felix, der Sohn unserer Nachbarin und seit einem Jahr Arzt in der Chirurgie, ist für Mutter *das* Ideal eines jungen Mannes. Gut gekleidet, nett und höflich und dazu noch Arzt – was will man mehr? Daher wundert mich ihre Reaktion nicht. Sobald sie das Zauberwort »Arzt« hört, brennen bei ihr alle Sicherungen durch. Sie hat keine Ahnung, dass Felix laufend junge Medizinstudentinnen abschleppt und auf bestem Wege ist, ein Säufer zu werden.

Dann stürmt Opa zurück in die Küche, schenkt sich einen Kaffee mit einem Schuss Likör ein, schlägt zwei Eigelb mit ein wenig Zucker schaumig und schüttet es ebenfalls in die Tasse – sein ultimatives Rezept gegen Kater. Er trinkt dieses Gesöff in einem Zug aus und blafft mich dann an, ich hätte sein Leben ruiniert. Ich weiß nicht, ob er es wirklich so meint oder ob er einfach seine schlechte Laune an mir auslassen will. Ich sehe nur, wie er vor mir steht, genervt und fies, wie er schließlich in seine leere Tasse hineinschaut und sie dann auf den Küchentisch knallt. Die paar übriggebliebenen Tropfen fliegen dabei in einem kunstvollen Bogen auf mein weißes T-Shirt. Ich sehe Schadenfreude in seinen Augen und kann mich nicht mehr zurückhalten.

»*Ich* habe dein Leben ruiniert? Wie denn? Weil ich alles tue, was du willst? Weil ich deinen Freund eine Woche lang bespaße oder weil ich deine Stimmungen hinnehme? Vielleicht bist du derjenige, der *mein* Leben ruiniert und nicht nur meins? Glaubst du, es macht Spaß, deine Launen zu ertragen?«

Opa ist perplex. Polina und Mutter wohl auch, denn normalerweise würden sie mich sofort maßregeln. Jetzt aber schweigen sie und warten Opas Reaktion ab. Und ihm fällt nichts Besseres ein, als die Tasse umzustoßen und zu gehen.

Ich triumphiere, wenn auch nur im Verborgenen. Es passiert nicht oft, dass mein Großvater einfach so das Schlachtfeld verlässt, ohne noch eine giftige Bemerkung loszuwerden oder eine theatralische Einlage hinzulegen à la plötzlicher Schwächeanfall, gefolgt von Herzschmerzen. Nicht einmal die Tür hat er zugeschlagen.

Polina spült die Tasse ab, die komischerweise unbeschadet geblieben ist, und räumt sie zurück in den Schrank.

»Also, was sagt ihr?«, fragt sie, als wäre nichts gewesen, was meinem Triumph einen Dämpfer verpasst. Eben noch hat sie mich darin bestärkt, Opas Anfälle zu ignorieren, und jetzt gönnt sie mir diesen kleinen Sieg nicht.

»Macht euch zwei erholsame Tage«, sagt Mutter. »Vielleicht ist es besser, Opa erst mal aus dem Weg zu gehen.«

»Gut. Ich habe jetzt eh keine große Lust auf ihn«, sage ich und ziehe mich in mein Zimmer zurück, um ein paar Sachen für die Datscha zu packen.

Einige Augenblicke später klopft Mutter an. Anscheinend hat sie doch noch Redebedarf wegen meines Ausbruchs.

»Auch wenn Opa nicht recht hat, solltest du nicht so mit ihm reden, Olga«, sagt sie in vorwurfsvollem Ton. »Aber ich denke, das ist dir selber klar.«

Klar ist mir nur, dass du nicht auf meiner Seite bist,

denke ich und versuche noch mal, diese Wut in mir aufkommen zu lassen. Diese befreiende Wut, die mich veranlasst hat, Opa endlich in die Schranken zu weisen. Doch diesmal gelingt es mir nicht, und meine Mutter geht wieder, ohne dass ich ein Wort gesagt hätte.

Ich setze mich auf den Boden, lehne mich an die Wand und spiele noch mal kurz die Szene von vorhin in meinem Kopf ab. Hat Mascha etwa recht? Habe ich mich zu sehr mit meiner Opferrolle abgefunden?

Ein unterdrücktes Stimmengewirr dringt zu mir durch und holt mich zurück in mein Zimmer. Zuerst nehme ich an, es kommt vom Stockwerk über uns, wo ein altes Ehepaar wohnt, Zinaida und Nikolaj, beide schwerhörig und beide sich weigernd, ein Hörgerät zu tragen. Aber nein, diese Stimmen kommen aus unserer Wohnung, aus der Ecke, wo meine Mutter und Ludmila ihre Zimmer haben. Die beiden scheinen sich zu streiten, und ich bilde mir ein, ein Schluchzen zu hören. Als ich eine Stunde später mit meinem Rucksack im Flur stehe, suche ich vergeblich nach Anzeichen eines Streits zwischen den Schwestern. Doch alle sind überaus freundlich zueinander, was die Sache noch unheimlicher macht.

Tante Polina packt uns zwei schwere Taschen mit den Vorräten, die wir schimpfend bis zur Haltestelle schleppen. Lena mault herum, ihre Hände würden ihr wehtun, und dann schafft sie es noch zu stolpern und hinzufallen. »Ihr könnt mich mal mit eurer Datscha«, schimpft sie, und wir beschließen, für den dreißigminütigen Weg, der uns von der Endhaltestelle bis zur Datscha noch bevorsteht, ein teures Taxi zu nehmen.

Die ganze Busfahrt schweigen wir. Ich denke an Mascha und kann nicht fassen, dass sie tatsächlich mit diesem Gena über meine Familie hergezogen hat. Es gibt Dinge, die niemanden was angehen, und das weiß sie. Trotzdem hat sie darauf gepfiffen, wollte sich profilieren, wollte Gena imponieren. Diese Idiotin! Ich ärgere mich, vorgestern zu schnell weggegangen zu sein, sie zu leicht davonkommen haben zu lassen. Ich weiß nicht, wohin mit meiner Wut, und wie so oft in solchen Situationen tue ich etwas Unüberlegtes: Ich hole mein Handy aus der Tasche und schreibe Sergej.

> *Guten Morgen, schläfst du noch?* 😉 *Träumst du was Schönes? Bin gerade auf dem Weg zu unserer Datscha, mit meinen Cousinen im Schlepptau.* 😬 *Wir hätten bei unserem Treffen in Luzanovka schwimmen gehen sollen, fällt mir ein. Aber das können wir ja noch nachholen, oder?* 🙂

Die ganze Fahrt warte ich auf seine Antwort, und kurz bevor wir aussteigen, kommt sie dann endlich: *Habe gerade viel Stress, melde mich demnächst.*

Und nur ein Smiley, das dann doch noch nachkommt, bewahrt mich davor, in Tränen auszubrechen.

Die Datscha begrüßt uns mit Sonnenstrahlen und salziger Luft. Das Meerwasser scheint vergoldet zu sein, als hätte jemand unzählige Eimer mit Farbe und Licht verschüttet. In Strandnähe ist wie immer ein breiter Streifen verrotteter Meeresalgen mit Miesmuscheln zu sehen, eine natürliche Grenze für Nichtschwimmer und Kinder, deren Ekel vor diesem Glitsch ihre Neugier überwiegt und sie daran hindert rauszuschwimmen. Dann kommt ein schwacher Wind auf, und ich denke, dieser Zauber verfliegt gleich. Doch anders als in der Stadt wirbelt er hier keinen Staub auf. Höchstens ein paar Sandkörner tanzen in der Luft, die Meeresglätte ist für einen Augenblick von fischschuppenartigen Wellen gestört, und schon kehrt die sommerliche Wonne zurück.

Natascha breitet sich sofort auf einem Strandtuch neben unserem Haus aus. Sie hat keine Lust auf dieses Zusammenkommen, am wenigsten wegen Alina, und es wird nicht lange dauern, bis die beiden wieder zu streiten anfangen.

Niemand von uns weiß, warum die Zwillinge sich in letzter Zeit nicht ausstehen können – Tante Ludmila vermutet, es ist ein Junge im Spiel, aber nicht mal ich bekomme etwas aus Alina heraus, obwohl wir uns sehr gut verstehen. »Es ist nichts«, winkt sie nur ab, und ich bewundere diese Loyalität ihrer Zwillingsschwester gegenüber, die auch einer Auseinandersetzung standhält.

Ich checke mein Handy. Keine Nachricht. Von niemandem. Nicht von Radj, nicht von Sergej und schon gar nicht von Mascha, was mich nicht wundert. Seitdem wir befreundet sind, hat sie sich ganze drei Mal bei mir entschuldigt, das letzte Mal gingen wir noch zur Schule.

Nach zehn Minuten hält Natascha es in der Sonne nicht mehr aus und zieht ihr Handtuch unter einen Baum.

»Warum müssen wir hier vergammeln? Da stimmt doch was nicht.«

Sie murmelt etwas über Tante Polina und ihre kruden Ideen und setzt ihre überdimensionale Sonnenbrille auf. »Ich könnte mir wirklich was Schöneres vorstellen, als hier mit euch zu hocken.«

»Dann zisch doch ab, keiner wird dich vermissen«, sagt Alina, und das sind die ersten Wörter, die sie, seit wir unsere Wohnung verlassen haben, an ihre Schwester richtet.

»Kümmere dich um deinen Kram.« Natascha dreht sich auf den Bauch, und ihre schöne dunkle Mähne bedeckt ihre Schultern.

»Lasst uns zum Strand gehen«, sage ich, »solange es noch nicht zu heiß ist.«

Natascha ignoriert mich, und Lena schüttelt nur faul den Kopf. »Später vielleicht.«

Die Touristen erkennt man sofort an ihren verbrannten roten, leichengleichen Körpern. Tagelang liegen sie in der Sonne wie faule Robben, die sich vom Bauch auf den Rücken und dann wieder zurück wälzen. Alina und ich gehen weiter nach vorne zu einem Felsvorsprung. Wir ziehen uns aus und steigen sofort ins Wasser. Ohne zu reden, schwimmen wir bis zur Boje und zurück. Alina ist wie immer einen Tick schneller, ihre Bewegungen sind geschmeidiger, leichter, gezielter. Dann liegen wir auf den Steinen, und sie keucht nicht mal, während ich ein paar Atemzüge brauche, um wieder in den Rhythmus zu kommen.

»Du musst mehr Sport treiben«, lacht sie. »Die Frau Doktor soll doch vor Gesundheit strotzen und ihren Patienten ein gutes Vorbild sein.«

Ich stöhne. »Erinnere mich bloß nicht daran.«

Ich höre ein Motorboot und stelle mir vor, wie es die glänzende Meeresglätte mit einem weißen Streifen durchtrennt, der sich sofort wieder auflöst. Ich höre Kinder im Wasser planschen und die Schreie ihrer Eltern, sie sollen verdammt noch mal nicht so weit reingehen. Dann kommt eine kurzzeitige Stille, wo ich nichts mehr höre. Nur das Meer mit seinem leisen Rauschen und dem gleichmäßigen Wellenschlag.

Wir bleiben so lange liegen, bis das Brennen der Sonne auf der Haut spürbar wird.

»Wirst du dich mit Natascha irgendwann mal versöhnen?«, frage ich meine Cousine auf dem Nachhauseweg.

»Ich weiß nicht. Können wir bitte über was anderes reden?« Alina bleibt kurz stehen und fischt aus ihrer Strandtasche eine Zigarettenpackung heraus.

»Seit wann rauchst du?«

»Ach komm, magst du auch eine?«

Ich nicke.

Wir bleiben eine Weile im Schatten eines Maulbeerbaumes stehen und rauchen. Nicht weit von unserem Haus hören wir laute Musik und Gelächter.

Vor zwei Jahren wurden gleich hinter unserer alten Datscha schöne, neue zweistöckige Häuser gebaut. Wenn der Wind kommt und die grünen Baumzweige zur Seite biegt, erstrahlt dahinter das Weiß der Wände, und Opa, der sich dadurch geblendet fühlt, verliert den Verstand. Dann kaut er an seiner Unterlippe, trinkt ein Gläschen Wodka und prophezeit schlimme Dinge: Verbrennen würden sie alles, unsere ganze Siedlung werde zu Asche, samt uns, sagt er. Damit die dahinten einen unverbauten Meeresblick hätten. Wir seien für sie nur ein Dorn im Auge, die wollten unseren Strand. Eine Zeit lang ging Opa mittags spazieren und suchte die Sträucher nach versteckten Benzinkanistern, Granaten und anderem Zeug ab. Die Nachbarn beschwerten sich, wir sollten ihn lieber einweisen lassen. Wenn sie sich mal begegneten, lächelte er krampfhaft, und ich bemerkte, wie sich die Hand in seiner Hosentasche um sein kleines Taschenmesser schloss.

Neben einem getunten Auto mit laufendem Motor stehen drei Jungs mit nackten Oberkörpern. Sie befestigen gerade eine russische Flagge an dem Fahrzeug, und wir beeilen uns, zum Haus zu kommen.

»Ihr seid zu spät«, ruft uns Lena von der Veranda zu.

»Zu was zu spät?«

»Dieser Felix, der Arzt, ist gerade gegangen.« Sie lacht.

»Na, du bist ja plötzlich gut drauf«, sage ich.

»Ein netter Typ, hat uns die ganze Zeit lustige Geschichten erzählt. Und er hat uns alle für heute Abend eingeladen. Er grillt mit ein paar Freunden Miesmuscheln und Fisch.«

Alina verzieht ihren Mund und sagt, sie gehe da garantiert nicht hin.

»Spielverderberin«, lacht Natascha.

Ich setze mich kurz auf die Veranda. Ob Felix selbst während einer OP Witze reißt und die Assistentinnen zum Lachen bringt? Ich nehme ein Glas, das noch auf der Treppe steht, und rieche Wodka.

»Mach nur bitte kein Drama daraus«, sagt Natascha leise.

»Hatte ich auch nicht vor.«

»Gut.«

Sie nimmt mir das Glas aus der Hand und kippt die Flüssigkeit in den Busch. »Dieser Aufenthalt fängt langsam an, mir zu gefallen«, lallt sie leicht.

Später am Abend stehe ich mit einem Glas Orangensaft vor Felix, der schon einiges intus hat und sich anscheinend verpflichtet fühlt, ein paar Worte mit mir zu wechseln. Die Party ist in vollem Gange, der Duft von gegrilltem Fisch liegt noch in der Luft, obwohl bereits alles aufgegessen wurde.

»Ich habe achtundvierzig Stunden lang ohne Pause geschuftet, da habe ich mir etwas Spaß verdient«, sagt er und gießt sich eine violette Flüssigkeit aus einer Art Gießkanne direkt in den Mund. »Magst du auch?«, fragt er mich, als er wieder abgesetzt hat.

»Nein, vielen Dank.«

»Okay. Also, willst du noch was über das Studium wissen? Nerven die Profs? Frag mich jetzt, denn bald werde ich keine Frage mehr beantworten können.«

»Wie kommst du darauf, dass ich was wissen möchte?«

Er guckt mich mit glasigen Augen an. »Keine Ahnung. Mutter meinte, du hättest Fragen.«

»Habe ich aber nicht.«

»Umso besser. Ich wüsste eh keine Antworten darauf«, lacht er. »Augen zu und durch.«

Es fließt noch mehr violette Flüssigkeit in seinen Mund. Dann fährt das getunte Auto vorbei, und plötzlich dröhnt die russische Nationalhymne über die Straße.

Felix stößt ein Lachen aus. »Diese Idioten denken tatsächlich, sie können uns damit provozieren.«

Vielleicht nicht jetzt, denke ich, aber später, wenn die Gießkanne leer ist?

»Tun sie das oft?«, frage ich ihn.

»Immer wieder. Aber das interessiert mich nicht. Im Grunde ist es mir egal, ob Russen oder Ukrainer da oben sitzen. Hauptsache, ich kann meinen Geschäften nachgehen, und keiner nervt mich.«

Ich frage nicht, welche Art Geschäfte er meint, es klingt jedenfalls nicht ganz legal.

»Warst du damals am Kulikowo-Pole-Platz?«, frage ich, obwohl man solche Fragen nicht stellen sollte. Denn sie ziehen weitere Fragen nach sich, und die Antworten auf diese Fragen können unangenehm sein. Bei den Auseinandersetzungen auf dem Platz starben bereits vor dem Brand im Gewerkschaftshaus ein paar Aktivisten an ihren Schussverletzungen. Es soll sehr brutal zugegangen sein.

»Wer will das wissen?« Seine Augen stechen mir buchstäblich ins Gesicht.

»Nur ich«, versuche ich, ruhig zu bleiben.

»Und wenn ich da gewesen wäre, was dann?«

»Ich würde gern wissen, wer angefangen hat, mit der Gewalt«, versuche ich es vorsichtig, bereue es aber sofort.

Er lacht. »Was war zuerst, die Henne oder das Ei? Aber jetzt mal im Ernst: Spielt das eine Rolle? Es war ein abgekartetes Spiel, das dann außer Kontrolle geraten ist. Schlimm ist, dass wir in Odessa solche Sachen immer friedlich gelöst haben, und auf einmal geht das nicht mehr. Das wird ein Nachspiel haben.«

»Wie meinst du das? Denkst du, es kann noch mal passieren?« Ich spüre, wie sich mir die Brust zuschnürt. Die Angst vor einer neuen Eskalation in meiner Heimatstadt sitzt anscheinend tiefer, als ich es mir zugestehen will.

»Ja«, sagt er. »Es kann tatsächlich noch mal passieren. Und ich glaube, beim nächsten Mal wird es noch brutaler sein. Aber lass uns jetzt nicht über diese Dinge reden, in Ordnung?«

Ich nicke. Wahrscheinlich steht mir die Angst ins Gesicht geschrieben, denn Felix verabschiedet sich schnell und zieht mit seiner Gießkanne weiter.

Nach einer Weile sehe ich, wie sich Natascha mit einem kahlrasierten Typen unterhält, und frage mich, was die beiden gemeinsam haben könnten. Vielleicht aber denkt sie gerade dasselbe von mir, denn irgendein betrunkener Kumpel von Felix drängt sich an mich und will unbedingt auf Brüderschaft trinken.

»Jetzt hab dich nicht so«, sagt er auf Ukrainisch. »Bist du eine von uns oder nicht?«

»Was bedeutet das, eine von euch?«, gebe ich unwillig zurück.

»Odessiterin oder Verräterin?« Er schaut mich prüfend an, als könnte er so die Antwort von mir ablesen. Ich möchte diese Unterhaltung nicht fortsetzen, aber er schnappt meine Hand. »Sprichst du nicht unsere Sprache? Soll ich es dir beibringen?«

»Lass mich los«, zische ich. Das hat mir gerade noch gefehlt. Ich blicke mich nach Felix um, doch der ist nirgendwo zu sehen.

»Leute wie du sollten verrecken!«, brüllt er mir ins Gesicht. »Aber warte nur ab …«

Er wankt davon, während meine Knie zittern.

Und dann fliegt von irgendwoher der erste Stein, und dann der zweite. Ich höre Glas zerbrechen. Alles passiert so schnell, ich verliere den Überblick. Jemand läuft zum Zaun, man hört Schreie und noch mehr zerbrechendes Glas.

»Haut ab«, schreit Felix, und ich schnappe mir Natascha und Lena und möchte sie von hier fortziehen. Doch die beiden haben es nicht so eilig. Nur unwillig folgen sie mir zurück zu unserer Datscha.

»Idioten«, schimpft Natascha auf dem Weg. »Ruinieren so eine geile Party.«

»Wenn es bloß bei der Party bleibt«, sage ich. »Ich mache mir Sorgen, dass –«

Doch Natascha unterbricht mich sofort. »Ich habe einfach keine Lust, mir Sorgen zu machen! Diese Stadt ist viel zu schade dafür. Ich möchte ein ganz normales Leben, ohne Politik. Schluss jetzt! Keine brennenden Häuser, keine Leichen, keine Aktivisten!«

Schweigend betreten wir das Haus. Alina schläft bereits oder tut zumindest so. Jedenfalls sagt sie kein Wort, auch nicht, als Natascha lautstark über die Türschwelle stolpert.

Ich lege mich zu Alina ins Wohnzimmer, während Natascha lieber auf dem Klappbett in dem verglasten Teil der Veranda übernachtet. Lena beansprucht das Zimmer für sich, das für gewöhnlich Opa bewohnt. Ich sehe dort noch lange Zeit das Licht unter der Tür hindurchscheinen.

Ich weiß nicht, warum ich aufwache. Draußen wird es langsam hell, doch es ist gerade einmal vier Uhr. Die Morgenluft ist frisch, getränkt vom Duft der Hagebuttenblüten und dem Meer. Ich schließe das Fenster und sehe, dass Alina nicht da ist. Dann höre ich Stimmen aus dem Bad. Natascha, kreidebleich, hockt neben der Kloschüssel und hält sich den Bauch. Alina sitzt neben ihr, in der Hand ein Glas Wasser.

»Was ist passiert?«, frage ich.

»Keine Ahnung«, ächzt Natascha. »Vielleicht haben die da was in den Alkohol gemischt. So übel habe ich mich schon lange nicht mehr gefühlt.«

Dann übergibt sie sich wieder.

»Sollen wir den Krankenwagen rufen?«

»Nein, nur das nicht! Es wird schon wieder.«

»Ich habe Kohletabletten dabei. Komm, ich löse sie in Wasser auf, und dann versuchst du, das zu trinken, okay? Die wirken schnell.«

Anscheinend wird ihr vom Gedanken an die dunkle Flüssigkeit wieder übel, und Alina schüttelt den Kopf und guckt mich vorwurfsvoll an, bevor sie sich wieder Natascha zuwendet. Als wäre ich schuld an all dem.

Auf einmal komme ich mir fehl am Platz vor. Die Zwillinge scheinen wieder vereint zu sein. Ich lasse sie allein und höre, wie Natascha leise stöhnt.

★★★

Ich kann mich noch gut erinnern, mit elf oder zwölf den einzigen Versuch unternommen zu haben, meine Arztkarriere zu beenden, bevor sie überhaupt angefangen hat. Es geschah an dem Tag, an dem ich meinen Hausschlüssel verloren hatte. Ich kam von der Schule nach Hause, setzte wie gewohnt den Rucksack vor unserer massiven Eingangstür ab und griff in das vordere Fach. Doch außer einem zerknüllten Taschentuch war es leer. Erfolglos durchwühlte ich auch den Rest des Rucksacks und lief anschließend den ganzen Schulweg zurück, in der Hoffnung, den Schlüssel irgendwo zu finden. Es war Winter, überall lag Schnee, und von den Hausdächern hingen bedrohlich dicke

Eiszapfen, die jede Sekunde hätten herunterfallen können.

In der Schule angekommen, musste ich mir verzweifelt eingestehen: Der Schlüsselbund war weg. Ich hatte ihn erst seit ein paar Monaten, nachdem ich unendlich lange darum gebettelt und Opa genauso lange protestiert hatte. Ich musste versprechen, ihn mit Argusaugen zu bewachen. Und ich nickte hocherfreut und versicherte, ich wäre alt und klug genug und würde ihn nicht verlieren. Und jetzt? Ich hatte Angst. Was erwartete mich zu Hause außer Ärger? Bestrafung, das Schimpfen meiner Mutter, Polinas Verachtung, die Häme meiner Cousinen?

Ich überlegte, wie ich mein Vergehen abmildern könnte, und entschied, mich unter die Eiszapfen zu stellen. Ich hoffte auf eine leichte Kopfverletzung, die allerdings dramatisch genug wäre, den verlorenen Schlüsselbund in seiner Wichtigkeit zu verdrängen. Ich wählte ein Hausdach mit etwas kleineren Zapfen, zog die Mütze ab und stellte mich drunter. Ein paarmal tropfte es, und ich fuhr jedes Mal zusammen, wenn ich davon getroffen wurde. Ansonsten geschah nichts, bis eine ältere Dame vorbeikam, mich anblaffte, warum ich hier ohne Mütze stünde, und mich dann wegscheuchte.

Mein Plan war fehlgeschlagen, und ich traute mich nicht, einen zweiten Versuch zu unternehmen. Ich ging wieder heim und wartete auf der Treppe, bis Opa und Mutter auftauchten. Nach der erwarteten Schimpftirade strich Mutter alle meine Aktivitäten für die nächste Woche und schickte mich aufs Zimmer.

Keine meiner Cousinen durfte mich in meiner Einzelhaft besuchen und schon gar nicht mit mir sprechen. Ich wurde mit Nichtbeachtung und Schweigen bestraft, was schlimmer war, als ausgeschimpft zu werden.

Am Abend bekam ich von Polina wortlos einen Teller mit Essen überreicht und wurde wieder mir selbst überlassen. Und gerade als ich mich mit der Situation abgefunden hatte, tauchte Lena bei mir auf und flüsterte, dass sie im Wohnzimmer gerade Apfelstrudel essen würden. »Und du bekommst nichts davon«, sagte sie schadenfroh und lächelte.

Sie konnten mich einsperren, sie konnten mich anschweigen, aber dass mir mein Lieblingsstrudel verweigert wurde, ging gar nicht. Ich, die zukünftige Ärztin der Familie, hatte verdammt noch mal ein Stück verdient. Ich rannte ins Wohnzimmer und verlangte tobend nach meiner Portion. Sie saßen alle am Tisch, und der etwas säuerliche Duft des Apfelstrudels war so intensiv, dass er meine Sinne benebelte.

Meine Mutter zog die Augenbrauen zusammen und sagte in scharfem Ton, ich solle sofort in mein Zimmer verschwinden, bevor sie die Beherrschung verliere. Als sie sich bedrohlich vom Platz erhob, trat ich vorsichtshalber einige Schritte zurück. Dann überkam es mich plötzlich, und ich sagte, dass ich es mir anders überlegt hätte und doch nicht Ärztin werden wolle. Lieber Schauspielerin. Solle doch wer anders Medizin studieren, Alina zum Beispiel. Und während sich im Wohnzimmer eine Totenstille ausbreitete, lief ich zurück ins Zimmer.

Als eine gefühlte Ewigkeit später meine Mutter und Polina wie ein Inquisitionskommando auftauchten, rutschte mein Herz in die Hose. Sie teilten mir mit, dass Opa meinetwegen ins Krankenhaus musste, und fragten, ob ich nun zufrieden sei. Dabei funkelten sie mich böse an. Ihre Stimmen klangen sehr ähnlich. Bilder eines kurz zuvor gesehenen Horrorfilms, in dem die Außerirdischen Menschengestalt annahmen und langsam die Erde infiltrierten, huschten mir durch den Kopf. Wenn dies gar nicht meine Mutter und meine Tante sind?, dachte ich hoffnungsvoll. Und wenn ich gar nicht ich bin?

Mit dem Befehl, ich solle gefälligst den Kopf heben, wenn Erwachsene mit mir redeten, holten sie mich in die Realität zurück. Sie fragten, ob mir klar sei, was ich angerichtet hätte, nannten mich undankbare Göre und schüttelten die Köpfe. In meinem Alter sollte ich eigentlich wissen, was sich gehöre und was nicht. Meine Ankündigung, doch keine Ärztin werden zu wollen, habe Opa enorm zugesetzt, sagten sie, ich hätte ihm den Boden unter den Füßen weggerissen.

Ich sagte nichts und betrachtete lieber die rot-blauen Fransen meines Bettüberzugs. Meine Augen füllten sich mit Tränen. Und als ob es nicht genug gewesen wäre, setzten die beiden noch mal nach und schilderten detailliert, wie Opa sich an die Brust gefasst und wie sich sein Gesicht verzerrt hatte und wie er sich gefragt hatte, wofür sich sein Leben noch lohne.

Für mich war das alles zu viel. Ich begann zu weinen, erst leise, dann immer heftiger.

Sie fragten, was ich zu tun gedenke und ob es in meinem Sinne wäre, dass es Opa wieder gut ginge. Ja, schluchzte ich. Na also, sagten sie zufrieden und ließen mich hoch und heilig versprechen, dass ich doch Ärztin werden wollte. Und dann sagte Mutter, dass sie mich beneiden würde. Sie wäre nämlich selbst gern Ärztin geworden, würde ihr beim Anblick auf blutige Wunden nicht sofort übel werden. Und dass sie stolz auf mich sei, weil ich als jüngstes Mitglied die Familie repräsentieren würde und dass es schon was Besonderes wäre. Ich solle auch bedenken, was für ein Ansehen ich genießen würde, pflichtete ihr Polina bei. Arzt gehöre immer noch zu den meistgeachteten Berufen. Und als Belohnung gaben sie mir dann sogar meine Portion Apfelstrudel, die ich im Wohnzimmer essen durfte.

Einige Tage nach dem Vorfall begannen meine Albträume. Anfangs handelten sie von schmutzigen Arztkitteln, die beim Waschen einfach nicht sauber wurden. Ich kippte ganze Waschpulverpackungen in die Wäschetrommel, versuchte es mit Gallseife und Weißmachern, schrubbte sie mit der Hand und ließ die Kittel in einem Topf kochen. Und dann stand ich mitten in einer Menschenmenge, und alle zeigten mit dem Finger auf mich, weil mein Kittel so dreckig wie die Erde war. Vier Jahre später träumte ich bereits von Krankenhäusern ohne Türen und Fenster. Meistens irrte ich allein durch das Gebäude und suchte vergeblich nach einem Ausgang. Fand ich tatsächlich eine Tür, die sich öffnen ließ, verbarg sich dahinter ein weiterer Raum oder ein Treppenhaus.

Es gab Tage, da fürchtete ich mich davor, ins Bett zu gehen. Ich las bis tief in die Nacht, und wenn meine Mutter das Licht bei mir ausschaltete, hatte ich das Gefühl, von der Dunkelheit erdrückt zu werden. Ich riss das Fenster in meinem Zimmer weit auf und schaute den Autos hinterher. Ab und zu schlief ich dort ein, auf dem Hocker sitzend, den Kopf auf dem Fensterbrett abgelegt.

Ich erzählte niemandem von meinen Albträumen, außer Mascha. Sie brachte mir Baldriantabletten, die sie aus dem Medikamentenschränkchen ihrer Großmutter entwendet hatte, und meinte, ich solle täglich drei davon nehmen. Ich weiß nicht mehr, ob es an meiner blinden Überzeugung von Mascha als Retterin in der Not lag oder ob die Tabletten tatsächlich etwas taugten, aber für eine Weile kehrte bei mir tatsächlich nächtliche Ruhe ein. Ich schlief durch und schwor auf die Tabletten wie mein Opa auf seinen Wodka.

★★★

Ich schlafe wieder ein und bekomme nicht mit, wann meine Cousinen das Badezimmer verlassen. Erst kurz nach acht wache ich wieder auf. Ich schaue auf die Veranda, wo die beiden Rücken an Rücken aneinanderkleben, und freue mich für sie.

Ich gehe zu dem Regal, aus dem die von zu Hause aussortierten Bücher herausquellen und Staub ansetzen, lese Titel und Namen auf den Buchrücken und erinnere mich, wie uns früher aus dem einen oder anderen vorgelesen wurde. Weiter unten stehen Fotoalben mit alten vergilbten Bildern, die wir eigentlich längst einscannen lassen wollten. Ich greife mir eins und fange an, es durchzublättern, dann ein zweites. Die meisten Fotos stammen aus der Zeit, als unsere Mütter noch klein waren. Sie posieren vor einem prächtigen Weihnachtsbaum, und ein paar Seiten später sind sie am Strand und stehen kniehoch im Meer. Auch meine Großeltern tauchen ab und zu auf. Auf einem Bild erkenne ich sogar David, der neben Opa in einem Fischerboot sitzt. Beide sind noch ziemlich jung und haben ein breites Lächeln im Gesicht. Obwohl es ein Schwarz-Weiß-Foto ist, sieht man, dass es ein sonniger Tag gewesen sein muss. Davids Hand liegt auf Opas Schulter, sein Kopf ist leicht zur Seite geneigt, während Opa kerzengerade sitzt und direkt in die Kamera schaut. Je länger ich das Bild betrachte, desto bekannter kommt mir diese junge Version meines Opas vor. An wen erinnert er mich bloß? Ich gehe die Begegnungen der letzten Wochen in meinem Kopf durch: Gena und die Demonstranten, meine Kommilitonen an der Uni, Felix und seine Freunde. Irgendwo tief in meinem Gedächtnis versteckt sich die richtige Person. Und plötzlich weiß ich es: Mein junger Großvater sieht aus wie Andrej, Davids Sohn. Opa muss auf dem Bild etwa so alt gewesen sein wie Andrej auf dem Foto, das mir David in dem Eiscafé gezeigt hat. Ich gehe ans Fenster und betrachte das Bild von allen Seiten. Die gleiche Mundlinie, eine sehr ähnliche Augenbrauenform. Auch die ganze Haltung erinnert an Andrej.

Das ist ja lustig, denke ich, dass Andrej ausgerechnet meinem Großvater ähnelt. Doch dann schlägt die Erkenntnis in meinem Kopf ein wie ein Blitz. Mein Puls geht nach oben. Opa und Davids Frau? Ist es möglich?

Ich bin wie benommen, suche nach einer plausiblen Erklärung für diese Ähnlichkeit, schaue immer wieder das Bild an und rede mir ein, dass es bloß meine Hirngespinste sind, die mir einen Streich spielen. Und dann denke ich an David und an seine Reaktion auf meine Bemerkung, Andrej gleiche seinem Vater, und weiß, dass es möglich ist. Wieso aber haben er und seine Frau Andrej überhaupt behalten und ihn als ihren Sohn ausgegeben? Wurde Opa, wurden wir, um einen männlichen Nachkommen betrogen?

Ich weiß nicht, wohin mit meinem Verdacht: Alina, Natascha und Lena schlafen noch, und was sollte ich ihnen überhaupt sagen? Dass ich eine verrückte Vermutung habe, die ich selbst noch nicht recht glauben kann? Dass David ein dunkles Geheimnis hat? Dass wir vielleicht ein weiteres Familienmitglied haben und ein männliches dazu? Dass wir Fragen stellen sollten?

Ich ziehe meinen Bikini an und schleiche mich aus dem Haus. Die Anlage ist leer, nur ab und zu bellt irgendwo ein Hund. Ich gehe an dem Haus von Felix vorbei, gewappnet, zerbrochene Fensterscheiben oder gar eine zerstörte Hausfassade zu erblicken, und bin beinahe enttäuscht, das Haus unversehrt vorzufinden. Keine Glasscherben auf dem Rasen, keine Steine, überhaupt nichts. Nicht mal leere Flaschen stehen herum. Entweder hat da jemand einen Putzfimmel, oder ich habe mich im Haus geirrt.

Je näher ich zum Strand komme, desto klarer wird mein Entschluss, niemandem aus meiner Familie etwas zu sagen. Die werden mir eh nicht glauben, vor allem, solange ich keine Beweise habe. Sie werden es wieder als Angriff auf die Heiligkeit unserer Familie werten.

Das Meer ist spiegelglatt. Ich wate ein paar Meter hinein und bleibe stehen, beobachte die kleinen Fische, die um meine Zehen schwimmen und dort verharren, bis ich unfreiwillig zucke und sie alle verscheuche.

Als ich nach einem Spaziergang am Wasser entlang wieder zurück an der Datscha bin, sind meine Cousinen angezogen und bereit aufzubrechen. »Wir machen uns auf den Weg nach Hause, kommst du mit?«, fragt mich Natascha, als sie mich erblickt. Sie sieht noch etwas blass aus, doch ihre Stimme ist schon wieder so fest wie sonst auch.

»Wieso? Das Wetter ist schön, lasst uns erst heute Abend abreisen, wie geplant.«

»Keine Lust«, sagt Natascha. »Es war sowieso eine Schnapsidee hierherzukommen.«

»Habt ihr schon gefrühstückt?«

»Ja, haben wir«, sagt Alina. »Und ich habe für dich zwei Brote in den Kühlschrank gelegt.«

»Danke.«

»Willst du wirklich nicht mit? Wir können auf dich warten.«

»Nein, geht nur, alles okay. Ich bin am Abend wieder zurück.«

»Und schließ alles ab.«

»Mache ich.«

Sie können nicht abwarten, von hier wegzukommen, und ich bin fast beleidigt, dass sie mich so bereitwillig hier allein lassen.

Als sie weg sind, mache ich mich an die Arbeit. Ich durchsuche alles, was ich in die Finger kriege: alte Klamotten, die auf dem Dachboden liegen, herumstehende Bücher, Vorräte in der Küche. Am längsten suche ich in Opas Zimmer nach irgendeinem Hinweis, einem Brief aus Amerika, einer Erinnerung, die mir weiterhelfen könnte. Ich versuche, alte Gespräche im Kopf zu rekonstruieren. Was weiß ich von Andrej? Gab es Ungereimtheiten in den Geschichten, die ich über ihn gehört habe? Wurde gestritten, als die Sprache auf ihn kam? Aber es bringt nichts. Je mehr ich mich da hineinsteigere, umso weiter weg rückt das Bild von Andrej. Als würde ich einem Traum nachjagen.

Als Kind habe ich mir oft ausgemalt, wie es wäre, wenn Opa seinen männlichen Nachkommen hätte. Bei dem Gedanken sah ich vor meinem inneren Auge immer eine glückliche Familie, harmonisch und entspannt. Eine Familie im Gleichgewicht, wo jeder sich in erster Linie um sich selbst kümmern durfte. Ich stellte mir vor, wie dieser Junge, oft war das dann mein Bruder, allein durch seine Präsenz Opa zu einem besonnenen Menschen machte und uns alle endlich von unserem Schicksal erlöste. Später änderte sich meine

Fantasie, und ich fragte mich, wie unser Leben wohl aussähe, wenn ich als Junge geboren wäre. Hätte ich mich dann durchsetzen können? Hätte ich meinen Weg gefunden?

Ich sitze an unserem Verandatisch mit der Marmorplatte. Es ist gegen vier Uhr nachmittags. Die Sonne fällt auf die Terrassenränder, brennt mir auf die Füße. Ich ziehe sie unter den Stuhl und weiß, dass dies nur eine vorübergehende Erleichterung bedeutet, ich werde den Stuhl bald weiterrücken müssen. Und dann habe ich nur noch eine halbe Stunde, bis die Sonne alles überflutet. Mein Kaffee ist kalt geworden. Ich nippe daran, versuche, meine Gedanken zu sortieren und etwas Ruhe reinzubringen. Und dann denke ich mir, was soll das eigentlich alles? Bin ich völlig bescheuert geworden? Suche nach Beweisen, die wahrscheinlich gar nichts beweisen, grabe mich in etwas hinein, das mir nicht guttut.

Ich gieße den Kaffee weg, spüle schnell die Tasse ab, verschließe die Datscha, ohne nachzuschauen, ob alles abgedreht und zugemacht ist, und gehe die Abkürzung über das Weizenfeld bis zur nächsten Bushaltestelle.

Als ich die Stadt erreiche, ist es kurz vor sieben. Niemand meldet sich bei mir, nicht mal Mutter ruft an. Ich steige in die Tram und fahre einen Umweg. Bald bin ich bei dem Café mit der Papageientapete. Hinein traue ich mich nicht, und ich bleibe etwas weiter an der Straßenecke stehen. Ein Bereich des Cafés ist durch Bäume verdeckt, der andere Teil ist gut einsehbar. Die ganze Einrichtung ist in dunklen Tönen gehalten, und nur die Tapeten stechen mit ihren Farben hervor. Es ist ein kunterbuntes Blättergemisch mit Papageien dazwischen, wobei diese in den Farben fast untergehen.

Der Laden ist gut gefüllt, und schon bald erblicke ich Radj mit einem Tablett in der Hand und traue meinen Augen nicht, wie geschickt er um die Tische gleitet. Er trägt eine schwarze Hose und ein weißes T-Shirt, auf seinem Tablett stehen lauter Tassen, die er an einem größeren Tisch abstellt. Es sind junge Leute, die er gerade bedient und bei denen er noch einen Augenblick stehen bleibt, um mit ihnen zu plaudern. Wahrscheinlich erzählt er ihnen etwas über Indien, möchte sich interessant machen. Dann geht er und verschwindet aus meinem Blickfeld. Einen Moment lang überlege ich, ihm eine Textnachricht zu schicken oder gar reinzugehen, doch dann kommen die Bilder jenes Nachmittags wieder hoch, und ich mache mich auf den Weg nach Hause.

VIII

Das Gefühl, dass etwas nicht stimmt, befällt mich erst, als ich schon fast bei unserer Wohnung angekommen bin. Es ist eine Unruhe, die sich in mir ausbreitet und den Körper in erhöhte Alarmbereitschaft versetzt. Nichts Konkretes, nur eine Vorahnung auf etwas Unangenehmes, das mich erwartet. Ich versuche, das Gefühl von mir abzuschütteln, und konzentriere mich auf die Menschen um mich herum, lausche ihren Gesprächen, schaue mir ihre Kleidung genau an. Hätte ich mich nicht mit Mascha zerstritten, würde ich sie jetzt anrufen. Oft schafft sie es allein durch ihre Art, meine Gedanken ins Positive umzupolen. Aber das geht jetzt nicht, und ich kaufe mir stattdessen ein Eis.

Der Hof vor unserem Haus begrüßt mich mit Babuschkas auf der Bank. Eine Mutter ruft ihrem schaukelnden Kind aus einem der Fenster zu, es solle sofort hochkommen. Um ihren Worten mehr Ausdruck zu verleihen, droht sie mit der Faust, und der Kleine gehorcht. Vorsichtshalber bleibt die Mutter weiter am Fenster stehen, dem einzigen im ganzen Haus mit dunklen Fensterrahmen, alle anderen sind weiß oder zumindest in helleren Brauntönen gehalten. Nichts passt hier zusammen, aber das stört niemanden. Die gesamte Hausfassade erinnert an den notdürftig geflickten Teppich, den Opa seit Jahren im Keller aufbewahrt. Bis auf den dritten Stock, in dem Sergejs Familie wohnt und der merkwürdigerweise irgendwann mal saniert wurde, sind die Baumodule der Fassade unterschiedlich stark verwittert, übermalt oder verkleidet. Nur hier und da lässt das Haus erahnen, dass es anfänglich in einem cremigen Weiß und Mohnrot gestrichen war. Fast neben jedem Fenster hängt ein Klimagerät, ein Appendix des modernen Komforts, der gern Flüssigkeit absondert und in der Nacht brummende Geräusche von sich gibt. Mein Opa verweigert sich diesem Gerät standhaft und vertröstet uns jedes Jahr, er würde sich bald darum kümmern.

In unserem Flur herrscht vollkommene Stille. Die Küche ist blitzblank, auf der Herdplatte ist kein einziger Topf und keine Pfanne zu sehen, sogar der Kaffeekocher wurde in den Schrank geräumt. Kein geschnittenes Gemüse, kein Duft aus dem Backofen, keine Aussicht auf ein Abendessen. Auch der Salon ist leer, allerdings liegt auf dem Sofa eine aufgeschlagene Zeitung. Die Doppelseite zeigt eine Bildstrecke von Menschen, die etwas mit dem Brand im Gewerkschaftshaus zu tun hatten: Opfer, Angehörige, Zeugen. Ich suche in den Bildern nach Felix oder anderen bekannten Gesichtern, doch ich erkenne niemanden. Ich klopfe bei Opa an, und als keiner antwortet, trete ich ein. Sein Zimmer riecht nach Papirossy, obwohl das Fenster dauernd gekippt ist. Die Vorhänge sind halb zugezogen, die Lesebrille liegt neben einem aufgeschlagenen Buch. Auf der Kommode steht eine Karaffe mit Wasser. Ich schaue mich schnell um, öffne kurz die Kommodenschublade und gehe, bevor mich die Lust überfällt, auch dieses Zimmer zu durchsuchen.

Dass das Aiwasowski-Bild von seinem Platz in meinem Zimmer wieder verschwunden ist, überrascht mich nicht: Irgendwie habe ich ständig damit gerechnet, dass es wieder passieren würde. Und beinahe bin ich dankbar für dieses Verschwinden, liefert es mir doch den Beweis, dass sich der Konflikt zwischen Opa und David auf einer halbwegs normalen Ebene abspielt, dass er sich wahrscheinlich um Opas Spinnereien dreht oder höchstens ums Geld. Aber keinesfalls um ein uneheliches Kind. »Wenn du den Galopp eines vierbeinigen Tieres hörst, dann denk an ein Pferd und nicht an ein Zebra«, sagt einer unserer Professoren in Bezug auf mögliche Krankheiten gern. Wahrscheinlich ist es das Naheliegende. Aber ich denke immer zuerst an ein Zebra.

Ich muss eingeschlafen sein, denn als ich aufwache, ist es in meinem Zimmer bereits dunkel. Im Flur ist es immer noch still, nur empfinde ich diese Stille nicht mehr als bedrohlich. Ich denke, ich könnte mich sogar daran gewöhnen. Die Ruhe entpuppt sich ein paar Minuten später als Illusion, denn ich höre Geschrei. Widerwillig verlasse ich mein Bett.

»Wie konntest du mich nur so hintergehen? Wie konntest du diese Papiere überhaupt unterschreiben und es so lange verheimlichen?«

Die aufgebrachte Ludmila steht mitten im Wohnzimmer, während Polina und Opa auf der Couch sitzen und den Fußboden anstarren. Als sie mich entdecken, scheinen sie sich aufrichtig zu freuen.

»Jetzt hör auf damit! Siehst du nicht, dass Oletschka da ist?«, schreit Opa, wobei seine Stimme rau klingt. Als hätte er lange Zeit schweigen müssen.

»Oletschka muss es auch erfahren! Weißt du, was die beiden getan haben?«, ruft sie mir zu. »Betrogen haben sie mich, um meinen Anteil betrogen. Aber ihr kennt mich schlecht, ich werde gegen euch vorgehen, da könnt ihr sicher sein. Man wird mir helfen.«

»Was ist hier überhaupt los?«, frage ich, unsicher, was ich von dieser Szene halten soll.

»Nichts«, sagt Polina, »geh ruhig wieder in dein Zimmer, wir sind hier fertig.«

Ludmila schnappt nach Luft. »Nichts? Das nennst du nichts?«

»Es ist doch nur zu deinem Besten, du dumme Gans! Nicht dass deine Pseudobrüder dir noch alles wegnehmen!«, mischt sich Opa ein und zündet sich nebenbei eine Papirossa an. »Mal sehen, ob sie jetzt immer noch Interesse an dir haben. Keiner hat dir etwas weggenommen!«

»Hör endlich auf, mich zu beleidigen, Vater! Es reicht! Ich ertrag das nicht mehr.« Ludmila schüttelt den Kopf und versenkt ihr Gesicht in den Händen.

Polina gibt mir ein Zeichen, dass ich verschwinden soll, doch ich tue so, als hätte ich sie nicht verstanden.

»Auf so vieles habe ich deinetwegen verzichten müssen, Vater«, fährt Ludmila fort. »Dass du mir aber so in den Rücken fällst, hätte ich trotzdem nicht für möglich gehalten.«

»Aber ich falle dir nicht in den Rücken, Ludmilotschka, versteh doch! Ich will nur nicht, dass dir am Ende alles genommen wird.«

»Wieso am Ende? Ich habe auch jetzt nichts mehr.«

»Ach, nun hör schon auf. Du weißt, es ist nur eine Unterschrift. Sie sagt nichts aus.«

»Wirklich? Glaubst du, dass es nichts aussagt, dass du den Großteil der Wohnung auf Polina überschrieben hast? Ich bitte dich. Du und Polina habt mich verraten.«

»Aber nein, zum tausendsten Mal! Niemanden habe ich verraten, sterben würde ich für euch alle! Wie kannst du nur so etwas behaupten?« Jetzt guckt Opa erwartungsvoll zu mir, und ich bedauere, nicht rechtzeitig weggegangen zu sein. Dann blickt er wieder Ludmila an. »Es ist nur pro forma, Luda, versteh das endlich!«

Ludmila hält sich rechts und links den Kopf fest, als wäre er kurz vorm Zerfallen, und fängt an zu schluchzen. »Ich halte das nicht aus«, presst sie hervor. »Ich halte das nicht aus.«

Sie gerät ins Wanken, was Polina und Opa panisch aufspringen lässt. Es kommt zu einem kleinen Durcheinander. Jemand holt Baldrian und tropft ihn auf einen Esslöffel, ein anderer bringt ein Glas Wasser, das unten noch nass ist und das beim Abstellen auf dem Couchtisch einen Rand hinterlässt, der sofort weggeputzt werden muss, damit es keine Flecken gibt. Gleichzeitig kommt Alina ins Zimmer gerannt. Sie streichelt Ludmilas Schulter und redet mit einem Singsang auf sie ein wie auf ein kleines Kind. Opa hört auf zu rauchen und schafft den Aschenbecher auf den Balkon, eine Tat, die in seinen Augen sicherlich größte Anerkennung verdient. Und ich tigere verzweifelt durchs Zimmer, hole einen Plaid aus dem Wohnzimmerschrank, den ich um Ludmilas Füße wickele, und komme mir endlich nützlich vor.

Als Ludmila sich schließlich dank Alinas Überredungskunst in ihr Zimmer zurückzieht, ist Opa schon wieder in seinem Element und malt sich Geschichten von dem verkorksten Leben seiner Tochter aus, irgendwo unter einer Brücke, krank und mittellos und endlich mit der Erkenntnis, sie hätte damals auf ihn hören sollen.

»Was hat er gemacht?«, frage ich Tante Polina. Doch sie winkt nur ab und sagt, das sei der Dank, dass sie sich für ihre Schwester einsetzt. Schließlich bleiben nur Opa und ich im Zimmer.

»Was ist passiert, Opa?«

»Ach, nichts.«

Erst als ich weiterbohre, erzählt er mir umständlich von irgendeinem Anwalt, der sich als Gauner entpuppt hat, und von irgendwelchen Unterlagen, die plötzlich fehlten und die er nur mit viel Geld wiederbeschaffen konnte. Er redet und redet, bis mir klar wird, worauf es hinausläuft, nämlich dass mittlerweile nicht nur er im Grundbuch steht, sondern auch Polina, und zwar mit fünfzig Prozent. Und dass es bereits vor einer Weile passiert ist und dass Ludmila es zufällig mitbekommen hat, als David heute Mittag zum Essen da war und Polina nach dem dritten Glas Wein irgendeine Bemerkung rausgerutscht ist. Und dass Ludmila seitdem die ganze Zeit nur vor sich hin gegrollt hat, jetzt aber plötzlich ausgeflippt sei.

»Ich verstehe nicht, wie man so blind sein kann«, klagt Opa. »Diese Sektengauner gehören alle hinter Gitter. Siehst du, was dieser Westen anrichtet? Freiheit nennen sie das, dass ich nicht lache! Die nehmen die Dummen aus und kommen damit durch. Wie kann unsere Regierung das zulassen? Sind sie alle blind geworden? Früher wäre so etwas nie passiert.«

»Wieso hast du eigentlich meine Mutter nicht auch ins Grundbuch eintragen lassen?«, frage ich vorsichtig.

»Jetzt lasst mich doch endlich in Ruhe! Alle! Nichts kann man diesen undankbaren Gören recht machen. Egal wie ich mich anstrenge und was ich alles tue, nur damit sie es gut haben, immer gibt es Gemeckere und Unzufriedenheit! Meine Eltern haben nicht mal den Bruchteil davon getan, was ich für euch tue, das muss euch endlich mal klar werden, verdammt noch mal! Wegen euch bekomme ich noch einen Herzinfarkt!«

Er fuchtelt mit den Händen, stößt gegen den kleinen Tisch und verlässt schließlich fluchend das Wohnzimmer.

Dass meine Mutter nichts davon wusste, bestätigt sie mir am nächsten Tag. Die Nacht hat keine Ruhe über unsere Familie gebracht, dauernd wurde ich von den Schritten im Flur, dem Schluchzen und den gezischten Gesprächen geweckt.

Am Morgen sind wir alle erschöpft. Meine Mutter ist zwar so wortkarg wie immer bei unangenehmen Familienangelegenheiten, doch ihr Ärger schimmert durch die gleichgültige Fassade hindurch. Opa würde schon niemanden hintergehen, meint sie, und sie hoffe, er vertrage sich wieder mit Ludmila.

»Und wozu diese Heimlichtuerei? Warum wusstest du nichts davon? Ärgert dich nicht, dass du nicht drinstehst?«, frage ich.

»Wozu? Was ändert das?«

Vieles, denke ich, denn letztendlich hat Opa auch sie hintergangen. Sie tut mir auf einmal leid, und ich spüre eine Verbundenheit zwischen uns, die ich ihr gern zeigen würde, wenn ich nur wüsste, wie.

»Aber Opa hätte es schon eleganter lösen können, da gebe ich dir recht«, sagt sie. »Ich hoffe, David hat davon nicht viel mitbekommen. Was hältst du eigentlich von ihm?«, fragt sie wie beiläufig, ohne auf mich zu schauen.

»Wieso?«

»Ach, nur so. Polja meinte, er heckt etwas aus. Hat er dich während eurer Spaziergänge ausgefragt? Wollte er etwas Bestimmtes wissen?«

»Eigentlich nicht«, sage ich. »Aber mein Aiwasowski ist schon wieder weg.«

»Was hat das eine mit dem anderen zu tun?«

»Keine Ahnung. Vielleicht mehr, als du denkst.«

»Olga, bitte, werde du nicht auch noch so paranoid wie dein Opa, in Ordnung? Das wäre einfach zu viel. Es reicht schon, dass er alles und jeden verdächtigt.«

»Ich verdächtige niemanden, du fragst mich, und ich sage dir, was mir komisch vorkommt.«

»Du findest Zusammenhänge, wo es keine gibt.«

»Was willst du denn von mir?«, frage ich gereizt. »Eben willst du von mir wissen, ob mir was aufgefallen ist, und dann bin ich plötzlich die Paranoide?«

»So, jetzt reicht es aber! Du bist keinesfalls vernünftig, und das in deinem Alter. Ständig lässt du deine Unzufriedenheit an mir aus. Weißt du, dass viele Mädchen nebenbei arbeiten müssen, um studieren zu können?«, stichelt sie. »Und du lebst hier wie eine Königin, musst nichts machen, kein Geld verdienen, nicht mal kochen. Und dennoch passt dir nichts.«

Sie schafft es wieder, das Gespräch auf meine Mängel, meine Unvollkommenheit zu lenken. Immer wenn es brenzlig wird, ist dies ihre Strategie, um davonzukommen, um dem Unangenehmen auszuweichen, dem, was sie nicht unter Kontrolle hat.

»Kein Problem«, sage ich. »Von mir aus muss ich überhaupt nicht studieren. Ich kann ab sofort arbeiten gehen.«

»Als was? Als Putzfrau? Hör doch auf mit diesem Unsinn. Man kann sich mit dir nicht vernünftig unterhalten.«

»Dann lass es doch.«

»Ja, das sollte ich vielleicht.«

Die anfängliche Nähe zwischen uns verwandelt sich in eine Distanz, die noch größer scheint als zuvor, und ich weiß nicht, wie ich mich ihr gegenüber verhalten soll. Jeder meiner Versuche ist zum Scheitern verurteilt, denn ich bin die Einzige, die ab und zu versucht, etwas an unserer Beziehung zu verbessern. Ich bin diejenige, die sich wünscht, unsere Großfamilie würde endlich in ihre natürlichen Einzelteile zerfallen, anstatt etwas vorzutäuschen, das wir gar nicht mehr sind. Und was meine Mutter sich eigentlich wünscht, bleibt ein Geheimnis.

In den nächsten Tagen gewöhne ich mir an, die Leerstellen in meinem Leben zu ignorieren. Ich ignoriere, dass ich keine beste Freundin mehr habe. Ich ignoriere, dass meine Mutter so gut wie gar nicht mehr mit mir kommuniziert und darauf wartet, dass ich Reue zeige. Ich ignoriere Radj, der sich wieder an der Uni blicken lässt. Ich ignoriere das Gefühl, das sich einstellt, wenn ich ihm bis zum Café folge und ihm zuschaue und wieder fahre. Und ich ignoriere die weiße Wand in meinem Zimmer. Es ist ab jetzt nur eine Wand, eine gestrichene Wand, die früher mal mit einer Blumentapete überzogen war. Ich bin überzeugt, das Bild kehrt wie von Zauberhand zurück an seinen Platz, spätestens wenn David weg ist. Und an David denke ich gar nicht. Sobald sich irgendein Gedanke an ihn regt, verscheuche ich ihn sofort – paranoid will ich auf keinen Fall werden.

Opa hat sich seit dem Streit mit Ludmila rargemacht. Frühmorgens, wenn wir noch schlafen, geht er aus dem Haus und kommt erst nachts wieder heim. Oder er kommt gar nicht. Dann taucht David bei uns auf, um aus irgendwelchen vorgeschobenen Gründen nach dem Rechten zu schauen, und ich gehe ihm aus dem Weg.

Die Küche verwaist. Wir ernähren uns von Broten, Spiegeleiern und Salat und essen meist in unseren Zimmern. Meine Mutter, Polina und Ludmila tauschen sich momentan nur noch über das Nötigste aus. Ihr Schwesternbündnis löst sich langsam auf, jede ist nun auf sich allein gestellt, und sie brauchen Zeit, sich daran zu gewöhnen. Der Schmerz sitzt tief – keine von den dreien macht den Versuch, sich wieder anzunähern. Die Stimmung ist gedrückt, und nur abends, wenn der Tag überstanden ist, scheint sich die Lage kurz zu entspannen – bevor der neue Tag sie wieder mit denselben Problemen konfrontiert.

Seit der Auseinandersetzung distanziert sich Ludmila von uns und irgendwie auch von diesem Leben. Ich bemerke äußerliche Veränderungen an ihr und frage mich, wie das möglich sein kann, dass meine Tante immer weniger Wert auf ihr Aussehen legt. Und dann redet sie auf einmal so komisch in vorgestanzten Phrasen und dehnt dabei noch die Wörter so, als müsste sie jeden Buchstaben einzeln zerkauen. Sie driftet immer weiter ab, und es ist nur eine Frage der Zeit, wann sie uns endgültig den Rücken kehren wird. Polina traut ihrer Schwester immer weniger, das sehe ich an dem

Blick, mit dem sie Ludmila verfolgt, und rechnet jederzeit mit einem Hinterhalt.

»Glaubst du, sie hat eine Chance?«, höre ich Polina meine Mutter fragen. »Können wir die Wohnung verlieren?«

»Ich bin kein Anwalt«, gibt meine Mutter kühl zurück. Auch wenn meine Mutter weder Polina noch Opa offen etwas vorwerfen würde, geht sie auf maximale Distanz – ihre Art zu zeigen, wie gekränkt sie sich tatsächlich fühlt.

Manchmal kommt Alina abends zu mir ins Zimmer und erzählt den neuesten Klatsch und Tratsch oder schleppt mich mit auf einen kleinen Spaziergang. Meist drehen wir Runden um unser Haus, kaufen uns Eis oder Sonnenblumenkerne und tun so, als wäre die Welt in Ordnung. Alina erzählt, Natascha hätte jetzt einen Verehrer, den sie geheim hält, und wir überlegen, wer das sein könnte. Das Verhältnis der Zwillinge scheint stabil zu sein, und nur selten spüre ich ein Bedauern in Alinas Stimme, das ich nicht richtig deuten kann. Lena hingegen ist endgültig in ihre TV-Welt abgetaucht.

Und dann, nach ein paar Tagen, erobert sich Natascha zögernd und Stück für Stück die Küche. Meistens sind es einfache Gerichte, Omelett mit Pilzen oder Spaghetti mit Käsesoße, die sie sich zutraut, aber die Wohnung riecht wieder vertraut, und meine Cousinen und ich versammeln uns sogar wieder in der Küche. Wir alle spüren, dass dieser Zustand nur vorübergehend ist, bald wird sich alles wieder verändern, und wir genießen die trügerische Ruhe.

An dem Tag, als Tante Ludmila ihre erste Kiste packt, tritt Opa nach zehntägiger Halbabwesenheit wieder für uns in Erscheinung. Ich komme gerade genervt von der Uni, als ich seinen Raucherhusten im Flur vernehme, und sofort sind meine Dämonen wieder da. Ich denke an Andrej, an die Fotos und bekomme leichte Panik, zumindest so lange, bis ich plötzlich eine Katze vor mir sehe. Sie sitzt mitten im Flur und guckt mich gelangweilt an.

»Meine Schönheit«, höre ich Opa zu ihr sagen, während ich mich langsam aus der Starre löse. Noch nie zuvor war es irgendeiner tierischen Pfote gelungen, diesen Boden zu betreten, denn Tiere waren bei uns tabu. Auf unser kindliches Flehen, wir hätten doch so gern ein Hündchen, Kätzchen oder zur Not auch Goldfische, um die wir uns kümmern könnten, folgte stets ein rigoroses Nein, garniert mit ausführlichen Begründungen: übertragbare Krankheiten, Haare überall, kaputtgebissene Sachen, Gestank und so weiter. Und jetzt sitzt diese arrogante Katze da und versperrt mir den Weg. »Komm in die Küche«, sagt Opa, und ich bin mir nicht sicher, ob er mich meint oder die Katze. Sie läuft ihm auf jeden Fall hinterher, und ich folge ihr. Dass Opa mich nicht mal begrüßt, überrascht mich kaum. Allerdings bin ich perplex beim Anblick von Ludmila, die in der Küche kniet und die Katze streichelt.

»Olja, schau!«, ruft sie mir enthusiastisch zu. »Ist sie nicht herrlich?«

Die Katze guckt sie arrogant an, geht weiter und springt auf den Fenstersims.

Auf dem Esstisch quillt ein Aschenbecher über, daneben stehen drei benutzte Kaffeetassen. Opas Gesicht ist leicht gebräunt, er trägt ein Hemd, das ich nicht kenne, und rein gar nichts deutet darauf hin, dass er sich schuldig fühlt. Er schnalzt mit der Zunge, und die Katze springt vom Sims direkt in seinen Schoß. Dieses Kunststück muss er trainiert haben, denn er schaut zu uns rüber, als erwarte er Applaus, und streichelt das Tier, anstatt es fortzuscheuchen.

»Ach, Vati«, lächelt Ludmila. »Sie ist eine Freude.« Ich traue meinen Augen nicht. Alles verziehen und vergessen? Wegen irgendeiner Katze? Zum ersten Mal glaube ich tatsächlich an eine Gehirnwäsche, die meine Tante verpasst bekommen hat.

»Ja, nicht wahr? Und dreifarbig ist sie auch, das heißt, sie ist besonders klug.« Opa strahlt, während die Katze ihre Augen halb zumacht, uns aber weiterhin beobachtet.

»Kennst du einen guten Veterinär?«, fragt er mich unvermittelt. »Irgendwie macht das Kätzchen auf mich doch einen etwas traurigen Eindruck. Nicht dass sie mir noch krank wird.« Er starrt mich genauso hoffnungsvoll an wie damals, als ich mit neun meine erste ärztliche Diagnose stellen musste.

Ich bin wie betäubt. Ich weiß nicht, wieso ich ihn nicht anschreie oder warum ich nicht einfach gehe. Ich schaue ihn nur an, ich schaue das Vieh an, das sich gerade reckt und seine Krallen leicht ausfährt – ein Sinnbild dafür, welchen Widersprüchen man in dieser Familie ausgesetzt ist.

»Woher sollte ich einen Veterinär kennen?«, antworte ich gereizt, während meine Gedanken um David kreisen.

»Deine Teilnahmslosigkeit ist verblüffend, Olga«, sagt er, und ich bin ihm dankbar dafür. Dankbar für diesen idiotischen Satz, der mich unerwartet zum Lachen bringt. Ich stehe einfach da und lache aus vollem Herzen.

»Bist du verrückt?«, schreit Opa. »Was gibt es da zu lachen?«

Ich kann nicht mal antworten, krümme mich geradezu, was ihn wahnsinnig macht.

»Hör sofort auf damit! Provoziere mich nicht, hast du verstanden? Wenn ich will, bringe ich einen Elefanten nach Hause, ist das klar?«

Ich nicke nur, und Tränen schießen mir aus den Augen.

Plötzlich sagt die Katze beleidigt »Miau«, und Opa springt auf, wie von einer Tarantel gestochen. Er tänzelt um diese dreifarbige Sphinx herum, holt Milch aus dem Kühlschrank, kniet sich neben sie und beobachtet entzückt, wie sie ihre Milch schleckt.

»Hör auf, wütend zu sein, Oletschka, schau lieber, wie schön das Kätzchen ist. Denke mit deinem Herzen.« Ludmila fasst mich am Arm an, ihr Blick ist sanft, die Augen strahlen. Vielleicht hat Opa ihr etwas in den Kaffee gemischt, schießt es mir durch den Kopf. Wo ist ihre Wut geblieben?

Die Katze hat die Milch ausgetrunken, und Opa nimmt sie auf seinen Arm. Triumphierend blickt er von unten zu mir hoch und gibt mir klar zu verstehen, dass er uns alle in der Hand hat. Ich fühle mich provoziert.

»Hast du eigentlich Kontakt zu Andrej?«, presche ich voran und beobachte seine verdutzte Reaktion.

»Wieso fragst du?« Und vielleicht dämmert es ihm in dem Moment, dass er vielleicht »Warum sollte ich?« hätte fragen sollen, vielleicht aber erstarrt er nur, weil die Katze gerade genüsslich ihre Krallen in die Haut seines Arms fährt.

Ich antworte nichts mehr, schaue ihn nur von oben herab an und gehe in mein Zimmer.

Eine Viertelstunde später taucht Ludmila bei mir auf. »Darf ich kurz reinkommen?«, fragt sie.

»Ja, natürlich.«

Meinte Tante schaut sich um, als suche sie nach etwas, und setzt sich schließlich aufs Bett.

»Oletschka, ich weiß, du bist sauer auf Vati. Aber lass Andrej und David aus dem Spiel. Sie haben nichts mit uns zu tun.«

»Hat Opa dich geschickt?«

»Warum bist du so bissig? Es steht dir nicht. Andrej hat seinen Vater nicht gut behandelt.«

»Ernsthaft jetzt? Nur weil er mehr auf seine Frau als auf den Vater hört?«

»Nein, nicht deswegen. Ich kenne die genauen Gründe nicht, aber David ist wohl aus Kummer zu uns gekommen.«

»Ich habe bloß eine simple Frage gestellt. Was ist daran so schlimm?«

»Aber was wolltest du damit bezwecken?«

»Weiß nicht«, sage ich.

»Eben.«

Ich überlege, ob ich sie in meine Entdeckung einweihen soll, doch sie steht bereits auf.

»Und lass deine Wut bitte nicht an der Katze aus, Vati wollte mir damit nur eine Freude machen, er weiß, ich wollte schon immer eine dreifarbige Katze haben. Seit ich klein bin. Und außerdem ist sie ja auch ein Geschöpf Gottes.«

Ludmilas Blick ist verklärt. Vielleicht sieht sie sich gerade als ein fünfjähriges Mädchen, das endlich seinen sehnlichsten Wunsch erfüllt bekommt.

Sie will gerade die Tür aufmachen, da fällt mir noch etwas ein.

»Warte mal!«

Ich eile zum Kleiderschrank und hole die Tüte raus, die die Sektenmenschen Großvater zum Geburtstag geschenkt haben.

»Hier.« Ich überreiche ihr das Paket. »Ich muss es doch nicht mehr aufbewahren, oder?«

Ludmila guckt mich mit glasigen Augen an und nimmt die Tüte. »Gut«, sagt sie. »Ich muss noch weitere Kisten packen.«

Sie verlässt mein Zimmer, und die Tatsache, dass sie anscheinend beschlossen hat, dieses Irrenhaus zu verlassen, macht mir immerhin ein bisschen Hoffnung, dass sie ihren Verstand noch nicht vollständig verloren hat.

***

»Du hast sie also von einem zum anderen Tyrannen geschickt?«, sagt Mascha lächelnd.

Ich sitze mit ihr in unserer Lieblingskneipe und rauche, als wäre nichts gewesen. Dieselben Tische, derselbe spezifische Geruch und dieselben Jungs, die Mascha mit hungrigen Augen anschauen und nur darauf warten, dass sie sie bemerkt.

Als sie gestern Abend plötzlich vor meiner Wohnungstür stand, ohne Schminke und mit verweinten Augen, blieb mir keine andere Wahl, als sie reinzulassen. Sie war aufgelöst und ließ sich von mir einen Tee kochen.

»Du hattest recht, ich war eine dumme Kuh«, geißelte sie sich. »Es tut mir so leid.«

Sie klagte, Gena wäre besitzergreifend und ausfallend. Er lasse ihr keinen Freiraum mehr, verfolge sie beinahe, und sie habe mit ihm Schluss gemacht, doch er wolle das nicht akzeptieren. Aber gekommen war sie, weil ihr Vater ausgezogen war.

»Meine Eltern haben sich fürchterlich gestritten«, erzählte sie mir, und in ihren Augen sammelten sich Tränen. »Ich habe noch nie gehört, dass sie sich so angeschrien haben. Und dann hat meine Mutter gesagt, entweder er schwört, kein böses Wort mehr über die Ukraine und die Ukrainer zu verlieren, oder er soll seine Sachen packen und verschwinden.«

»Und?«

»Er ist gegangen«, sagte sie. »Er hat mich noch gefragt, ob ich mitkommen will, aber das war mir zu viel. Ich meine, stell dir vor: Menschen, die so lange miteinander gelebt haben, trennen sich. Und weswegen? Wegen ihrer politischen Ansichten? Das ist doch lächerlich! Ernsthaft, ich würde drauf scheißen, bevor ich meine Familie kaputtgehen lasse, oder? Aber nein: Die beiden sind mittlerweile verrückt geworden, ich schwöre es dir. Die eine hört von früh bis spät ukrainische Lieder, und der andere dreht den Fernseher auf die volle Lautstärke und applaudiert, wenn Putin in den russischen Nachrichten gezeigt wird. Das ist doch nicht normal!«

Mascha weinte, und sie tat mir leid. Ihre Schultern zitterten, die Nase lief und hatte mittlerweile eine rote Farbe angenommen, und sie saß da und schnäuzte sich erst, als die farblose Flüssigkeit bereits heruntertropfte.

Wir redeten fast die ganze Nacht hindurch. Ich erzählte ihr von David und meinem Verdacht und von Ludmilas Versuch, unabhängig zu werden. Sie hörte mir zu, widersprach kein einziges Mal und war für mich da. Und als wir am Morgen von der Katze, die es irgendwie geschafft hatte, meine Zimmertür aufzukriegen, um dann Wasser aus dem Glas auf meinem Tisch zu lecken, geweckt wurden, da war meine Freundin fast die alte. Nur ihr etwas entschuldigender Blick erinnerte mich noch an das Häufchen Elend, das sie am Vorabend gewesen war.

»Ich habe sie nirgendwohin geschickt«, kontere ich nun. »Meine Tante ist alt genug, um eigene Fehler zu machen.«

»Warum hast du eigentlich deinen Opa nicht richtig mit deiner Entdeckung konfrontiert?«, will sie wissen.

»Weiß nicht«, sage ich. »Ich war darauf nicht vorbereitet. Und auf die blöde Katze auch nicht.«

Mascha verdreht die Augen. Sie wäre sicherlich vorbereitet gewesen, oder, besser, sie hätte sich gar nicht vorbereiten müssen.

»Und nun kehrst du das Ganze einfach unter den Teppich, und das wars?«

»Nein, natürlich nicht.«

»Triff dich mit David, je schneller, desto besser. Und quetsch ihn aus. Also echt. Wenn es jemand weiß, dann er.« Sie guckt mich an, als hätte ich nicht alle Tassen im Schrank. »Ich verstehe dich nicht.«

»Musst du auch nicht«, antworte ich etwas pikiert.

Mascha fällt schnell in ihr altes Muster zurück, zu schnell für meinen Geschmack. »Hör mal, ich muss dir was erzählen.« Sie trommelt auf die Tischplatte. »Die haben doch tatsächlich eine Au-pair-Familie in Deutschland für mich gefunden, ist es zu fassen?« Sie lächelt und wirkt nervös.

»Echt?« Ich weiß nicht, wie ich reagieren soll, und täusche Begeisterung vor. »Das sagst du mir erst jetzt? Gratuliere! Und wann fährst du?«

»Nicht so schnell, ich habe mich noch nicht entschieden, ob ich überhaupt fahre. Meine Eltern jetzt allein zu lassen – ich weiß nicht …«

»Bis wann musst du dich melden?«

»Ich habe noch Zeit. Die Stelle wäre frühestens ab Ende September.«

Ich schweige. Die Vorstellung, sie könnte so weit weg von mir leben, macht mich traurig.

»Weißt du«, sagt sie zögerlich. »Ehrlich gesagt habe ich Angst, richtige Angst.« Sie weicht meinem Blick aus und zieht an ihrer Zigarette.

»Wovor?«, frage ich, erstaunt, dass sie so offen eine Schwäche zugibt.

»Dass ich auf die Schnauze falle«, lacht sie. »Dass dieser Au-pair-Traum zu einem Albtraum wird.«

»Dann bleib hier.«

Sie nickt und bestellt sich noch was.

»Ich habe deinen Inder gesehen«, sagt sie plötzlich. »Seit wann arbeitet er in diesem neuen Café?«

»Erst seit Kurzem.«

Sie guckt fragend, und ich erzähle ihr das, was ich die ganze Zeit vor ihr verheimlicht habe. Dass ich beinahe mit ihm geschlafen hätte und dass es unsere Freundschaft endgültig ruiniert hat.

Komischerweise triumphiert sie nicht, sagt nicht, sie hätte es doch prophezeit, sondern umarmt mich und fragt, ob sie etwas für mich tun kann.

»Ist schon gut«, sage ich. »Anscheinend hat Radj unsere Freundschaft überwunden. Dann schaffe ich es auch.«

Als wir die Kneipe verlassen, ist es nach elf, und Odessa beruhigt sich langsam. Ich stolpere über die Pflastersteine, während Mascha mich vorwärtszieht. Irgendwo bellt ein Hund, geweckt durch unsere lauten Schritte, hört aber bald wieder auf, und die Nacht wird dadurch noch ruhiger, noch klarer. Mascha hakt sich bei mir unter, und wir spazieren die Rischeljewskaja-Straße entlang. Alte Pappeln ragen beidseits in die Höhe und verdecken die halb verfallenen Fassaden. Obwohl es fast Mitternacht ist, strömt von überallher Licht und erhellt die Straße. Mal sind es neonleuchtende Reklametafeln, die im Minutentakt zwischen Chanel N°5 und Stolychnaja Wodka wechseln, mal ist es ein chinesisches Restaurant, in dem noch immer die Neujahrsbeleuchtung hängt. Supermärkte, die vierundzwanzig Stunden geöffnet haben, streuen ihr kaltweißes Licht, mit dem sie Betrunkene und solche, die es noch werden möchten, wie Motten anziehen.

»Die schönste Stadt der Welt«, sagt Mascha plötzlich. »Ich weiß nicht, ob ich hier weggehen soll, die Vorstellung macht mich irre.« Dann lacht sie wieder.

Ich halte sie fest.

Als ich später nach Hause komme, sehe ich Mutters mahnende Figur im Flur neben meinem Zimmer stehen.

»So, ab jetzt möchte ich nichts mehr über deine Freundin hören, verstanden? Wenn sie dich wieder hintergeht, ist es dein Problem.«

Sofort fühle ich mich in die Ecke gedrängt. »Ich kümmere mich wenigstens, wenn ich sehe, dass jemand Hilfe braucht«, entgegne ich bissig. »Und Mascha braucht welche.«

»Na klar«, sagt sie, »sobald bei ihr etwas schiefläuft, rennt sie zu dir. Zum Trösten bist du gerade gut genug. Wirklich, Olga, ich dachte, du hättest mehr Selbstwertgefühl.«

»Dachte ich von dir auch«, murmele ich.

»Wie bitte?!« Die Empörung ist ihrer Stimme deutlich zu entnehmen.

»Ist doch wahr. Als ob das nicht stimmen würde: Opa hintergeht dich auch, zusammen mit Polina, und was machst du? Gar nichts.« Ich versuche, ruhig zu bleiben, nur meine Stimme zittert etwas.

»Was erlaubst du dir?«

»Ich sage nur die Wahrheit.«

»Welche Wahrheit? Was fabulierst du da? Wir leben schon so lange zusammen. Wenn jemand mich hintergehen wollte, hätte er das schon viel früher machen können.«

»Vielleicht ist jetzt die richtige Zeit dafür.«

»Hör doch auf!«, schreit sie mich an. »Halt endlich deinen Mund! Opa hat recht: Du bist in letzter Zeit wie besessen, das ist nicht mehr auszuhalten! Ist es Davids Werk? Hat er dich gegen uns aufgehetzt? Sprich!«

»Du bist die Besessene!«, gebe ich zurück. »Was hat David damit zu tun?«

»Woher soll ich das wissen? Er kommt, und alle fangen an zu spinnen. Luda will ausziehen, du flippst aus und benimmst dich furchtbar, und Opa schleppt eine Katze an, obwohl er Haustiere nicht ausstehen kann. Man wird hier noch verrückt, ehrlich!«

Mit diesen Worten dreht sie sich um und geht. Der Knall der Tür hallt in der ganzen Wohnung nach.

***

Die ganze nächste Woche zeigt das Thermometer bereits frühmorgens Werte von über achtundzwanzig Grad. Ich bin zeitig auf, um pünktlich zur Universität zu kommen. Die Profs geben Tipps für die Zwischenprüfung, und ich gehe momentan zu jeder Vorlesung. Ich sitze sogar fast ganz vorne und ertappe mich mehrmals bei dem Wunsch, mich mit Radj auszutauschen, aber er ignoriert mich weitgehend. Morgens treffe ich immer auf Opa, der in der Küche das Katzenfutter aus der Dose herauskratzt. »Gleich, meine Schöne, gleich gibt es Leckerli für dich«, sagt er auch heute, und die Katze umstreicht seine Beine und fällt sofort über den Napf her, als er ihn ihr hinstellt. Er nennt sie »mein schönes Mädchen« oder »meine Liebe«, und ich denke nur, dass er mit uns nie so nett umgegangen ist.

»Das schmeckt dir, nicht wahr? Opa kauft dir noch was, iss nur.«

Ich hole mir Brot und Butter.

»Und ein bisschen Milch bekommt meine Schönheit natürlich auch, nicht wahr?« Er nimmt eine Packung Milch aus dem Kühlschrank und bleibt unentschlossen vor dem offenen Regal mit Tellern und Schalen stehen. Nichts scheint gut genug zu sein für sein Kätzchen. Schließlich entscheidet er sich für die Schale mit bunt bemalten Blumen und grünem Rand – die schönste, die wir haben. Dass man die Katze darin baden könnte, stört ihn nicht. Die Katze miaut.

»Ist ja gut, gleich hast du was zu trinken.«

Opa beeilt sich, und die Milch läuft auf den Boden. Doch anstatt auszuflippen, wie er es sonst tut, wenn etwas verschüttet wird, lacht er und freut sich, wie das Tier den Boden ableckt.

Ich schmiere mir mein Brot und sehe zu, dass ich hier herauskomme. So viel Idylle am Morgen erträgt doch kein Mensch.

»Mach die Tür zu!«, schreit Opa hinter mir her. »Warum kann niemand in diesem Haus die verdammten Türen schließen?«

Im Flur steht Davids überdimensionaler Koffer, dunkelblau und etwas derangiert. Den hat er gestern aus seinem Hotel gebracht, mit der Bitte, ihn hier aufzubewahren. Er traue dem Hotelpersonal nicht, meinte er und zeigte den kaputten Reißverschluss an der Seitentasche. In einer Woche werde er wieder abreisen. Nicht mehr viel Zeit also, um hinter das Geheimnis zu kommen, das seine Anwesenheit umhüllt.

Opas Laune entnehme ich, dass er nichts dagegen hat, wenn sein Freund wieder geht. Vorgestern habe ich einen Streit zwischen den beiden mitbekommen, bei dem David dauernd wiederholte, Opa würde es bedauern, *ihm* nichts gesagt zu haben.

Ich schiebe den Koffer vorsichtig ein Stück weiter in den Flur hinein, hole meine Tasche aus dem Zimmer und verlasse die Wohnung.

Die Haltestelle ist ungewöhnlich leer, und ich entdecke ihn sofort. Er steht etwas abseits, als wollte er nur schnell eine rauchen. Sein Blick geht über die Dächer, er schaut sich nicht um, sucht mich nicht.

»Guten Morgen«, sage ich und berühre leicht seine Schulter.

Sergej dreht sich zu mir und küsst mich lässig auf die Wange. »Du schaust süß aus, so halb verschlafen.«

»Ich bin schon seit einer gefühlten Ewigkeit wach«, wehre ich mich.

»Alles gut bei dir? Wie gehts der Katze?«

»Sie miaut immer noch, und Opa reißt sich ein Bein aus, um sie zufriedenzustellen.«

Die Tram kommt, und wir steigen ein. Sergej drückt gegen das Schiebefenster neben unserem Zweiersitz, bis es nachgibt und unter seinem Druck zur Seite fährt. Als wir losfahren, streift eine frische Brise mein Gesicht.

»Ich habe übrigens gestern deine Mascha in einem Club gesehen.«

»Und?« Ich versuche, gleichgültig zu wirken, doch irgendwie trifft es mich, dass sie nach unserer Annäherung auch weiterhin ohne mich Spaß hat.

»Nichts und. Hat sich mit irgendeinem Typen amüsiert.«

»Und du? Mit wem hast du dich amüsiert?«

Sergej lacht. »Nur mit meinen Jungs. Reine Männerrunde, keine Sorge.«

»Sehe ich so aus, als würde ich mir Sorgen machen?«

»Klar, immer!« Wieder dieses Lachen.

»Wenn, dann bestimmt nicht deinetwegen.«

»Schade.« Er schaut mich an wie die Katze meinen Opa, und ich muss schmunzeln. Flirten wir gerade?

»Hör mal, du kommst doch heute zu mir?«

»Ja, klar.«

»Gut.«

Die Stadt zieht an uns vorbei, mit ihren Problemen und Nöten, mit den schönen Häuserfassaden, hinter denen Angst und Unsicherheit lauern, und mit den Menschen, die ihre Nächsten gleichzeitig lieben und verraten. Wir schweigen, bis Sergej aussteigt. Er sagt noch mal, dass er mich heute erwartet, und geht. Ich rutsche auf seinen Platz und genieße den Nachklang der kurzen Begegnung.

Die Idee dazu ist seine gewesen. Letzte Woche haben wir uns eines Abends zufällig im Hof getroffen, es war noch hell, die Dunkelheit senkte sich nur widerwillig auf die Stadt herunter, und die Menschen nahmen dieses Angebot dankbar an: Kinder spielten noch draußen, anstatt längst im Bett zu liegen, die Bänke waren besetzt von Großmüttern, die die Frische des Abends genossen, und die Geräusche von klirrenden Gläsern hallten durch die Luft. Sergej erzählte, seine Wohnung werde gerade renoviert, daher übernachte er zurzeit bei seiner Mutter. Und dann fragte er, wann ich am nächsten Tag zur Uni fahren würde, und wir verabredeten uns an der Haltestelle, fast so wie früher, als wir gemeinsam zur Musikschule fuhren.

Heute zieht er wieder zurück in seine Wohnung, und ich soll die Erste sein, die sein frisch renoviertes Zuhause sehen darf. Es warte eine Überraschung auf mich, meinte er. Doch auf Sergejs Überraschungen gebe ich nicht viel – bislang haben sie mich meist enttäuscht. Wahrscheinlich ist sie bloß eine weitere Angeberei. Aber was, wenn nicht?, meldet sich sofort die Hoffnung bei mir.

Ich verlasse die Tram, um umzusteigen, doch der Anschluss kommt nicht. Wer zu spät zu der Vorlesung erscheint, wird nicht hereingelassen, also fange ich an zu laufen, erst die Straße entlang und dann durch den kleinen Park, der gerade bewässert wird und noch angenehm kühl ist. Völlig außer Atem komme ich schließlich am Unigebäude an.

Neben dem Vorlesungssaal am anderen Ende des Ganges entdecke ich Radj. Mir fällt zum ersten Mal auf, dass er sich irgendwie verändert hat. Er wirkt nicht mehr so schlaksig, eher drahtig und kompakt. Wahrscheinlich liegt es an seinen Klamotten, die ich nicht kenne, oder an seinen Haaren, die er anders frisiert hat. Der neue Radj strahlt eine Souveränität aus, und die lässt er mich deutlich spüren. Er lächelt ein blondes Mädchen an und dreht dabei den Kopf etwas nach links. So wie er es auch bei mir immer getan hat. Sie lächelt zurück, berührt leicht seinen Arm und fragt ihn etwas. Und während er seine Antwort überlegt, husche ich an ihnen vorbei. Die leise Hoffnung, er würde mich ansprechen oder wenigstens grüßen, erfüllt sich nicht.

IX

»Stell dir vor: Es gibt jetzt schon zwei Au-pair-Familien für mich! Die Agentur hat mich eben angerufen. Ist das nicht irre?«

Ich wollte mich gerade für den Besuch bei Sergej fertig machen, als Maschas Anruf kam. Nun höre ich sie durch den Lautsprecher meines Handys lachen und kreischen. Ihre Euphorie versetzt mir einen Stich in der Magengegend. Jetzt hat sie sogar eine Wahl, jetzt kann sie sich für eine Familie entscheiden. Ich versuche, mich für sie zu freuen, und probiere das blaue Kleid an.

»Sehr schön, gratuliere! Erzähl mir mehr von den Familien.«

»Also die erste hat einen Hund und lebt in Hamburg.«

»Klingt gut.«

»Ja, aber die anderen wohnen in Berlin, das ist doch viel besser, oder? Ist zwar nicht Paris oder Rom, aber immerhin.«

»Wie du meinst. Und wie viele Kinder haben sie?«

»Jeweils zwei. Aber das ist nicht wichtig: Mit den Kindern werde ich schon klarkommen. Wichtiger ist doch, welche Stadt mir mehr Möglichkeiten bietet, mehr Perspektiven.«

Die Überlegungen, sie könnte scheitern oder ihre Eltern in dieser Situation nicht allein lassen, spielen offenbar keine Rolle mehr für sie, jetzt, wo sich ein Szenario aufgetan hat, für das sie sich begeistern kann.

»Ja, vielleicht hast du recht, und Berlin wäre die bessere Wahl. Aber lass uns noch mal darüber nachdenken«, versuche ich, sie abzuwimmeln. Ich muss langsam los und weiß immer noch nicht, was ich anziehen soll. Das blaue Kleid liegt wieder neben dem weißen auf dem Bett.

»Hör mal, wollen wir uns noch kurz treffen? Ich kann dir ja die Fotos zeigen.« Offensichtlich hat Mascha noch Redebedarf.

Ich hole meine Lieblingsjeans aus der Schublade und ziehe sie an. Nicht die ideale Lösung, aber wenigstens sitzt sie gut.

»Ich muss noch was für die Prüfung besorgen«, lüge ich.

»Doch nicht etwa bei deinem Inder? Ist er schon aus dem Café rausgeflogen?«

»Nein, ist er nicht, und nein, nicht bei ihm.«

»Na gut, dann halt ein anderes Mal«, seufzt sie.

»Hast du heute nichts mehr vor?«, frage ich.

»Ach nee. Ich sitze seit Abenden nur noch zu Hause rum, will meine Mutter nicht allein lassen. Sie ist noch ziemlich durcheinander.«

Schon wieder verspüre ich einen Stich. Erst gestern hat Sergej sie in einem Club gesehen. Dass sie mich so einfach anlügen kann, hätte ich nicht gedacht.

»Weißt du, ich muss mich um meine Zukunft in Deutschland kümmern«, setzt Mascha nochmals an. »Ich brauche einen Plan, ich brauche Ziele. Hab mich sogar schon online mit ein paar Deutschen befreundet. Ich muss mich auf die einstellen, sonst wird es nichts. Ich meine, was hat es zum Beispiel für einen Sinn, hochhackige Schuhe mitzuschleppen, wenn die Frauen dort so gut wie keine tragen? Kann ich zwar immer noch nicht glauben, aber ich nehme vorsichtshalber meine Sneakers mit. So was ist wichtig, an solchen Kleinigkeiten kann alles scheitern.«

»Sicher.«

»Du musst mir unbedingt helfen: Wir gehen meine Garderobe durch und entscheiden dann, was ich mitnehme und was nicht, in Ordnung?«

»Machen wir. Aber solltest du dich nicht lieber um deine Sprachkenntnisse kümmern?«

»Mach dir keine Sorgen«, lacht sie. »Mein Englisch ist beinahe perfekt, ich werde mich schon verständigen können.«

Dass sie im Formular gelogen und sich sehr gute Deutschkenntnisse attestiert hat, stört sie nicht im Geringsten.

Irgendwie gelingt es mir dann doch, das Gespräch zu beenden. Ich ziehe ein einfaches schwarzes T-Shirt an und schleiche mich aus dem Haus. Nur die Katze bekommt es mit – ich sehe, wie sie mich von der

Schwelle der Küchentür aus anstarrt, und zwinkere ihr zu.

Sergej hat mir den Weg zu seinem Haus beschrieben, doch das Areal besteht aus mehreren ineinander übergehenden Höfen, es ist wie ein Labyrinth aus zweistöckigen Gebäuden mit kaputten Fassaden, unendlichen Kabelschleifen, die wie Girlanden zwischen den Häusern hängen, und Weinreben, die sich um die Fassaden schlingen.

Auf der Suche nach dem richtigen Hinterhof und dem grün gestrichenen Eingang mit einer Akazie daneben spricht mich eine der Bewohnerinnen an, eine ältere Frau mit einem geblümten Kopftuch.

»Zu wem wollen Sie?«, fragt sie forsch und scannt mich mit ihrem Röntgenblick von oben bis unten.

»Zu Sergej.«

»Zu welchem Sergej? Es gibt hier drei davon.«

»Der, der Klavier spielt.«

»Na klar«, sagt sie und mustert mich erneut, als wollte sie mir sagen, ich sei nur eine von vielen, die alle zu Sergej wollen. Zu Sergej, der Klavier spielt. »Sie müssen zurück und dann links abbiegen. Da finden Sie Ihren Sergej.«

»Danke«, sage ich und drehe mich sofort um, will schnell wegkommen von dieser Frau, bevor sie noch etwas sage. Und als hätte sie meine Verunsicherung bemerkt, ruft sie mir tatsächlich »Warte!« hinterher, und ich bleibe stehen.

»Du bist doch ein anständiges Mädchen«, sagt sie.

»Lass die Finger von ihm, er ist nichts für dich. Glaub mir, ich kenne Kerle wie ihn. Die Mädchen gehen dort ein und aus, aber es reicht ihm nicht, das sehe ich an seinem arroganten Blick. Also hör auf die alte Frau.«

Ich nicke und gehe langsam weiter, biege nach links ab und atme endlich auf, als ich ihren Blick nicht mehr in meinem Rücken spüre.

»Da bist du ja endlich. Komm rein.«

Sergej, in weißem Hemd und kurzer Hose, zieht mich an der Hand in den winzigen Flur hinein. Überall auf den hellblauen Wänden verteilt hängen ausgeschnittene Papierhände, rote, gelbe, manche mit lackierten Nägeln.

»Was ist das denn?«

Sergej schmunzelt. »Ein Scherz von meinen Kommilitonen.«

»Sind das etwa deine Hände?«

»Fremde Hände hätte ich hier nicht geduldet«, lacht er. »Komm, lass uns ins Wohnzimmer gehen.«

Ich trete ein, und da steht es mitten im Zimmer, schön, schwarz und glänzend.

»Deine Überraschung?«, mutmaße ich und streife mit den Fingern über das neue Klavier.

»Ein Geschenk meines Vaters. Wer hätte das gedacht?«

»Seit wann macht er dir so teure Geschenke?«

»Keine Ahnung. Vielleicht hat er ein schlechtes Gewissen.«

»Oder er merkt, dass er alt wird, und will später nicht ganz allein sein?«, mutmaße ich. »Oder er braucht eine Niere von dir?«

»Fürs Erste war es nur ein Abendessen. Ich hoffe, es bleibt auch dabei, denn eine Niere gebe ich ihm garantiert nicht. Da hilft auch kein Bösendorfer.«

»Spiel mal was«, fordere ich ihn auf, weil ich weiß, dass er es möchte, und weil ich tatsächlich gespannt darauf bin.

Er gießt mir Wein ein und setzt sich ans Klavier. Durch das leicht geöffnete Fenster drängt noch der Lärm des lauwarmen Abends herein, aber er stört nicht, bildet eher eine Kulisse für die schönen Töne, die Sergejs Fingern entspringen. Ich sitze auf dem Sofa, nippe an meinem Wein und versuche, die Nervosität unter Kontrolle zu bringen. Von Entspannen und Genießen kann keine Rede sein, mein Kopf ist zu beschäftigt mit dem, was die alte Frau gesagt hat. Ich sehe mir das Zimmer genau an, suche nach Anzeichen weiblicher Präsenz. Nach Kerzenleuchtern, Bildern im Herzrahmen oder einfach einem vergessenen Lippenstift. Ich atme tief ein und meine, ein süßer Parfümgeruch läge in der Luft.

»Und?« Sergej hört mitten im Akkord auf zu spielen, und ich schrecke hoch.

»Sehr schön«, sage ich und hoffe, er sieht mir nicht an, dass ich gerade ganz woanders war.

Er setzt sich zu mir aufs Sofa und schaut mich finster an. »Mehr hast du dazu nicht zu sagen?«

Ich schüttele den Kopf, wohlwissend, dass ich damit nicht bei ihm punkten kann. Mir reicht es.

»Also wirklich! Gib dir Mühe!«

Der Satz trifft mich.

»Was heißt hier Mühe geben? Was willst du überhaupt von mir? Hast du mich nur eingeladen, damit ich dich wieder überschwänglich lobe? Dann frag doch deine ganzen Freundinnen, die können das sicherlich genauso gut, wenn nicht noch besser!«

Er guckt überrascht. Und irgendwie belustigt. Als hätte ich gerade einen richtig guten Witz erzählt.

»Was ist? Was schaust du so?«, keife ich weiter. »Ich kann auch gleich wieder gehen!«

Ich stehe auf und werde direkt von ihm zurück aufs Sofa gezogen. »Wusste gar nicht, dass du so impulsiv sein kannst«, sagt er. Er hält mich nun fest umarmt, und plötzlich küsst er mich. Richtig, intensiv, so, wie er in seinen guten Momenten Klavier spielt. »Nur deine Meinung zählt, Oletschka, die anderen interessieren mich nicht.« Seine rechte Hand hält meinen Kopf, die linke streichelt den Rücken. »Das sind doch nur Kommilitoninnen, denk dir nichts dabei«, sagt er und küsst mich wieder.

Obwohl ich weiß, dass ich ihm nicht glauben sollte, wünsche ich mir, er würde niemals aufhören, mich so zu küssen.

Er flüstert mir etwas auf Deutsch ins Ohr, wahrscheinlich kitschige Phrasen eines Songs, die ich nicht verstehe, streicht mir die Haare aus dem Gesicht, reibt seine Nase an meiner Wange und legt den Kopf an meiner Brust ab. So verharrt er, während ich meine Herzfrequenz verzweifelt zu drosseln versuche.

Ein paarmal atme ich ganz tief ein und hoffe, dass dieses Auf und Ab meines Körpers ihn zu mehr animiert.

»Mit dir fühle ich mich so normal«, sagt er dann, und ich weiß nicht, ob es das ist, was ich hören möchte. Seine Finger verflechten sich mit meinen, er küsst meine Hand, die Fingerkuppen. »Weißt du, wie lange ich dich um deine Hände beneidet habe?«

Ich versuche, meine Hand zu lösen.

»Du wärst wahrscheinlich groß rausgekommen, hättest du weitergemacht.«

Ich seufze. »Fang doch bitte nicht damit an.«

»Wieso nicht?« Er steht auf. »Komm zu mir, setz dich hierher.« Er deutet auf den Klavierhocker. »Lass uns was gemeinsam spielen.«

»Das soll wohl ein Scherz sein. Ich spiele seit Jahren nicht mehr richtig. Klimpere nur herum.«

»Jetzt stell dich nicht so an. Ich habe ganz leichte Noten hier. Na komm schon.«

Ich setze mich hin, spüre die Hitze seines Körpers, sehe den Glanz der Tasten und bekomme irgendwie Lust. Auf mehr, auf etwas anderes, auf eine Herausforderung vielleicht.

»Na gut, aber du bist selber schuld.«

»Es wird schon, wirst gleich sehen.«

Die ersten Takte fallen mir schwer. Ich muss mich auf die Noten konzentrieren, verspiele mich dauernd. Meine Hände schwitzen, die Finger gleiten von den Tasten ab. Doch Sergej ist geduldig, schimpft nicht, wirft mir keine bösen Seitenblicke zu. Und irgendwann fließt die Musik tatsächlich, und ich bin high. Verliere mich in der Melodie, folge ihr, lasse meine Finger über die Tasten fliegen, muss mir kaum Mühe geben. Sergej lächelt mich an, blättert die Seiten um, nickt, und ich bin frei.

Nach einer Weile, ich weiß nicht, wie viel Zeit vergangen ist, eine halbe Stunde oder vielleicht zwei, hört er auf zu spielen und schaut mich begeistert an. »Du bist immer noch so gut wie früher. Technisch müsstest du natürlich nachholen, aber alles andere …«

»Willst du mich etwa überreden, Musik zu studieren?«

»Ich weiß nicht, möglich wäre es ja.«

»Möglich wäre es auch, zum Mond zu fliegen.«

»Okay, okay.« Er hebt die Hände hoch. »Ich höre auf damit. Außerdem hätte ich dann eine ernstzunehmende Konkurrenz.« Er sagt es zwar im Scherz, aber etwas in seiner Stimme schwingt mit, das nach Wahrheit klingt.

Ich richte meine Aufmerksamkeit wieder auf die Tasten und fange an zu spielen, allein, ohne ihn. Etwas aus meinem früheren Repertoire. Er hört wie gebannt zu, und nach dem letzten Akkord küsst er mich erneut. Er nimmt meine Hand, führt mich in ein weiteres Zimmer, in dem nichts außer einem großen Bett steht, und zieht sein Hemd aus.

»Endlich bist du da«, sagt er, und ich versinke in der Nacht.

★★★

»Du bist wohl von allen guten Geistern verlassen«, schreit meine Mutter in den Hörer. »Jetzt kommst du nicht mal mehr nachts nach Hause! Bist du völlig wahnsinnig geworden? Was ist los mit dir? Hast du keine Familie mehr?«

»Ich habe bei Mascha übernachtet«, sage ich und höre, wie Sergej neben mir kichert.

»Du kommst auf der Stelle nach Hause!«

»Ich muss zur Uni, es macht jetzt keinen Sinn, nach Hause zu fahren.« Es ist seltsam, wie ruhig ich bin. Als wären diese beiden Personen am Telefon nicht meine wütende Mutter und ich.

»Ist mir egal!«, blafft meine Mutter zurück. »Wenn ich sage, du sollst sofort kommen, dann kommst du auch, verdammt noch mal!«

»Wieso denn?«, entgegne ich. Und bevor ich mir ihr Geschimpfe weiter anhören muss, lege ich einfach auf.

»Oje, kriegt das brave Mädchen etwa Ärger meinetwegen?«

»Und wenn schon.«

Wir sitzen in der Küche und trinken Kaffee. Sergej gähnt und sagt nicht viel. Manchmal schaut er auf seine Uhr, und ich bekomme das Gefühl, unerwünscht zu sein. Doch dann lächelt er mich wieder an und küsst meine Finger.

»Noch eine Runde, bevor du gehst?« Er deutet Richtung Klavier. Ich schüttele den Kopf.

»Schade«, sagt er. »Ich hatte gehofft …« Er steht vom Tisch auf und signalisiert mir auf diese Weise, dass es Zeit ist zu gehen.

Ich bin ihm nicht böse, sondern beinahe dankbar. Für diese Unterbrechung, dafür, dass ich gehen und in Ruhe über all das nachdenken kann.

»Ich melde mich«, sagt er, umarmt mich und küsst mich so lange, dass ich sofort bedauere, doch schon zu gehen.

Die Innenhöfe sind leer. Nur zwei kleinere Jungs im Alter von ungefähr sechs oder sieben malen an der Wand eine Flagge, die ich keinem Land zuordnen kann. »Und jetzt erschieße ich dich«, schreit der eine, und der andere fängt an zu weinen.

»Was ist denn nun schon wieder? Was soll der Lärm?« Eine Frau, vermutlich die Mutter der beiden, taucht mit einer Zigarette zwischen den Zähnen auf. Sie ist sehr dünn, ihre Stimme ist rau, und ihre Art erinnert mich an eine von Opas Bekannten, die auch in so einem Hof gelebt hat und eine Kleinkriminelle war.

»Was glotzt du?«, mault sie mich an. »Zahl Eintritt, dann kannst du weiterschauen, nicht wahr, Jungs?«

Die beiden scheinen erfreut, dass ihre Mutter ausnahmsweise nicht auf sie schimpft, und lachen dankbar.

Ich verlasse diese eigenartige Welt der Innenhöfe, und das Betreten der Straße fühlt sich an wie ein Aufatmen. Das sommerliche Odessa zu dieser Uhrzeit mag ich am meisten. Es ist noch nicht sehr viel los auf den Straßen, und manchmal sieht man noch die letzten Lkw, die den Asphalt mit Wasser abkühlen. Der

Schatten der Bäume reicht bis zur gegenüberliegenden Straßenseite, und die Sonne ist angenehm mild. Mädchen in hochhackigen Schuhen und Miniröcken beeilen sich, ihre Pflichten zu erledigen, um später auf den Boulevards mit gespielter Langeweile und einem lässigen Gang die Jungs zu ködern. Vor den Kiosken, wo frische Backwaren verkauft werden, steht kaum jemand an. Männer in kurzärmeligen, gebügelten Hemden steigen mit ihren Aktentaschen in ihre Autos und denken an das kalte Bier, das sie am Abend trinken werden, während die Rentner sich diesem Vergnügen bereits mittags hingeben können. Der Tag ist jung, die ganze Stadt macht Pläne, und ihr Puls wird allmählich schneller, um sämtliche Straßen Odessas zu beleben.

»Hast du schon gehört?« Ich werde am frühen Nachmittag von einer Kommilitonin vor der Uni abgefangen. »Unser Anatomieprofessor wurde brutalst zusammengeschlagen. Er liegt jetzt im Krankenhaus.«

»Was? Wann?«

»Heute in der Früh, als er vor der Uni aus seinem Auto ausgestiegen ist. Die müssen auf ihn gewartet haben.«

Ich kann nicht glauben, was ich da höre. »Weiß man schon, wer das war?«

»Nein, leider.« Sie seufzt. »Wahrscheinlich Studenten, die bei ihm durchgefallen sind.«

»Was redest du für dummes Zeug?«, wird sie von einem vorbeigehenden Typen angemotzt. »Wisst ihr nicht, dass er ein Anti-Maidan-Aktivist ist, und zwar einer von den schlimmsten? Er hat doch extra Studenten durchfallen lassen, die mit dem Maidan sympathisiert haben. Geschieht ihm recht, schade nur, dass er überlebt hat, dieses Schwein.«

Er geht weiter, während wir etwas eingeschüchtert zurückbleiben und schweigen. Ich bin geschockt, dass die Gewalt nun sogar unsere Uni erreicht hat.

»Das hat uns noch gefehlt«, sagt die Kommilitonin schließlich, »so kurz vor der Zwischenprüfung.«

Dann sehe ich Radj, der mit einer Gruppe ausländischer Studenten etwas abseitssteht. Einige von ihnen gestikulieren wild, anderen steht Angst ins Gesicht geschrieben, und nur Radj sieht so aus, als würde ihn das alles nichts angehen. Unsere Blicke treffen sich, er lächelt, worauf ich eine Kopfbewegung zur Seite mache und ihn fragend anschaue. Er versteht, was ich meine, und setzt sich in Bewegung.

Wir treffen uns an unserer Lieblingsstelle unter dem großen Kastanienbaum.

»Erschreckend, oder?«, fange ich das Gespräch an, um ein eventuelles Schweigen zwischen uns sofort zu unterbinden.

»Ja«, geht er darauf ein, »aber es war abzusehen. Ich würde ja sagen, der Westen hat schon seinen Einfluss auf euch, aber das willst du garantiert nicht hören, oder?«

»Ach, Radj, komm schon, lass uns nicht streiten.«

»Nein, nein, ich will mich auch nicht streiten«, rudert er sofort zurück. »Wie geht es dir, von der Uni abgesehen?«

»Mal so, mal so«, sage ich. »Ich habe das Gefühl, alles um mich herum befindet sich im Umbruch, egal wo ich hinschaue.«

»Ist doch gut, oder?«

»Ja, aber es macht mir auch Angst. Was ist, wenn alles den Bach runtergeht? Wenn es keine Normalität mehr gibt?«

»Du darfst nicht alles miteinander vermischen, Olga. Das hier hat mit dir nichts zu tun. Und zweitens: Was heute passiert ist, ist kein Weltuntergang. Der Prof wird wieder gesund.«

Dann tritt doch das unvermeidliche Schweigen ein. Ich fühle mich sofort unwohl, erzähle drauflos, dass Mascha bald weggehen wird und dass ich eine schlimme Vermutung habe, was meinen Großvater betrifft. Er hört zu, nickt, bleibt aber auf Abstand. Ich spüre sein gedrosseltes Interesse an mir und merke, wie es mich weiter verunsichert.

»Na ja«, sage ich schließlich. »Und wie geht es dir?«

»Ganz gut. Nach der Prüfung fahre ich nach Indien.«

»Wieso das denn? Indien, war doch immer der letzte Ort, wo du hinwolltest.«

»Um meine Familie zu besuchen?«

»Aber du kommst doch wieder?«

»Ja, außer die Lage hier eskaliert.«

»Das tut sie nicht, zumindest kann ich es mir nicht vorstellen.«

»Wirklich?«

Ich schweige und denke an Maschas Eltern, an all die Familien, durch die plötzlich ein Riss geht.

»Ich mach mich mal auf den Weg, okay?«, sagt Radj, als ich nicht mehr antworte.

»Und wohin? In das Papageiencafé?« Bei der Vorstellung, wie er mit seinem vollen Tablett um die Tische schwebt, muss ich lächeln.

»Ja, genau.«

»Radj, da ist einiges blöd zwischen uns gelaufen, das stimmt. Aber doch nicht alles.«

Er schaut mich an, irgendwie traurig, irgendwie fragend. »Nein, Olga, nicht alles. Nur manchmal überschreitet man Grenzen, und dann sieht man, dass dahinter doch nicht das war, was man sich erhofft hat.«

»Stimmt«, sage ich und muss plötzlich an Sergej denken. »Und? Was jetzt?«

»Keine Ahnung, ich gehe jetzt. Besuch mich mal im Café, wenn du willst.«

»Mach ich bestimmt«, sage ich und lächle ihn beruhigt an. Er geht, aber eine dünne Verbindung zwischen uns ist wieder da.

War schön bei dir, schreibe ich Sergej, als ich mit der Tram von der Uni heimfahre, und lösche gleich wieder den Text. Dass ich die Nacht bei ihm bleiben würde, war nicht geplant. Eigentlich war gar nichts geplant. Unsere gemeinsamen Tramfahrten haben eine Konstante für mich geschaffen, das Fundament einer möglichen Beziehung, die sich hätte entwickeln können. Ich habe sein ungeteiltes Interesse bemerkt, seine Bewunderung, seine Blicke auf meinem Körper, habe gemerkt, dass uns viel verbindet – bloß seine Verliebtheit in mich konnte ich nicht spüren. So war es auch gestern und heute Morgen. Ich bin überrascht, dass mich diese Erkenntnis nicht enttäuscht, sondern dass ich ihr eher teilnahmslos gegenüberstehe.

Opa ist beschäftigt. Auf dem Herd dampft ein Fleischgericht, es riecht nach Aprikosen. Auf dem Fenstersims sitzt die Katze und beobachtet genau, was auf dem Herd passiert.

»Was kochst du da?«

»Lass dich überraschen.«

Meine nächtliche Abwesenheit scheint ihm nicht aufgefallen zu sein, oder er tut so, als wäre sie ihm egal. Zwischen uns herrscht immer noch eine angespannte Stimmung, aber solange wir uns über das Essen unterhalten, geht es.

Immer wenn mein Großvater ein neues Gericht ausprobiert, leuchten seine Augen wie bei einem Kind, das gerade ein neues Spielzeug begutachtet. Die Küche glänzt vor Sauberkeit, als könnte auch nur die kleinste Unordnung seine Kreation zerstören, und er summt irgendein Lied vor sich hin. Diese Laune wird exakt bis zum Abendessen anhalten. Denn sobald das Gericht serviert, probiert und angehimmelt wird, verliert er jedes Interesse daran und sagt, dass man nur solch einfach gestrickte Personen wie uns mit diesem Brei zufriedenstellen kann.

Opa mit der Frau seines besten Freundes, diese Vorstellung fällt mir noch immer schwer, trotz all der Facetten seines schlechten Charakters. Unaufhörlich male ich mir Szenarien aus, wie es passiert sein könnte. War es ein One-Night-Stand? Eine längere Affäre?

Plötzlich springt die Katze vom Fenstersims und schleicht zur Küchentür, die in dem Moment aufgemacht wird. David kommt herein.

»Chita, meine Schöne«, säuselt er und streichelt die Katze, die sich intensiv an seinen Beinen reibt.

»Ich wusste gar nicht, dass sie bereits einen Namen hat«, sage ich. Es gehört eigentlich zu Opas festen Überzeugungen, dass Tiere nicht vermenschlicht werden und daher keine Namen bekommen sollten. Katze ist Katze oder Kätzchen, und ein Hund ist ein Hund, Hundi bestenfalls.

»Ja, so heißt sie«, antwortet David, und Opa hustet.

»Ein komischer Name«, sage ich und bemerke den warnenden Blick, den Opa David zuwirft. »Wer hat sich ihn ausgedacht?«, bohre ich weiter. Es macht mir richtig Spaß zu sehen, wie sie nervöser werden.

»Meine verstorbene Frau.«

Mit dieser Antwort habe ich nicht gerechnet. Ich schaue David fragend an. »Wie meinst du das? Ist es ihre Katze?«

»Nicht ganz. Meine Frau kannte die Züchterin und wollte immer eine ihrer Katzen haben. Den Namen hatte sie sich auch schon überlegt. Nun ist sie leider verstorben, bevor ich ihr ein Kätzchen holen konnte.«

»Nimmst du die Katze mit nach Amerika?«

David schaut Opa an, als suche er eine Antwort in dessen Gesicht. Doch der tut so, als hätte er nichts gehört.

»Nein, sie bleibt bei euch«, sagt David dann. »Was soll sie jetzt bei mir?«

»Aber wieso hast du sie nicht gleich geholt?«

»So, jetzt reicht es aber!«, fährt Opa dazwischen. »Du störst uns, raus hier.«

Ich verlasse die Küche und höre, wie Opa scharfe Worte an David richtet.

Der Tisch ist festlich gedeckt. Auf einem weißen Leinentuch, das an den Seiten mit einer aufwendigen ukrainischen Stickerei veredelt ist, steht unser gutes Geschirr, die Stoffservietten sind schön gefaltet, und mitten auf dem Tisch ruht auf einem versilberten Untersetzer ein gusseiserner Topf, aus dem David sich zum zweiten Mal schöpft.

»Mmh, das ist wirklich köstlich, mein Lieber!«, schwärmt er. »Ich habe schon immer gesagt, an dir ist ein Sternekoch verloren gegangen!« Es scheint ihm tatsächlich zu schmecken.

Opa strahlt. Dass weder ich noch die anderen Mitglieder unserer Familie die Teller leergegessen haben, scheint ihn heute nicht zu stören. Ich glaube, er merkt es nicht mal. Er merkt auch nicht, dass jede von uns mit den Gedanken woanders ist. Meine Mutter wirft mir vernichtende Blicke zu, Natascha verschickt pausenlos unterm Tisch Textnachrichten, Ludmila ist sowieso geistig abwesend, und Alina muss immer wieder niesen. Sogar Polina wirkt nachdenklicher als in den letzten Tagen.

»Du solltest bei uns in Brighton Beach ein Restaurant aufmachen! Und ich sorge dafür, dass die Leute bei dir Schlange stehen, einverstanden?«

Opa lacht, und ich fühle mich nicht wohl dabei.

In diesem Moment schleicht die Katze in die Küche, bestimmt angelockt von der guten Laune ihres Schirmherrn. Sofort umstreicht sie Opas Beine.

»Wusstet ihr eigentlich, dass die Katze Chita heißt?«, frage ich in die Runde, ohne jemanden direkt anzuschauen.

Zumindest Ludmila weckt es aus ihrer Lethargie. »Ein wirklich schöner Name, Vati. Wie bist du darauf gekommen?«

Opa verschluckt sich, hustet und sagt kein Wort. Ludmila wartet noch einen Augenblick, bis auch ihr klar wird, dass dieses Thema kein Gefallen bei ihm findet.

Von da an verläuft das Essen in völligem Schweigen, nur werde ich jetzt auch noch von Opa mit Missachtung gestraft. Die Katze springt auf seinen Schoß, doch er verzieht das Gesicht und sagt nicht »meine Schöne« oder »mein Mädchen«. Als sie zu schnurren anfängt, schiebt er sie zur Seite, worauf sie beleidigt herunterspringt.

»Was willst du wissen?«, fragt mich David, kaum haben wir die Wohnung verlassen. Er hat mich gebeten, ihn zur Haltestelle zu begleiten, während Opa danebenstand und auf seiner Unterlippe kaute. Es war unschwer zu erkennen, dass er es mir am liebsten verboten hätte.

Ich bin überrascht von Davids Direktheit. »Am besten alles«, sage ich vage.

»Also«, holt er aus, »die Katze bleibt bei euch, weil ich keine Verwendung für sie habe. Außerdem habe ich keine Lust auf den ganzen Papierkram, den es bräuchte, um sie mitzunehmen. Und dein Opa kümmert sich um sie, weil er in Arkadija beim Poker verloren hat. Die Katze war der Einsatz. Hätte ein anderer die Runde verloren, wäre sie jetzt bei Arontschik oder Dima, aber dein Großvater hatte Pech. So einfach ist es. Er hätte es euch erzählen sollen, aber da mische ich mich nicht ein.«

»Warum nicht?«

»Weil man sich in meinem Alter nirgendwo einmischen soll, das habe ich bei meinem lieben Sohn am eigenen Leib erfahren müssen. Und schön war das nicht.«

»Ist das der mit den guten Genen?«, frage ich und hoffe, ihn aus der Reserve zu locken. David schaut mich zwar komisch an, bestätigt aber mit ruhiger Stimme, er habe ja nur den einen.

»Bist du seinetwegen hier?« Ich gebe nicht auf. Irgendwas muss hier doch zu holen sein.

»In gewisser Weise, ja.«

»Und in welcher?«

»Das ist zu kompliziert.«

»Ich würde es gern hören.«

»Wieso?«

»Weil ich etwas über meine Familie erfahren habe, was mir ein Rätsel ist«, sage ich, auch wenn mir diese

Aussage übertrieben vorkommt. Das alte Foto und mein Verdacht erscheinen mir in diesem Moment als etwas dünne Beweise.

David zieht die Augenbrauen zusammen, es wirkt, als würde er sich ärgern. »Egal was du gehört hast, die Wahrheit wird eine andere sein. Es ist eine verwirrende Sache, aber ich bin nicht der Einzige, der da involviert ist, und selbst wenn ich tatsächlich den Wunsch habe, über gewisse Dinge zu sprechen, so muss ich auch die Wünsche anderer respektieren.«

Dann verstummt er, und ich spüre, dass es keinen Sinn hat weiterzubohren. Er wird es mir nicht erzählen, auch wenn ich ihn direkt nach Andrej und dessen leiblichem Vater fragen würde.

»War es wenigstens eine schöne Runde in Arkadija?«, will ich noch wissen.

David seufzt. »Eigentlich schon.«

»Aber?«

»Ich wollte es noch mal so wie früher haben, weißt du? Davon habe ich in letzter Zeit in Amerika geträumt: alle meine alten Freunde wieder vereint bei einer Runde Poker.«

»Und?«

Er schaut mich an. »So was kann man leider nicht wiederholen. Ich hätte es bei dem Gedanken daran belassen sollen. Jetzt habe ich einen Traum weniger.«

Zum Abschied drückt er mich und sagt, ich solle mich von Familienproblemen fernhalten, keiner würde mir dafür danken, wenn ich in alten Wunden herumstochere.

Die Nacht ist warm, der Himmel ist voller Sterne. Ich setze mich auf eine Bank und warte auf eine Sternschnuppe. Doch heute ist anscheinend keine Nacht, um Wünsche loszuwerden.

X

Wie gehts? ☺

Gut, danke! Bin etwas verwirrt, weil unsere Katze plötzlich einen Namen hat. ☺

Und wie heißt sie?

Chita.

Klingt exotisch. Kommst du morgen Abend in die Hochschule mit? Wir machen eine Session.

Ja, tippe ich nach einer kurzen Pause*, wieso nicht?*

Dann bis morgen …

Alles ist so, wie ich es mir oft vorgestellt und gewünscht habe. Ich habe Sergejs Aufmerksamkeit, und wir haben eine schöne Nacht zusammen verbracht. Er lädt mich ein, ein Teil seines Lebens zu sein. Was stimmt also nicht? Wieso hat es sich in meinen Träumen intensiver und echter angefühlt als in der Realität? Ich gehe gedanklich alles durch, suche nach dem Auslöser meiner Unzufriedenheit und finde nichts Konkretes. Bis auf die Tatsache, dass ich nicht mehr den Kopf verliere, wenn ich an ihn denke, und meine Gefühle nicht mehr Alarm schlagen. Und was ich damals als Fünfzehnjährige gefühlt habe, weiß ich auch nicht mehr genau.

Dass Chita Opas Spielschuld einer verlorenen Pokerrunde ist, erzähle ich Alina beim Frühstück. Sie findet es erstaunlich, vor allem, weil unser Großvater tatsächlich dazu bereit war, seine Schuld zu begleichen.

»Ein Mann, ein Wort«, sagt sie hämisch. »Hätte er gegen uns eine Wette verloren, hätte er sich rausgeredet. Aber hier steht ja seine Ehre auf dem Spiel. Was würden sonst die anderen von ihm denken? Langsam habe ich keine Lust mehr.«

»Auf was?«

»Auf all das hier.«

Ich gieße uns noch mehr Kaffee in die Tassen, damit er unseren Körpern Seele einhaucht, und denke an Radj und dass er vielleicht aus dem gleichen Grund immer gekifft hat.

»Und wie lange muss er seine Schulden abbezahlen?«

»Ich glaube, die Katze bleibt jetzt für immer bei uns«, antworte ich, und in dem Moment taucht das Tier auf, als wüsste es, dass wir über es sprechen.

»Na, Kleine, willst du nicht mal ein bisschen an die frische Luft?« Alina öffnet das Fenster und lacht. Dann muss sie wieder niesen.

»Ich glaube, ich bin auf dieses Biest allergisch.« Sie reibt sich die geröteten Augen.

»Und mir hat sie in die Schuhe gepinkelt«, beklage ich mich, worauf Alina erneut lacht.

Die Katze schaut uns an, geht dann zu ihrem leeren Wassernapf und miaut beleidigt. Keine von uns rührt einen Finger. Sie ist unsere Feindin, ein weibliches Wesen, dem Opa plötzlich seine ganze Aufmerksamkeit und vielleicht sogar Liebe schenkt.

Meine Cousine geht ins Bad, während ich den Tisch abräume. Als die Katze um mich herumstreicht, schüttele ich mein Bein und verpasse ihr einen kleinen Tritt.

»Hast du gar kein Mitgefühl?« Im Türrahmen steht Opa mit mürrischem Gesicht und beobachtet mich. Sofort läuft die Katze zu ihm, und er nimmt sie hoch. »Was hat das arme Kätzchen dir getan, dass du sie trittst?«

»Ich habe niemanden getreten.«

»Sondern?«

»Nur zur Seite geschoben.«

»Ach so! Na, hoffen wir mal, dass niemand dich so zur Seite schiebt. Wie kannst du nur? Du wirst doch bald Ärztin sein. Deine armen Patienten!«

Ich merke, wie eine altbekannte Wut in mir aufsteigt. Wie lange, glaubt er, mir auf die Nerven gehen zu können? »Wieso zeigst du mir dann dauernd deine Wehwehchen, wenn ich so ein Monster bin?«, fahre ich ihn an. »Lass es doch!«

»Siehst du?«, fühlt er sich noch mehr bestätigt. »Ich könnte vor deinen Augen krepieren, und du würdest es nicht mal bemerken. Du bist eine Egoistin, und was für eine!«

Und dann bricht es aus mir heraus, ich kann mich

nicht mehr zurückhalten. Es ist zu viel. »Ich wollte nie Ärztin werden«, sage ich in scharfem Ton. »Es ist *dein* Wunsch, ist es immer gewesen. Und als Dank beschimpfst du mich noch dafür?«

Das für mich Unaussprechliche ist mir einfach aus dem Mund herausgerutscht. Und während Opa mich ungläubig anstarrt, versuche ich, diesen Moment, diese entscheidenden Millisekunden für mich festzuhalten.

»Ich? Ich möchte, dass du Ärztin wirst? Mir ist doch egal, welchen Beruf du hast! Und weshalb soll ich dir danken? Du musst *mir* dankbar sein, nicht umgekehrt!«

»Soll ich etwa nicht die Ehre der Familie retten, weil es keinen Mann bei uns gibt? Weil du denkst, du hättest versagt?«

»Wie kommst du auf diesen Blödsinn? Welchen Mann? Was erzählst du für Geschichten? Bist du auch schon in die Fänge einer Sekte geraten wie deine hirnamputierte Tante?«

»Ich sage die Wahrheit, und das weißt du, Opa!«

»Welche Wahrheit? Du hast doch keine Ahnung! Und jetzt raus mit dir, lass mich in Ruhe!«

»Wovon habe ich keine Ahnung? Von deinen Affären?«

Ich fürchte, ich bin zu weit gegangen. Opas Gesicht ist wutverzerrt. »Du solltest Gott dafür danken, dass du zu alt für eine Tracht Prügel bist. Würde dir guttun.«

Die Worte kommen wie Patronen aus seinem Mund geschossen. Ich presse die Zähne zusammen und drehe mich weg.

Ich sitze in meinem Zimmer und atme erst mal tief durch, als Alina bei mir anklopft.

»Alles in Ordnung?«

»Frag mich nicht, ich bin, glaube ich, etwas überdreht.«

Sie umarmt mich von hinten. Dabei fallen mir ihre Haare ins Gesicht, und ich fühle mich in unsere Kindheit versetzt. Immer wenn ich Ärger hatte und ausgeschimpft wurde, kam sie zu mir und umarmte mich so wie jetzt. Ihre Haare kitzelten mein Gesicht, manchmal benutzte ich sie, um mir ein paar Tränen abzuwischen, oder presste sie an meine Haut. Dieses seltene Gefühl der Geborgenheit habe ich schon beinahe vergessen. In genau diesem Moment, als Alina mich umarmt und es gleichzeitig weiter in mir tobt, entscheide ich mich, ins Dekanat zu gehen und mich nach einem Urlaubssemester zu erkundigen.

Ich fühle mich wie ferngesteuert, als ich mich von Alina löse und meine Tasche nehme. Als ich im Flur auf meine Mutter treffe, die einen sarkastischen Kommentar abgibt, dass sie sich freue, ihre Tochter zu Hause anzutreffen. Als ich im Hof einen kläffenden Hund und die dreijährige Tochter unserer Nachbarin passiere, die gerade einen Trotzanfall hat. Als mein Schuh drückt und mir die Tram vor der Nase wegfährt. Als mich ein Teenie an der Haltestelle um Geld bittet und ich ihm eine Zigarette gebe. Ich muss nicht denken, alles passiert automatisch, bis ich auf einmal vor der Sekretariatstür stehe. Dort wundere ich mich plötzlich über mich selbst, während meine Hand bereits anklopft.

»Es wäre möglich, mich beurlauben zu lassen«, erzähle ich Radj. Wir sitzen wieder nebeneinander, hinten, in der vorletzten Reihe. Ich habe ihn abgefangen, als er den Vorlesungssaal betrat, und habe ihn zu mir gewunken. Er zögerte, schien dann weitergehen zu wollen und kam schließlich doch.

Radj malt keine Äffchen mehr wie früher. Auch guckt er mich jetzt anders an, nicht mehr so verträumt. Er scheint fokussiert und klar, die Lippen sind aufeinandergepresst, die Augenbrauen leicht zusammengezogen. Er hört mir mit einem Ohr zu, schaut aber immer wieder nach vorne, um dem Prof zu folgen, und macht sich Notizen. Ab und zu bekomme ich ein Nicken von ihm, sprechen mag er anscheinend nicht. Also übernehme ich das Reden, wäge mit gedämpfter Stimme meine Perspektiven ab, zeige ihm die Formulare, die ich geholt habe, fange an, diese durchzugehen, und kommentiere dabei jede Zeile. Ab und zu schaut er zu mir rüber, richtet aber gleich seinen Blick wieder nach vorne. Ich rede und rede, berühre kurz seine Hand, die er sofort wegzieht, frage ihn, ob er einen Schluck von meinem Kaffee im Pappbecher möchte, während die Zeit stillzustehen scheint. Wer hat sich diese unendlichen Vorlesungen ausgedacht? Und dann werde ich müde, ich spüre, wie die Kraft mich verlässt und wie mir plötzlich alles egal wird. Sogar Radj, dessen Aufmerksamkeit ich unbedingt gewinnen möchte, ist mir jetzt egal. Soll er doch machen, was er will. Ich berühre seine Schulter und sage, dass ich jetzt gehe. Er guckt, als würde er mich nicht verstehen, und dann stehe ich auf und verlasse mitten in der Vorlesung den Hörsaal.

Draußen ist es schwül. Weiße Wolken schweben vereinzelt am blauen Himmel, doch am Horizont zieht ein Gewitter auf. Die Luft steht, die Sonne brennt den welken Rasen nieder, und ich spüre den nahenden Wetterumschwung, spüre, wie mein Kopf schwer wird. Bald senkt sich ein Stahlring um meine Schläfen, der sie zusammendrücken wird, bis der Regen einsetzt.

Radj ruft mich eine halbe Stunde später an, als ich endlich von einer Parkbank aufstehe. Die Kopfschmerztablette fängt gerade an zu wirken, und ich gehe ran. Er ist aufgeregt und bittet mich, keinen Fehler zu machen. Ich spüre, wie sich die Enttäuschung in mir ausbreitet. Er, der wie kein anderer weiß, wie es um mich steht, ist plötzlich nicht mehr auf meiner Seite.

»Wieso?«, frage ich. »Hast du nicht mal selber gesagt, es sei besser, Fehler zu machen als gar nichts zu unternehmen?«

»Aber doch nicht bei solchen wichtigen Entscheidungen!«

»Ach komm, woher der Sinneswandel?«

Er überlegt. »Weißt du, ich glaube, die Arbeit im Café hat mir die Augen geöffnet. Es ist Zeit, erwachsen zu werden. Sonst ackert man sich für ein paar Groschen ab, das ist doch kein Leben.«

»Für mich sah es immer so aus, als wärst du da ganz glücklich im Café.«

»War ich ja auch am Anfang, aber …« Er schweigt, während ich spüre, wie der Schmerz in meinem Kopf wieder zu pochen anfängt. »Ohne den Abschluss werde ich ein Niemand«, sagt er schließlich. »Ein Niemand, für den keine Frau je Interesse zeigen wird. Und das möchte ich nicht. Ich will nicht allein sein, ich will jemanden an meiner Seite haben.«

»Was für ein Klischee, Radj. Als könnte man nur eine Frau finden, wenn man Arzt ist.«

»In meiner Kaste ist das schon so«, meint er, während die Tablette völlig versagt und mein Schädel wieder richtig dröhnt.

»Und was ist mit deinen Ängsten?«, hake ich nach. »Du bekommst doch eine Panikattacke, nur wenn jemand in deiner Nähe niest.«

»Ich kriege das schon in den Griff«, sagt er.

»Und wie?«, stoße ich gequält hervor, denn die Kopfschmerzen haben endgültig den Kampf gegen die Tabletten gewonnen.

»Meditation und Yoga. Ich bin immer noch Inder, hast du das vergessen?« Er macht eine Pause, als käme er selbst ins Zweifeln. »Und wenn das nicht klappt, gibt es sicherlich Medikamente dagegen.« Er klingt plötzlich sehr pragmatisch. Anscheinend ist es ihm ernst damit, seine Dämonen zu bekämpfen.

Ich lege auf und schleppe mich irgendwie nach Hause, schaffe es bis zum Medikamentenschränkchen und lehne mich völlig erschöpft an die Wand im Flur. Es ist ein Auf und Ab. Wie eine Achterbahn, bei der der Schmerzpegel immer weiter nach oben klettert, um dann wieder etwas abzufallen, bevor der nächste Looping ansetzt. Ich kann nichts tun, nur ganz still sitzen und abwarten. Ich muss meine Gedanken abschalten, darf mich nicht mehr aufregen. Ab und zu stöhne ich leicht und sehne den Augenblick herbei, mich endlich wieder aus diesem Schmerz befreit zu haben. Die Zeit vergeht, die Schmerzen bleiben. Sie sind noch schlimmer als sonst, und ich schwöre mir, mich endlich gesünder zu ernähren, mich nicht stressen zu lassen, zu meditieren, irgendwas – Hauptsache, ich kann wieder denken.

Beim nächsten Stöhnen bemerke ich David, der mich komisch anstarrt und dann in die Küche geht. Ich spüre wenig später seine Hand auf meinem Kopf und höre seine Stimme, die mir sagt, dass es mir gleich besser gehen würde. Er reicht mir ein Glas und sagt: »Trink.« Ich kippe die Flüssigkeit hinunter, sie ist durchsichtig wie Wasser, schmeckt jedoch sehr salzig. Dann legt er mir ein Tuch auf die Stirn und lässt mich allein. Ich schlafe für eine Viertelstunde ein, im Flur sitzend, an die Wand angelehnt, und als ich aufwache, ist das Schlimmste überstanden. Der Druck ist aus dem Kopf gewichen, ich kann atmen. Als ich in mein Bett falle, geht endlich das Gewitter los.

Es schüttet. Ich liege auf der Matratze, zugedeckt bis zum Kinn, und sehe dem Schauspiel zu. Die kalte, nasse Luft dringt durch das gekippte Fenster – eine leichte Brise streift mein Gesicht, flaut aber sofort ab, kommt nicht an gegen die stickige Luft im Zimmer.

Eine Taube wird draußen von einem Wirbel mitgerissen und davongetragen. Sie wehrt sich nicht, fliegt in der Windströmung mit. Dann verschwindet sie aus meinem Blickfeld.

Als das Gewitter abklingt, breitet sich die Schwüle aus. Das Regenwasser dampft vom Asphalt, und die Luft heizt sich in kürzester Zeit wieder auf. Mitten in unserem Hof verwandelt sich die riesige Pfütze in einen See für Spielzeugboote, und man hört dauernd Ermahnungen an Kinder, sie sollten ja nicht da reintreten. Die Mücken, deren Population Jahr für Jahr zuzunehmen scheint, werden heute Abend auf die Jagd gehen, ich spüre bereits ein Jucken auf der Haut, wenn ich bloß daran denke. Gegen sie gibt es kein Mittel – solange sie ihren Hunger nicht gestillt haben, solange kein Blut geflossen ist, werden sie kein Erbarmen mit uns Menschen haben.

Die Bar ist hoffnungslos überfüllt. Seit sie in den Reiseblogs als *die* ultimative Bar gefeiert wurde, tummeln sich hier viel zu viele Touristen und bringen Mascha zur Weißglut. Sie boxt sich durch die Menge und winkt einem Kellner zu – Küsschen rechts, Küsschen links –, und wir bekommen Plätze an der Bar. Zwei Sitze weiter hockt ein sturzbesoffener Engländer, und ich befürchte, er könnte bald kotzen, so blass sieht er aus. Das Licht ist gedimmt, die Musik ist zu laut, aber man kann sich noch unterhalten. Mascha trägt ein Kleid, das an ein Negligé erinnert, und meine roten Stiefeletten, die sie sich vor einer Ewigkeit von mir geborgt hat.

Als wir uns hinsetzen, breitet sie die Fotos der Au-pair-Familien auf dem Tresen aus und schaut mich an wie ein Zauberer sein Publikum nach einem gelungenen Trick. Links sind die Bilder der Hamburger Familie, mit zwei blonden kleinen Mädchen, die sich sehr ähneln, und einem Golden Retriever und rechts die der Berliner Familie, auch mit zwei Mädchen, aber etwas älter.

»Und?«, drängt Mascha.

»Ich würde die mit dem Hund nehmen.«

»Wieso denn?«

»Die sehen irgendwie freundlicher aus.«

»Ach komm.« Anscheinend ist ihr die andere Familie lieber. »Was passt dir bei den Berlinern nicht?«

»Weiß nicht, die Mutter wirkt so kalt und distanziert. Nicht dass sie dir Probleme bereitet.«

»Dafür ist der Vater ganz passabel«, lacht sie, bis sie meinen strengen Blick bemerkt. »Keine Sorge, ich plane keinen Überfall auf ihn, wirklich.«

»Na hoffentlich.«

»Also, ich glaube, ich entscheide mich doch für sie.«

»Von mir aus.«

»Das wird eine schöne Zeit, und du kommst mich unbedingt besuchen, versprochen?«

»Du bist noch nicht mal weg, und ich soll schon meinen Besuch planen?«, schmunzle ich.

»Sicher, die Zeit vergeht so schnell. Bald heiraten wir und haben selber Familie. Also lass es uns genießen.«

Sie bestellt Wein und Knabberzeug, ich begnüge mich mit einer Cola.

»Und das musst du auch für mich aufbewahren.« Aus ihrer Tasche holt sie eine Mappe hervor, in der sich ein paar Erinnerungsstücke befinden: ihr erster Liebesbrief, die Tickets von einem Konzert ihrer Lieblingsband und ein paar andere wertlose Sachen mit aufgeladener Bedeutung.

»Man weiß ja nie«, sagt sie. »Ich will nicht zurückkommen und nichts von meinem früheren Leben wiederfinden. Gestern hat meine Mutter Vaters Messersammlung weggeworfen. Wer weiß, was sie als Nächstes vorhat.«

»Du glaubst doch nicht wirklich, dass du zurückkommst«, sage ich.

»Natürlich komme ich zurück«, antwortet Mascha und hält meinem skeptischen Blick stand. »Wahrscheinlich bin ich nicht die beste Tochter, weil ich meine Mutter allein lasse, aber was soll ich tun? Du kennst sie ja: immer im Recht und niemals bereit, einen Fehler zuzugeben. Mein Vater ruft sie täglich an und möchte, dass sie sich wieder vertragen, und sie sagt, sie spricht erst wieder mit ihm, wenn er seine politischen Ansichten ändert. Da spielt es doch keine Rolle, ob ich da bin oder nicht. Sie werden sich nie einigen können, solange sie die Politik wichtiger nehmen als sich selbst.«

Ich bewundere sie dafür, wie sie sich die Tatsachen so zurechtlegen kann, dass sie ihr am besten passen. »Willst du vielleicht doch die Hamburger nehmen?, frage ich. »Ich habe bei Berlin ein komisches Gefühl.«

»Ach, hör doch auf! Warum verdirbst du mir alles mit deinem Pessimismus? Das ist doch eine ganz normale deutsche Familie, und nur die Tatsache, dass diese Leute in Berlin leben, macht sie für mich interessant.«

»Schon gut, ich freue mich für dich.«

Doch ihre gute Stimmung ist verflogen. Mascha bleibt zwar sitzen, öffnet aber ihre Mappe und blättert darin. Sie nippt an ihrem Wein, schlägt die Beine übereinander und tut so, als wäre ich Luft. Ich schaue ihr zu, wie sie ihre Haare nach hinten wirft und über etwas in ihrer Mappe schmunzelt, wie sie arrogant in meine Richtung schaut und nur darauf wartet, dass ich ihr entgegenkomme. Doch das habe ich nicht vor. »Deine Unhöflichkeit kennt keine Grenzen«, sage ich.

Mascha guckt hoch und zieht die Augenbrauen zusammen. »Du hast mich verärgert.«

»Wenn dir meine Meinung nicht passt, kann ich ja gehen.«

»Wie bitte? Das ist doch nicht dein Ernst!«

»Ich habe keine Lust mehr auf deine Launen. Und ja, ich meine immer noch, dass die andere Familie für dich besser ist. Aber ich halte mich jetzt da raus, mach, was du willst.«

Sie schnaubt, die Situation droht wieder zu eskalieren. Dann atmet sie tief durch. »Ich will mich nicht streiten«, sagt sie schließlich. »Ich bin zu aufgeregt, das musst du verstehen.«

»Ich muss gar nichts.«

»Doch! Du bist meine beste Freundin, Olja, und das bleibt auch so. Komm schon!« Sie streckt mir ihren kleinen Finger entgegen. »Bitte!«

Ich umklammere ihren Finger mit meinem und halte ihn einen Augenblick lang fest. Auf diese Weise haben wir uns als Kinder immer vertragen, und ich bin überrascht, dass sich Mascha noch daran erinnert.

»So ist es besser«, lächelt sie vorsichtig. »Komm, lass uns anstoßen. Auf die Zukunft!« Sie prostet mir mit ihrem Glas zu. Ich salutiere mit Cola zurück, es ist immerhin ihr Abend.

»Ich glaube, wir haben die ersten Bewunderer«, flüstert sie mir noch schnell zu, bevor sich zwei Jungs rechts und links neben uns setzen. Der eine ist ein gut aussehender Blonder mit kaltem Lächeln und einem schneeweißen T-Shirt. Sein Freund ist etwas kleiner und ganz in Schwarz gekleidet.

»Alex«, sagt der Blonde und blickt dabei Mascha an.

Sie stellt sich mit ihrem richtigen Namen vor, was bedeutet, dass sie echtes Interesse an ihm hat.

»Ruslan«, sagt nun mein Sitznachbar.

Sie bestellen Sekt für uns alle. Ich nehme einen großen Schluck und entspanne mich etwas. Unterdessen ist Mascha mit Alex beschäftigt, dessen Hand auf ihrem rechten Knie liegt. Ich gucke auf mein Knie und entdecke einen Weinfleck, obwohl ich gar keinen Wein getrunken habe. Der Raum füllt sich weiter. Bald herrscht Gedränge an der Bar.

Ich trinke mein Glas schneller aus, als ich sollte, und Ruslan füllt es sofort wieder auf.

»Gehts gut?«, versucht er, ein Gespräch mit mir anzufangen.

»Danke«, bügele ich ihn ab, doch das scheint ihn nicht sonderlich zu stören. Ich spüre seinen klebrigen Blick auf meinem Körper und erschaudere.

Mascha fragt mich etwas, doch meine Gedanken verflüssigen sich gerade. Ich starre einfach vor mich hin. Sie zuckt mit den Schultern, und plötzlich stehen zwei Maß Bier vor uns.

»Ich dachte, ich sollte mich langsam daran gewöhnen. Bald muss ich das Zeug in Unmengen trinken«, lacht sie, und ich sehe kleine Teufelchen in ihren Augen tanzen.

»Nimm das weg.« Ich schiebe das Glas zur Seite. Von dem Geruch wird mir sofort übel.

»War ja nur ein Scherz«, gibt sie sich versöhnlich und reicht dem Kellner meinen Krug zurück, der eine Sekunde später vor dem besoffenen Engländer landet. Ich trinke weiter meinen Sekt, und bald bin ich genauso betrunken wie er und proste ihm zu. Der Engländer hat sich erstaunlicherweise gut gehalten und hat weder gekotzt noch aufgehört zu trinken. Irgendwann stoße ich meine beste Freundin in die Seite, und wir verschwinden aufs Klo.

»Lass uns abhauen«, sage ich und merke, wie ich dabei etwas lalle.

»Wirklich?«

Sie möchte gern bleiben. Und normalerweise hätte sie es auch einfach getan, sie hätte mich allein nach Hause gehen lassen, um weiterzufeiern, doch heute willigt sie ein, und wir schleichen uns aus dem Lokal und kichern dabei wie zwei Teenager.

Das angestrahlte Opernhaus sieht unwirklich schön aus. Der Abend ist lauwarm, das buttergelbe Licht der alten Straßenlaternen, die mit hängenden Blumenkörben geschmückt sind, leuchtet auf die Pflastersteine und lässt sie schimmern wie die Schuppen eines frisch gefangenen Fischs. Für die Stadt hat die Nacht gerade erst begonnen.

»Komm ja nicht auf die Idee, in Deutschland zu bleiben«, sage ich zu Mascha, als wir gerade den Brunnen vor dem Opernhaus passieren.

Sie holt eine Münze aus ihrer Tasche und wirft sie ins Becken. Dann lacht sie.

***

»Olga, wach auf!«

Über mir steht die überdimensionale Ludmila und schüttelt meinen Arm.

»Wie spät ist es?«

»Drei Uhr morgens. Unsere Datscha brennt!«

»Was?«

»Ja, seit einer Stunde versuchen sie, den Brand zu löschen. Steh auf, beeil dich!«

Ich laufe in den Flur und stoße auf Mutter, die in ihrem Morgenmantel eine komische Figur abgibt.

»Zieh dich schnell an!«, schreit sie. »Gleich kommt das Taxi. Wir fahren hin.«

Die ganze Fahrt über herrscht Stille. Nur Opa, mit der Katze auf dem Schoß, seufzt von Zeit zu Zeit. Niemand traut sich zu fragen, warum er sie mitgenommen hat. Stattdessen drängen sich Mutter, Ludmila, Alina und ich auf der Rückbank, drücken uns gegenseitig auf die Knochen und werfen einander verstohlene Blicke zu. Hatte Opa tatsächlich das erste Mal recht gehabt mit seinen düsteren Prophezeiungen? Sind es die Neureichen gewesen, die unsere schöne Datscha einfach abgefackelt haben? Ich stelle mir unsere Datscha vor, wie sie in Flammen steht und bis auf einen verkohlten Haufen abbrennt, und könnte heulen.

Die armen Bienen, flüstert Ludmila leise, und eine Träne kullert ihre Wange herunter. An den Bienenstock unterm Dach, meine und Lenas ständige Angstquelle, hatte ich in diesem Moment nun wirklich nicht gedacht.

Eine Rauchwolke erscheint am Horizont. Gespannt starren wir nach vorne, kommen dem Qualm immer näher, werden immer ungeduldiger und nervöser, bis ein Feuerwehrauto uns den Weg versperrt. Wir steigen aus. Opa hält Chita fest und versucht, am Feuerwehrmann vorbeizugehen. Der weist ihn zurück.

»Es brennt noch. Fast die ganze Hausreihe ist abgebrannt.«

Opa stöhnt, drückt die Katze fest an sich und geht mit ihr runter zum Meer.

Drei Stunden später können wir endlich zu unserer Datscha. Der Anblick ist furchtbar: Da, wo früher Häuser standen, häufen sich nur noch schwarze Holzreste, Ziegelsteine, Glasscherben und bis zur Unkenntlichkeit verformte Gegenstände. Die Nachbarn links und rechts machen sich sofort ans Werk und wuseln im Dreck, kriechen auf allen vieren, in der Hoffnung, noch etwas zu finden, was heil geblieben ist. Die Miliz ist schon wieder abgezogen. Keine Brandstiftung, haben sie gesagt, aber niemand hier glaubt ihnen. Eine Spurensicherung scheint es nicht zu brauchen, sie haben nicht mal irgendwen richtig befragt. Protokoll erstellt, unterschrieben, eine Zigarette geraucht, und weg waren sie.

»Bringt doch eh nichts«, sagt Alina, als ich sie darauf hinweise, und fängt an, ebenfalls im Dreck zu wühlen.

»Lass das«, bitte ich. Man sieht ihr an, wie niedergeschlagen sie ist, der Brand scheint sie fast körperlich zu treffen, und ich versuche, sachlich zu bleiben. »Du wirst da nichts finden.«

»All unsere Fotos«, stöhnt sie, »all die Erinnerungen«, und ich spüre, wie die Tränen nun auch meine Augen füllen.

»Komm, lass uns nach Opa schauen.« Ich zwinge Alina, aufzustehen, nehme ihre Hand und ziehe sie weg von diesem Ort.

Wir gehen die provisorisch angelegte Straße hinunter, die in all den Jahren nicht asphaltiert werden konnte, weil der Hang – ein künstlich aufgeschütteter Berg – immer wieder abrutschte und nicht die nötige Stabilität bot. Hier nun entlangzugehen, fühlt sich wie ein Abschied an. Ich weiß nicht, ob meine Familie die Kraft hat, die Datscha noch mal aufzubauen. Es wird sich nie mehr anfühlen wie früher. Es wird ein neues Haus sein, ein schöneres, moderneres. Die Fensterrahmen werden aus Kunststoff sein, und die Türen werden alle richtig schließen, es wird darin nicht ziehen, die Bretter werden nicht mehr ächzen, und der eigenartige Geruch, eine Mischung aus langen Kochabenden, Zigarettenrauch und alten Sachen, der sich mit den Jahren in das Haus gefressen hat, wird auch weg sein. Es wird ein perfektes kleines Haus sein, aber es wird mit uns nichts mehr zu tun haben.

Wir entdecken Opas gebeugte Figur auf dem Steg. Er schaut nach unten, auf die Bretter, auf denen er steht, während die Sonne über dem Horizont schwebt und das Meer zum Schimmern bringt.

»Der Arme«, flüstert Alina.

Wie er da steht und die Katze festhält, als wäre sie sein Anker, tut er auch mir leid, und das Gefühl überlagert meine Wut auf ihn. »Gehen wir zu ihm?«, frage ich.

Alina nickt.

Er bemerkt uns nicht, hört nicht unsere Schritte, dreht sich nicht um. Alina umarmt ihn als Erste. Sie streichelt seinen Rücken und fragt, ob alles in Ordnung ist. Er schaut durch sie hindurch und senkt wieder den Kopf.

»Willst du nach Hause fahren?«, fragt sie. »Willst du dich hinlegen?«

»Ach, Alinotschka, das bringt doch mein Haus auch nicht mehr zurück.«

Es ist auch unser Haus, denke ich, spreche es aber nicht aus.

»Ja, aber du musst dich erholen«, versucht es Alina noch einmal.

Er seufzt. »Alles ist weg«, sagt er. »Was bleibt mir noch?«

Alina beginnt, leise zu weinen. Ich presse die Zähne zusammen, möchte mir nichts anmerken lassen, beobachte die ersten Touristen, die ganz vorne am Strand ihre Handtücher ausbreiten. Noch freuen sie sich über die guten Plätze, doch in spätestens einer Stunde werden sie merken, dass das Wasser steigt und sie nach weiter hinten umziehen müssen.

»Einer muss es gewusst haben«, sagt Opa plötzlich.

»Muss was gewusst haben?«, frage ich.

»Dass ich da mein Geld aufbewahre.«

Alina und ich schauen ihn verständnislos an.

»Was meinst du? Welches Geld?«

»Als wüsstet ihr es nicht.«

»Opa! Was ist los?«

»Ach, kommt schon, jetzt tut nicht so naiv! Natürlich habt ihr es auch mitbekommen! In all den Jahren, in denen ich Geld in der Datscha deponiert habe, hattet ihr so viele Gelegenheiten, mich dabei zu beobachten.«

Alina und ich tauschen einen verwirrten Blick. Wir wissen nichts darauf zu erwidern.

»Was steht ihr hier noch rum? Euer Opa ist ab jetzt ein armer Mann! Ihr müsst euch nicht mehr verstellen, das Geld ist weg.«

»Beruhige dich doch«, sagt Alina. »Ich habe keine Ahnung, was du meinst. Wie wäre es, wenn du es uns später erklärst? Wir haben doch Zeit.« Hinter seinem Rücken deutet sie auf seinen Kopf und rollt mit den Augen.

»Ach ja? Habe ich noch Zeit, oder werde ich der Nächste sein, der abgefackelt wird?«

»Opa, bitte, hör doch auf damit! Was redest du für einen Unsinn?«, sagt Alina.

»Es ist kein Unsinn!«, schreit er. »Jemand hat mich dabei gesehen! Jemand wusste von meinem Versteck! Er hat es genommen und die Datscha angesteckt, um die Spuren zu verwischen. Ein Haufen Geld war das, versteht ihr? Alles ist weg! Und dein Bild übrigens auch«, sagt er an mich gewandt.

Ich bin wie erstarrt.

»Ja, und jetzt guck nicht so dumm«, geifert er weiter. »Dein Aiwasowski war auch hier.«

Und da ich endgültig nichts mehr sage, dämmert es ihm, zu weit gegangen zu sein. Er macht ungeschickte Kommentare, die mich trösten sollen, aber das Gegenteil bewirken, und als er es merkt, wird er noch wütender und geht.

»Glaubst du ihm?«, fragt Alina. »Hat er jetzt auch noch dein Bild auf dem Gewissen?«

»Ja«, sage ich, »für mich fühlt sich das wie eine verdammte Wahrheit an.«

»Das ist doch verrückt. Wer bewahrt schon so etwas wie Geld oder wertvolle Gegenstände in einer Datscha auf?«

»Leute wie unser Opa, die nicht mal ihrem eigenen Schatten trauen, geschweige denn uns.«

Sie seufzt. Vielleicht denkt sie daran, was man alles mit dem Geld hätte machen können, oder sie erinnert sich an die Zeit, die sie hier verbracht hat. Aber darüber wird sie nie reden – Vergangenheit lässt man in unserer Familie ruhen, und nur wenn es keinen Ausweg gibt, weckt man sie auf und versucht dabei, sanft mit ihr umzugehen.

Die Menge ist noch da und hat sich am Rand der verkohlten Häuser versammelt. Niemand weiß, was zu tun ist. Eigentlich ist hier nichts mehr zu holen, und man sollte sich umdrehen und weggehen. Aber das scheint keiner zu wollen, erst müssen sich die ehemaligen Datscha-Bewohner von ihrer Vergangenheit verabschieden. Schweigend starren sie vor sich hin, verarbeiten das Geschehene, schütteln ungläubig die Köpfe und hoffen immer noch, dass sie gleich aufwachen und alles so ist wie früher. Dann ergreift jemand das Wort und stellt eine Theorie auf. Dankbar, aus der Starre gelöst worden zu sein, saugen sie sich an ihr fest.

Ja, selbstverständlich waren es diese neureichen Idioten aus der Siedlung. Wer, wenn nicht sie, würde etwas so Grauenvolles durchziehen? Nichts ist für sie von Wert, vor nichts schrecken sie zurück. Und dass die Polizei nichts tut, zeigt doch nur, dass sie bestochen wurden und dass dieser Brand nie untersucht werden wird. Ich weiß nicht, wie viele gerade wie ich dabei auch an den anderen Brand denken und Erleichterung verspüren, dass hier niemand umgekommen ist. Manche fordern, zum Gegenschlag auszuholen. Ich sehe in ihren Augen Ungeduld aufflackern, den Wunsch, etwas zu unternehmen, um Gerechtigkeit walten zu lassen. Sie sagen, »Unsere Welt geht unter« und »Das schreit nach Rache«. Nur ein paar wenige am Rand der Gruppe wirken gelassener und schütteln nur hin und wieder resigniert den Kopf.

Ich suche nach Opa, aber er scheint verschwunden zu sein. Ludmila und meine Mutter besprechen gerade etwas, als sie mich und Alina bemerken und uns zu sich winken. Von ihnen erfahren wir, dass Opa von unserem Datscha-Nachbarn Felix nach Hause mitgenommen wurde.

»Wir bleiben noch hier«, sagt Ludmila. »Vielleicht kommt die Polizei doch zurück«, hofft sie. »Ich kann mir nicht vorstellen, dass sie diesen Brand vertuschen können.«

»Fragt doch mal die anderen Leute hier, vielleicht nimmt euch jemand mit in die Stadt, ihr müsst nicht bleiben«, sagt meine Mutter.

Wir stellen uns etwas abseits. »Ist unsere Datscha tatsächlich abgebrannt?«, fragt Alina schließlich. »Ich kann es immer noch nicht fassen.«

Ich schaue in ihre traurigen Augen und umarme sie kurz. Wie kommt es, dass ich plötzlich eine Leichtigkeit in mir verspüre, während sie so niedergedrückt ist? Als hätte ich Ballast abgeworfen, der mich die ganze Zeit gebremst hat, fühle ich mich auf einmal befreit. Vielleicht ist es die Aussicht, nie mehr einen Sommer in unserer Datscha verbringen zu müssen, nie mehr noch enger aufeinander zu hocken, als wir es bereits in unserer Wohnung tun, der ich plötzlich etwas abgewinnen kann. Ein Gefängnis weniger, denke ich, und diese Erkenntnis verblüfft mich.

»Lass uns bitte hier abhauen«, fleht Alina mich an. »Ich ertrage das nicht länger.«

Die Vorstellung, die ganze Fahrt über das Geschehene mit einem Nachbarn diskutieren zu müssen, schreckt uns ab, sodass wir uns für den Bus entscheiden. Schweigend sitzen wir nebeneinander, und nur Alinas regelmäßige Seufzer unterbrechen die Stille zwischen uns.

XI

Ich muss eingeschlafen sein. Alina weckt mich kurz vor der Endstation, und ich brauche etwas Zeit, um mich zu orientieren. Ich weiß nicht, wann ich zuletzt so tief und traumfrei geschlafen habe.

Alinas Augen sind immer noch voller Trauer, während ich eine leise Euphorie in mir spüre, die die Reste von Kummer und schlechtem Gewissen vertreibt. Und zum ersten Mal seit Langem lasse ich diese Euphorie zu. Ich glaube, ich fange sogar an, irgendein Lied zu summen, während wir aussteigen und uns durch den vollen Bahnhof durcharbeiten.

»Fang nur keinen Streit mit Opa an, okay?«, bittet Alina mich noch, bevor ich den Wohnungsschlüssel im Schloss umdrehe. Und da ich sie verständnislos anschaue, fügt sie schnell hinzu, er tue ihr dennoch leid und dass er niemanden außer uns habe.

»Was ist mit der Katze?«, frage ich etwas pikiert zurück und gehe hinein.

Der Flur stinkt nach Papirossy, und zwar gewaltig.

»Kein gutes Zeichen«, sagt Alina. Ihr Blick sagt mir,

ich solle mich doch bitte zusammenreißen und Opa nicht unnötig provozieren.

»Ist ja gut«, sage ich. »Solange er mich in Ruhe lässt …«

Wir hören jemanden schreien, eine Männerstimme, doch erstaunlicherweise ist es nicht Opas.

»Bist du völlig senil geworden? Was habe ich damit zu tun?«

Mitten im Salon steht der wütende David und brüllt unseren Großvater an. David, der normalerweise unentwegt gute Laune versprüht. In der Ecke sitzt Lena und beobachtet die beiden mit großem Interesse, als würde sich vor ihr gerade eine ihrer Soaps abspielen. Fehlt nur noch eine Tüte Popcorn, denke ich.

»Wo warst du denn gestern? Wieso brennt die Datscha ausgerechnet in der Nacht ab, die du nicht im Hotel, sondern angeblich bei irgendeinem Bekannten verbringst?«, brüllt Opa zurück. Auf dem Couchtisch glüht eine seiner Papirossy in einem überfüllten Aschenbecher.

»Schade, dass wir nicht mehr so jung sind. Sonst würde ich dir jetzt eine reinhauen, ehrlich! Wie kann man nur so paranoid sein?«

»Paranoid? Ich bin nicht paranoid. Ich zähle nur eins und eins zusammen.« Opa dreht sich um und sieht Alina und mich. »Habt ihr endlich den Weg nach Hause gefunden? Wieso hat es so lange gedauert?«, fährt er uns an.

Ich schweige, während Alina ihm die Zeit vorrechnet, die man von der Datscha bis in die Stadt braucht. Als wüsste er es nicht. Dann fällt mein Blick auf eine fast leere Flasche Wodka, die verwaist neben der Couch steht, und ich versuche, meiner Cousine ein Zeichen zu geben. Es hat keinen Sinn, jetzt mit Opa zu diskutieren. Sie versteht mein Augenrollen nicht und redet weiter auf ihn ein.

»Ist ja gut!«, unterbricht er sie barsch und dreht sich zu mir. Er mustert mich von oben bis unten, zieht seine Augenbrauen zusammen und scheint ins Grübeln zu kommen. »Du warst doch die Letzte von uns, die in der Datscha war!«, fällt ihm plötzlich ein. »Ist es dein Werk? Hast du den Brand gelegt?«

Der Vorwurf kommt aus dem Nichts, und ich brauche einen Moment, bis ich ihn verstehe. Zum Glück kommt mir Alina zuvor.

»Aber das ist doch zwei Wochen her«, sagt sie. »Wie kann Olga den Brand gelegt haben?«,

»Was weiß ich«, sagt Opa missmutig, während die Papirossa endgültig verglüht.

»Ich könnte ja jemanden beauftragt haben«, bemerke ich sarkastisch, was Opa erneut anstachelt.

»Ganz genau! Deinen Inder vielleicht oder diese Mascha! Jeder von euch könnte das gewesen sein, auch du!« Er zeigt auf Alina, und ihre Augen füllen sich sofort mit Tränen. »Jetzt geht der Wasserfall wieder los. Spar dir deine Tränen für irgendeinen Dummkopf!«

Mir reicht es. Der Wodka entschuldigt nicht, dass er nun sogar Alina angeht. »Hör auf, hier rumzubrüllen! Was haben wir dir getan? Was ist eigentlich dein Problem mit uns?«

»Halt den Mund!«, gibt er zurück. »Sofort!«

»Beruhige dich doch endlich!« Nun schreitet David wieder ein und versucht, Opa an der Hand zu fassen, doch der reißt sich sofort los.

»Ihr steckt doch alle unter einer Decke! Gib zu: War das Arontschiks Idee? Wollte er sich an mir rächen?«

»Ich gehe jetzt, mir reichts!« David macht Anstalten, den Salon zu verlassen, und wird von Opa festgehalten.

»Du gehst nirgendwohin, klar? Willst wohl deine Spuren beseitigen? Warum bist du überhaupt nach Odessa gekommen? Sag doch endlich!«

David schaut Opa ungläubig an. »Wirklich? Fragst du mich das wirklich?« Es klingt wie eine Drohung, doch mein Großvater hat bereits zu viel intus, um das zu bemerken.

»Ja! Sprich endlich! Und komm mir nicht mehr mit meinem Geburtstag. Alles Lügen. Und dabei habe ich dir so ein tolles Fest bereitet. Sag schon, warum bist du hier?«

David seufzt. »Du weißt, warum ich hier bin.« Er schaut mich kurz an, blickt dann wieder auf Opa. »Ich bin wegen Andrej hier.«

»Dein Andrej interessiert mich nicht!«, blafft Opa mit hochrotem Kopf zurück.

»Er ist auch dein Andrej!« Davids Stimme klingt fast verzweifelt.

»Ich warne dich! Hör sofort auf!« Opa schubst David leicht weg. »Wage es ja nicht –«, will er fortsetzen, wird aber gleich von David unterbrochen.

»Schluss jetzt! Ich habe genug von diesem Zirkus!

Es geht schließlich nicht nur um dich! Andrej hat das Recht darauf, dich kennenzulernen. Und deine Mädchen sollten auch endlich die Wahrheit erfahren.«

Alina schaut mich fragend an und macht einen Schritt nach vorne, wahrscheinlich um einzugreifen. Ich halte sie zurück.

»Du willst mich nur schlecht machen vor ihnen.« Opa deutet in unsere Richtung, sein Finger zittert. »Glaubt ihm ja nicht, was er sagt!«

»Was bist du nur für ein Feigling! Andrej ist dein Fleisch und Blut, steh verdammt noch mal dazu!«, brüllt David.

»Raus hier! Sofort! Verschwinde aus meiner Wohnung!« Opa schreit wie von Sinnen, während Alina etwas zu sagen versucht. Ich blicke zu Lena, die unbewegt in ihrer Ecke hockt und auf die Szene vor sich starrt. Und ich höre den Puls in meinem Kopf schlagen. Eins, zwei, drei … Nur keine Migräne, denke ich, nicht jetzt, und lehne mich an die Wand, ohne die anderen aus dem Blick zu lassen. Zu viel auf einmal.

In diesem Moment stürzt Polina ins Zimmer. »Was ist hier los? Man hört euch bis ins Treppenhaus«, sagt sie mit aufgebrachter Stimme.

»Ich habe mit seinem Andrej nichts zu tun, Polinotschka! Das musst du mir glauben!«

»Vati! Beruhige dich, alles in Ordnung, ich bin bei dir. Setz dich mal.«

Sie greift seinen Arm und führt ihn zur Couch. Großvater stolpert, fällt fast hin. Er schnappt nach Luft und sinkt plötzlich zu Boden.

»Vati! Was hast du?« Polina schüttelt seinen Arm.

»Olja, mach doch was! Was stehst du da rum? Was fehlt ihm?«, ruft Polina mir zu, und alle Augen richten sich auf mich.

»Oletschka?« Alina tätschelt meine Schulter.

Endlich löse ich mich aus meiner Erstarrung. Ich beuge mich zu Opa herunter, überprüfe seinen Puls und bin froh, ihn unter meinen Fingerkuppen zu spüren. Dann öffne ich die oberen Knöpfe seines Hemdes, neige seinen Kopf zur Seite. Und jetzt? Ich knie neben ihm, überlege, was ich noch tun könnte, während Polina einen Krankenwagen ruft. David marschiert nervös hin und her, bis meine Tante ihn anblafft, er solle sich endlich hinsetzen. Opas Atmung ist flach, seine Haut ist etwas blass. Dennoch könnte ich schwören, ihn kurz blinzeln gesehen zu haben, und für einen Moment huscht mir der Gedanke durch den Kopf, dass er hier gerade eine Show abzieht. Es wäre nicht seine erste. Und wenn ich ihn jetzt kitzeln würde?

Die Sanitäter kommen erstaunlich schnell. Sie sind wortkarg, scheinen routiniert. Ein Zugang wird gelegt, dann kontrollieren sie Opas Parameter und heben ihn schließlich auf die Trage.

»Wie viel hat er denn getrunken?«, fragt einer von ihnen. Selbst bei Opas flacher Atmung macht sich seine Fahne deutlich bemerkbar.

»Nur ein, zwei Gläschen«, lügt Polina sofort. »Er ist kein Trinker, wo denken Sie hin?«

Dann wird Großvater abtransportiert. Polina fährt

mit, während Alina, David, Lena und ich zurückbleiben und auf ihren Anruf warten.

Alina kocht uns Kaffee und räumt die Papirossystummel aus dem Aschenbecher. Die Wodkaflasche verstaut sie in einem der unteren Küchenschränke, den sie dann auch gleich von außen putzt, als wollte sie Fingerabdrücke beseitigen. David nippt an seiner Tasse, in Gedanken versunken und ohne sein Dauerlächeln im Gesicht. Und Lena streichelt die Katze, die plötzlich von irgendwo auftaucht und sich an ihren Beinen reibt.

»Das werde ich mir nie verzeihen, sollte ihm etwas zustoßen«, presst David dann hervor, und sein Gesicht ist voller Kummer.

»Wird schon alles gut gehen«, sagt plötzlich Alina. »Mach dir nicht so viele Sorgen. Opa ist zäh.«

David nickt ihr zu. »Danke, meine Liebe.«

»Andrej ist also nicht dein leiblicher Sohn, habe ich das richtig verstanden?«, fragt sie, und ich bin fassungslos, dass sie es vor mir geschafft hat, ihm diese Frage, die mir seit Tagen auf der Zunge brennt, zu stellen.

David nickt.

Ich sammle mich und stoße mit gepresster Stimme hervor, was ich mir bereits zurechtgelegt habe. »Wie konnte er nur? Und du wusstest es? Ich hätte das meiner Frau nie verziehen«, sage ich an David gewandt, der mich verständnislos anschaut.

Dann lächelt er leicht. »Nein, so war das alles nicht.«

»Wie dann?« Lena hört auf, die Katze zu streicheln, und setzt sich.

Er seufzt. »Wisst ihr, ich hätte nicht damit anfangen sollen. Vielleicht sollte man die Vergangenheit ruhen lassen.«

»Denkt Andrej auch so wie du?«, frage ich.

»Ich weiß es nicht. Larissa hat ihm vor ihrem Tod alles erzählt. Aber wir haben uns im Streit getrennt.«

»Er kennt wenigstens die Wahrheit. Wir nicht.«

»Du hast recht, Olja«, sagt David und zögert, bevor er fortfährt. »Als euer Opa meiner Frau und mir Andrej anvertraut hat, da bekam unser Leben eine neue Facette. Ich werde ewig in seiner Schuld stehen.«

»Wie, anvertraut?«

»Andrej kam zu unserer Familie, als er gerade mal ein paar Wochen alt war –«

»Also ist Andrej gar nicht der Sohn von Opa und deiner Frau?«, unterbreche ich ihn. Und dann dämmert es mir auf einmal. »Ihr konntet keine Kinder bekommen, richtig?«

»Ja«, nickt er, »leider.«

»Und Andrej entstammt einer Affäre von Opa mit einer anderen Frau?«

»Ja, Olja, so war das tatsächlich«, sagt David.

Glaubte ich, diese Bestätigung würde eine emotionale Lawine in mir auslösen, so habe ich mich gewaltig geirrt: Ich spüre gar nichts. Es lässt mich geradezu kalt, während Alina uns fassungslos anschaut.

»Das ist ein Scherz, oder?«, fragt sie. »Opa kann doch seinen eigenen Sohn nicht einfach so weggeschoben haben! Und was hat Andrejs leibliche Mutter dazu gesagt? Hat er ihr das Kind einfach weggenommen?«

»Nein, natürlich nicht. Nichts an dieser Sache damals war einfach.« David atmet tief ein, ich sehe ihm an, wie schwer es ihm fällt, darüber zu reden. »Andrejs Mutter war an dem Kind nur deswegen interessiert, weil sie dachte, euer Großvater würde sich scheiden lassen und sie heiraten. Und als sie merkte, daraus wird wohl nichts, wollte sie den Kleinen nur noch loswerden.«

In die darauffolgende Stille hinein klingelt plötzlich das Festnetztelefon und lässt uns zusammenfahren. Es ist Polina, die sich aus dem Krankenhaus meldet.

»Alles gut«, sagt sie zu mir, als ich rangehe. »Opa hatte wohl nur einen kleinen Schwächeanfall. Kein Grund zur Sorge.«

Ich denke an sein Blinzeln vorhin. Er hat es schon wieder getan. »Gut zu wissen«, sage ich und lege auf. Weitere Einzelheiten seines Gesundheitszustands interessieren mich nicht.

»Opa geht es gut«, gebe ich Entwarnung, und Davids Zähne erstrahlen wieder, wenn auch nur kurz.

»Ich hoffe nur, es gibt keine weiteren Andrejs«, sagt Alina, zuckt mit den Schultern und verlässt die Küche.

David blickt ihr traurig hinterher.

»Tut mir leid«, entschuldige ich mich für sie.

»Nein, das ist in Ordnung«, sagt David. »Es ist für uns alle nicht einfach. Wisst ihr, ich bin eurem Großvater unendlich dankbar, dass er es gemacht hat. Er hat uns einen wundervollen Sohn geschenkt. Aus eurer Perspektive sieht es natürlich anders aus, das ist mir bewusst. Es wird viel Zeit vergehen, bis ihr das alles verdaut habt. Und wenn es so weit ist, treffen wir uns in New York.«

»Und spielen eine große glückliche Familie?«, frage ich sarkastisch. Meine Stimme klingt schärfer, als ich es beabsichtigt habe, aber ich kann es mir beim bestem Willen nicht vorstellen.

»Wer weiß. Vielleicht müssen wir dann gar nicht spielen. Vielleicht hat das Spielen dann endlich ein Ende. Ich bezweifle nur, dass euer Großvater, der sture Esel, irgendwann mal dazu bereit sein wird.« Er umarmt mich und Lena. »Ich muss an die frische Luft«, sagt er, und als er unsere irritierten Blicke bemerkt, schickt er beim Hinausgehen ein »komme aber später wieder« hinterher.

Sein Weggehen ist eine Flucht. Ich stelle mir die Gesichter meiner Tanten und meiner Mutter vor, wenn sie die Wahrheit erfahren, und denke, dass ich an seiner Stelle auch abhauen würde.

»Mit noch mehr Verwandtschaft hatte ich nun wirklich nicht gerechnet«, sagt Lena. »Irgendwie lustig, oder?«

»Findest du?«, gebe ich zurück. »Also ich kann nicht lachen.«

Lena verdreht die Augen. »Versuch, das aus einem anderen Blickwinkel zu betrachten«, sagt sie in ihrer besserwisserischen Art.

»Aus welchem denn? Wir befinden uns nicht in einem deiner Fernsehparadiese, es geht hier um uns. Kapierst du nicht, dass Opa uns unser ganzes Leben lang angelogen hat?«

Wütend gehe ich in mein Zimmer und mache das, was ich schon seit Jahren nicht mehr gemacht habe: einen Kopfstand. Ich lehne mit den Füßen an der leeren Wand, wo früher der Aiwasowski hing, und fühle mich frei. Meine Vermutung, dass es einen männlichen Nachkommen bei uns gibt, hat sich tatsächlich bewahrheitet. Und doch kann ich es immer noch nicht fassen. Mein Leben erscheint mir plötzlich unwirklich, als eine Option unter mehreren – und nicht mehr als Resultat eines vorgezeichneten Plans von jemand anderem. Diese Wohnung hier und das Zusammenleben mit meiner Verwandtschaft – wäre das auch in einem anderen Leben möglich gewesen? Würde ich bei einem anderen Szenario auch Medizin studieren? Und unsere Mütter: Hätten sie ihr Privatleben ausleben dürfen?

Bedarf es tatsächlich nur eines Y-Chromosoms, um alles buchstäblich auf den Kopf zu stellen?

Ich lasse die Beine auf den Boden sinken und wähle Maschas Nummer. Als sie rangeht, höre ich Geräusche im Hintergrund.

»Wo bist du denn?«, frage ich ohne Einleitung.

»Wieso? Was ist los?« Ihre Stimme klingt weit weg.

»Unsere Datscha ist abgebrannt.«

»Was? Sind alle okay?«

»Ja.«

»Na, das ist doch gut. Hör mal, ich bin gerade unterwegs. Kann ich dich zurückrufen?«

»Wann denn?«

»Weiß nicht genau, morgen Vormittag?«

Ich seufze. »Gut, mach das.«

»Du bist mir doch nicht böse, oder?«

Ich höre Genas Stimme im Hintergrund und versichere ihr, bis morgen warten zu können. Schon wieder ein Y-Chromosom, das in meinem Weg steht.

Ich schlage die Lehrbücher auf und starre eine Weile auf die Seiten. Hatte mein Großvater kein schlechtes Gewissen, seinen Sohn wegzugeben? Quälten ihn nachts keine Albträume?

Ich schlage das Buch wieder zu. Ist es nicht absurd? Nicht mal Opas Verrat an unserer Familie bringt mich vom Lernen ab. Ich klopfe bei Alina an und öffne die Tür einen Spalt.

Meine Cousine liegt auf ihrem Bett, eingerollt wie ein Baby, und schläft. Leise schließe ich wieder die Tür. Die Nachricht scheint sie nicht gut aufgenommen zu haben. Die Reaktion meiner Tanten und Mutter auf die Neuigkeit verblüfft mich allerdings völlig. Sie tauchen etwas später alle drei gemeinsam auf. Als ich im Salon zu ihnen stoße, wirken sie genervt und böse aufeinander.

»Wir wissen alles«, unterbricht mich Mutter, noch bevor ich etwas sagen kann. »Verschone uns mit weiteren Details.«

»Du meinst Opas Schwächeanfall?«, frage ich und überlege bereits, wie ich ihnen von Davids Bekenntnis berichten soll.

»Ich meine Andrej«, sagt meine Mutter barsch.

Ich starre sie ungläubig an, während sie mich beäugt, als hätte sie Zweifel an meinen geistigen Fähigkeiten.

»Woher wisst ihr das?«, versuche ich, Haltung zu wahren.

»Von Vati selbstverständlich«, schaltet sich Polina ein. »Wo, glaubst du, waren wir die ganze Zeit?«

»Polinotschka hat uns angerufen«, übernimmt Ludmila, deren gedämpfter Ton geradezu beruhigend wirkt. »Sveta und ich sind ins Krankenhaus gefahren. Er hat uns alles erzählt.«

»Wie, er hat euch alles erzählt? Einfach so? Vorhin hat er hier einen gewaltigen Streit mit David angefangen und meinte, David würde über Andrej lügen!«

»Ich weiß nicht, wann er was behauptet hat«, blafft mich meine Mutter an. »Ich weiß nur, was er uns erzählt hat, und ich glaube ihm.«

»Was hat er euch denn erzählt?«

»Er hat einen Fehler gemacht, einen großen.«

»Interessant«, bemerke ich sarkastisch. »Seinen Sohn als Fehler zu bezeichnen …«

»Hör doch auf!«, fährt mich meine Mutter an. »Er hat darunter gelitten, sein Leben lang. Reicht das nicht?«

»Ich weiß nicht«, sage ich. »Sein Leiden habe ich nie bemerkt.«

»Was hast du für einen fiesen Charakter!«, greift Polina ein. »Unseretwegen hat er auf sein Glück verzichtet. Er hat uns nicht im Stich gelassen, hat die Familie nicht verlassen. Wir konnten behütet aufwachsen. Über unserer Familie lag keine Schande eines unehelichen Kindes.«

Ich schaue auf Ludmila, dann auf meine Mutter. Doch alle drei scheinen sich einig zu sein. »Aber das sind doch nur Ausreden«, sage ich auf die Gefahr hin, dass Mutter gleich völlig ausflippt.

»Das hast du nicht zu beurteilen«, meint Polina. »Kümmere dich um deinen eigenen Kram.«

Ich bin perplex. »Ich soll also so tun, als hätte ich keinen Onkel? Als wäre alles nur ein böser Traum?«

»Überhaupt, wer sagt denn, dass diese Frau Opa das Kind nicht angehängt hat?«, wirft meine Mutter ein. »Erst muss man beweisen, dass er wirklich Opas Sohn ist. Es wurde schließlich nie ein DNA-Test gemacht.«

»Ich brauche keine Beweise«, sage ich, den Tränen nahe. »Ich habe Fotos gesehen: Da sieht Andrej wie Opas jüngere Version aus. Und David hat es bestätigt. Wie viele Beweise braucht ihr noch?«

»Hör auf, hier rumzuheulen!«

»Hört ihr doch auf, so zu tun, als wäre nichts passiert! Es ist unerträglich!«

»Oletschka, beruhige dich«, mischt sich Ludmila ein. »Selbstverständlich ist etwas passiert. Etwas Unerwartetes, etwas, das wir noch nicht richtig beurteilen können. Lasst uns doch in Ruhe über alles nachdenken, lasst es auf uns wirken. Jeder Tag hat sein Licht und seine Schatten.«

»Verschone uns mit deinen blöden Sprüchen!«, schneidet Polina ihrer Schwester das Wort ab. »Wir sind hier nicht bei deinen bekloppten Freunden.«

Es ist ein Schauspiel, das mich zur Verzweiflung bringt. Nicht einmal jetzt schaffen es die Schwestern, sich von ihrem Vater zu lösen. Es gelingt ihnen sogar, sich weiter anzufeinden.

»Meine Freunde haben wenigstens ein Herz im Gegensatz zu dir!«, wehrt sich Ludmila.

»Was sagst du, Luda? Ich habe kein Herz? Ich, die ich dich immer verteidigt habe?« Polina ist aufgebracht.

»Ach ja! Und wieso hast du nicht protestiert, als Vati dir die Wohnung überschrieben hat? Wo war da dein Zusammenhalt?«

»Nicht schon wieder die Wohnung! Ich kann es nicht mehr hören! Du bekommst deinen Anteil, mach dir keine Sorgen!«

»Ich mache mir aber welche«, sagt Ludmila. »Ich bin hintergangen worden. Wer weiß, ob es nicht noch mal passiert.«

»Was soll ich denn tun?«, schreit Polina.

»Verkaufe die Wohnung«, höre ich Ludmila in ruhigem Ton verkünden. »Verkaufe sie sofort.«

»Und was ist mit Vati?«

»Wir finden etwas anderes für ihn.«

Meine Mutter lacht, es klingt beinahe hysterisch. »Du bist wohl völlig verrückt geworden, Schwesterherz!«, sagt sie. »Einen alten Baum kann man nicht verpflanzen, wo soll er denn überhaupt hin?«

Doch Ludmila schweigt nun und lächelt milde. Vielleicht ist ihr dieser emotionale Ausbruch peinlich. Vielleicht schämt sie sich, gegen Polina immer noch einen Groll wegen der Wohnung zu hegen.

»Ich umarme euch«, sagt sie schließlich und verlässt den Raum.

»Völlig ballaballa.« Polina dreht mit dem Zeigefinger an ihrer Schläfe. »Wo führt das alles nur hin?«

»Ich weiß nicht.« Meine Mutter wirkt nachdenklich. »Nicht dass Luda diese Geschichte mit Andrej als irgendein Schicksalszeichen interpretiert, weißt du? Ich habe Angst, sie driftet noch komplett ab. Ich will sie nicht verlieren.«

»Ja, du hast recht. Und ich will sie natürlich auch nicht verlieren, auch wenn sie mich in letzter Zeit zur Weißglut treibt«, sagt Polina mit emotionaler Stimme. »Und David, der ist doch nur gekommen, um sein Gewissen zu erleichtern. Was mit uns passiert, ist ihm völlig egal. Wo ist er überhaupt?« Mutter und Polina schauen auf mich.

»Keine Ahnung«, lüge ich. »Ich bin nicht seine Aufpasserin.«

»Olga!« Mutters Ton wird wieder schärfer.

»Ist ja gut, bin schon weg!« Ich knalle die Tür zum Salon zu und weiß nicht, wohin mit mir. Und dann fällt mir Sergej ein und dass ich eigentlich heute mit ihm verabredet bin. Ich schaue auf die Uhr – es ist zu spät. Das Konzert fängt gleich an, und ich brauche mindestens vierzig Minuten zur Musikhochschule. Aber es ist mir egal, ich muss hier raus, sofort, bevor mein Kopf explodiert.

Ich schleiche mich aus der Wohnung, die gerade so still ist, als wäre niemand da, und ziehe leise die Tür hinter mir zu. Genug Familie für heute, sage ich mir.

Draußen ist es noch hell, man merkt aber schon die leichte Brise, die den Abend ankündigt. Ich renne zur Tramhaltestelle und erwische gerade noch eine Bahn.

Erst nach ein paar Stationen normalisiert sich mein Atem wieder. Alina hat recht: Ich sollte mehr Sport treiben.

Von Weitem sehe ich vor dem Eingang der Musikhochschule vereinzelt Menschen stehen. Erst als ich näher komme, fällt mir auf, dass sie angespannt wirken. Sie sind wie Figuren auf einem Schachbrett, die darauf warten, ins Spiel gebracht zu werden. Es sind nur Männer, etwa in meinem Alter oder älter, und sie sehen nicht so aus, als würden sie hier studieren. Mit einem komischen Bauchgefühl gehe ich an ihnen vorbei, und als ich die zwei Treppen hochsteige und die schwere Eingangstür aufstoße, meine ich, unter den Jungs Gena zu erkennen, der mit dem Typ mit den verrückten Augen von der Demo zusammensteht. Was will der denn hier? Seine Anwesenheit bedeutet doch nur Ärger.

Der Konzertsaal ist rappelvoll, die Doppeltür steht weit offen. Es wird kein Eintritt verlangt, bloß eine freiwillige Spende. Ich weiß nicht, ob Sergej bereits seinen Auftritt hatte, und frage ein Pärchen, das neben mir steht, nach einem Programm. »Leider sind alle aus«, sagt der junge Mann. »Aber viel hast du nicht verpasst, die haben mit Verspätung angefangen. Es gab wohl Proteste vor dem Gebäude, und man kam nicht rein.«

»Proteste gegen was?«, will ich wissen.

»Keine Ahnung«, sagt seine Begleitung, ein hippes Mädchen mit dunklen Haaren. Dann zieht sie ihren Freund an sich, flüstert ihm etwas ins Ohr, und die beiden verlassen kichernd den Saal. Ich dränge mich nach vorne, so weit es geht, und kann endlich die Bühne sehen. Ein Trio nimmt gerade Platz, und einen Augenblick später erklingt eine traurige Melodie, die den Saal zum Schweigen bringt. Ich drehe mich noch ein paarmal um, in Erwartung, Gena würde gleich hier reinstürmen. Erst ganz am Ende des Stücks gelingt es mir, mich darauf zu konzentrieren.

Die Musiker bekommen ihren Applaus und verlassen die Bühne. Danach singt eine Frau in einem bodenlangen hellblauen Kleid ukrainische Lieder, und der Saal tobt. Die Künstlerinnen und Künstler wechseln sich mit kurzen Auftritten und bekannten Stücken ab, das Programm ist vielseitig.

Als ich mir bereits sicher bin, Sergejs Auftritt verpasst zu haben, betritt er die Bühne. Ohne ein Anzeichen von Unsicherheit oder Nervosität deutet er eine Verbeugung an und beginnt zu spielen. Er nimmt sich keine Zeit, um kurz innezuhalten, um sich das Stück vor Augen zu führen. Er braucht sich nicht zu sammeln, muss nicht die verschwitzten Handflächen mit einem Taschentuch abtrocknen, damit sie nicht von den Tasten abgleiten. Er schließt nicht die Augen beim Spielen, wackelt nicht manieriert auf dem Stuhl, als säße er auf heißer Kohle, kaut nicht das Stück mit den Lippen vor und benutzt auch seine Augenbrauen nicht, um mehr Gefühl und Intensität reinzubringen. Er ist wie ein Fisch in heimischen Gewässern, kennt jeden Stein und jede Flusswindung, und nichts scheint ihn mehr überraschen zu können.

Anfangs höre ich seinem Spiel nicht richtig zu,

meine Gedanken tragen mich zurück in unsere Wohnung, zurück zu David und dem Streit. Ich frage mich, wie unser Leben künftig aussehen wird und ob überhaupt weiterhin ein Zusammenleben möglich ist. Ich spüre wieder Wut in mir aufsteigen, auf meine Mutter und ihre bigotte Auffassung von Solidarität innerhalb der Familie, und frage mich, was noch passieren muss, damit sie endlich aufwacht, damit sie merkt, wie fremdbestimmt sie eigentlich ist, wir alle sind.

Dann holt mich eine Moll-Melodie aus meinen düsteren Gedanken. Sie dringt in mich ein, verdrängt alles, was in meinem Kopf umherschwirrt, und füllt mich nach und nach aus. Auf einmal spüre ich die Musik, kann sie lesen wie ein Buch. Mein Bauch scheint endlich mit meinem Kopf kommunizieren zu wollen, auch wenn ich nicht ganz verstehe, worüber sich die beiden unterhalten. In diesem Moment wünsche ich, ich könnte jemandem davon erzählen. Doch dieser Jemand spielt gerade auf der Bühne, und seinen Klängen verdanke ich diese Offenbarung. Als das Stück zu Ende ist und Sergej seine Hände von den Tasten nimmt, jubelt der Saal. Er scheint von der Reaktion überrascht zu sein und bleibt sitzen. Dann, endlich, begreift er, was gerade passiert, und steht auf. Aus dem Saal höre ich Rufe nach einer Zugabe, Sergej verbeugt sich mehrmals und setzt sich bereitwillig wieder hin. Er spielt Chopins *Fantaisie-Impromptu*, eines seiner Lieblingsstücke und zu lang für eine Zugabe. Aber es kümmert ihn nicht, und er kostet den Moment aus. Plötzlich sehe ich den Sergej von früher vor mir, der verbissen die berühmten Pianisten nachzuahmen versucht, so lange, bis es ihm halbwegs gelingt. Dasselbe Empfinden wie vorhin bei seinem Spiel will sich nun nicht mehr bei mir einstellen.

»Weißt du, wo ich Sergej finde?«, frage ich einen seiner Kumpel, der nach dem Konzert an mir vorbeiläuft.

»Zwei Straßen weiter ist eine Billardkneipe. Da treffen sich alle nach dem Auftritt. Komm mit, wenn du willst.«

Ich bedanke mich und folge ihm. Von Gena und seinen Leuten ist nichts mehr zu sehen, als wir aus dem Gebäude treten.

Die Kneipe ist bereits gut gefüllt, und ich entdecke Sergej im hinteren Bereich neben einem hell beleuchteten Billardtisch. Er zieht gerade sein Sakko aus, legt es über eine Stuhllehne und schiebt den Stuhl zur Wand. Nicht dass jemand Bier über seine Sachen kippt. Er war schon immer penibel gewesen, vielleicht passt deshalb Deutschland ganz gut zu ihm. Penibilität und Bier. Obwohl nein, Bier trinkt er nur aus Solidarität mit den anderen. Davon schwitze er zu sehr, hat er mir einmal erzählt, und schwitzen mag er nicht. Genauso, wie er nicht mag, wenn jemand schmutzige Fingernägel hat oder laut lacht. Wie Mascha, wenn sie so richtig gut drauf ist. Das hat er mir erst kürzlich gesagt und wollte wissen, was ich eigentlich an ihr finde. Die wäre ja ganz anders als ich. Und ich lachte, leise natürlich, und freute mich insgeheim, dass Mascha nicht seinen Idealen entspricht.

Sergej bemerkt mich nicht. Auch dann nicht, als ich näherkomme und eigentlich nicht zu übersehen bin. Bin ich unsichtbar, oder zeigt er mir gerade seinen Unmut?

Etwas genervt trete ich an ihn heran. »Guten Abend!«

Er schaut mir in die Augen. »Olga! Du auch hier?«

Ich atme aus. »Ja, ich habe mich ein bisschen verspätet, aber dich habe ich nicht verpasst.«

Er schweigt und schaut mich erwartungsvoll an.

»Du warst richtig gut«, sage ich und bemerke, wie sich sein Gesicht kurz entspannt.

»Sicher?«, fragt er dann doch nach.

»Ja, sicher. Du kennst mich: Ich verteile keine Gratiskomplimente.«

»Hey, Alter, Gratulation!« Eine schwere Männerhand klopft auf Sergejs Schulter.

Sergej grinst. »Danke, Mann.«

»Kommst du nachher mit uns? Wir wollen noch weiterziehen.« Der Typ ist riesig, ich kann ihn mir beim besten Willen nicht mit einem Musikinstrument vorstellen.

»Ja, mache ich.«

»Alles klar. Und du?«, dreht er sich zu mir um. »Kann es sein, dass wir uns noch gar nicht kennen?«

»Es kann durchaus sein«, antworte ich, und er lacht.

»Sie studiert nicht mit uns«, mischt sich Sergej ein. »Sie studiert Medizin.«

So, wie er es sagt, fühle ich mich plötzlich, als wäre hier kein Platz für mich, als müsste ich mich dafür rechtfertigen, hier zu sein. »Ich kenne mich aber trotzdem ganz gut mit Musik aus«, gebe ich mich selbstsicher. Ich schaue Sergej in die Augen, und er presst die Lippen zusammen. Als würde ihm die ganze Situation gehörig auf die Nerven gehen.

»Stimmt«, sagt er schließlich. »Sie hat aber ihr Talent vergeudet«, fügt er dann hinzu.

»Ach ja?« Der Typ schaut mich interessiert an. »Ich bin übrigens Anton.«

»Olga«, antworte ich. »Und nein, ich habe nichts vergeudet, ich war einfach nicht dafür geschaffen.«

»Und ob«, drängt Sergej sich wieder dazwischen. »Sie war und ist eigentlich sehr talentiert, aber einfach zu faul, um etwas daraus zu machen. Ich beneide sie darum, aber es ist ihr egal.«

»Jetzt hör aber auf damit«, antworte ich etwas zu barsch. »Gibt es hier eigentlich etwas zu trinken?«

»Angsthase«, lacht Sergej. »Was magst du haben?«

»Etwas, das meine Laune wieder hebt.«

»Ich bin nicht für deine Launen zuständig«, sagt er dann scharf, und das Lächeln von seinen Lippen verschwindet. »Besser, du holst dir selbst, was du willst.«

Er dreht sich weg und lässt mich wie eine Idiotin stehen.

»Ich hol dir was«, springt Anton ein. »Einen Weißwein vielleicht?«

Ich nicke und schaue zu Sergej rüber, der weitere Gratulationen entgegennimmt und zu mir schielt. Und dann denke ich, wenn das Schicksal oder das Leben dich von jemandem trennt, dann musste es wohl so sein. Ich blicke ihn an und denke, nein, du bist nicht für mich bestimmt. Du bist meine erste große Liebe, mehr nicht. Und egal, wann und wen ich demnächst treffe, du gehörst ab sofort zu meiner Vergangenheit.

Ich winke ihm, schicke einen Handkuss, drehe mich um und verlasse die Kneipe.

XII

Drei Tage später ist David weg. Samt seinem schneeweißen Lächeln und dem Koffer, der den Flur versperrt hat, den alten Geschichten und seiner Ausstrahlung, die Opas andere, liebenswertere Facette zum Vorschein gebracht hat. Es gab keine weitere Aussprache zwischen David und uns, kein Abschiedsessen, kein neues Gericht, das Opa zu seinen Ehren gekocht hat. Keine schöne Tischdecke auf dem Tisch, kein Wein in Kristallgläsern, keine nostalgische Stimmung und vor allem keine Hoffnung auf ein Wiedersehen. Es gab nicht mal Opa beim Abschied. Mit allen Wahrheiten und Unwahrheiten ließ er sich im Krankenhaus behandeln, und als David ihn besuchen kam, da schlief er oder tat nur so. David ist heute in aller Früh aufgebrochen und hat einen Brief mit Kontaktdaten von ihm und Andrej hinterlassen. Das war alles.

Mutter, Polina und Ludmila scheinen froh darüber zu sein, und Opa, der seit dem Mittag wieder zu Hause ist, tut, als wäre überhaupt nichts gewesen. Als hätte es den Besuch nicht gegeben. Nur wenn Chita um seine Beine streicht, hält er kurz inne, und sein Gesicht glättet sich leicht, um im nächsten Augenblick wieder griesgrämig zu werden. Die Katze und der Abschiedsbrief scheinen die einzigen Beweise zu sein, dass diese verrückte Geschichte tatsächlich stattgefunden hat.

»Ich möchte Andrej kennenlernen«, sagt Alina. »Ob er sich wohl für uns interessiert?«

»Keine Ahnung«, antworte ich und breite mich auf dem Teppich in Alinas Zimmer aus. »Wähl doch seine Nummer, dann weißt du, was er von uns hält.«

Ein paarmal nimmt sie tatsächlich ihr Telefon in die Hand und kneift dann doch. »Bald«, sagt sie. »Ich muss mich erst mal sammeln.«

Sammeln muss sie sich, seit Tante Ludmila ihr vorgestern eine geknallt hat. Ohne richtig auszuholen, aber es hat doch ganz schön geklatscht. Alina hatte kurz zuvor zum ersten Mal offen die geistige Verfassung ihrer Mutter infrage gestellt. Und auch die ihrer Glaubensbrüder. Anschließend weinte Ludmila heftig und streichelte die Wange ihrer Tochter, aber es war, als hätte diese kurze Erschütterung Alinas Gedankenwelt durcheinandergebracht.

Wer sich nicht sammeln muss, ist Natascha. Sie übernachtet die ganze Woche bei ihrem neuen Freund, den sie weiter geheim hält. Wenn Alina sie anruft, geht sie kurz ran, verspricht, gleich zurückzurufen, und meldet sich dann nicht. »Wenigstens führt sie ihr eigenes Leben«, seufzt Alina und spielt mit ihren Locken.

Und Lena genießt die unerwartete Wendung, durch die unser Leben endlich genauso spannend geworden ist wie ihr TV-Schlaraffenland, mit viel Drama, einem unehelichen Sohn und der Perspektive, eine in Amerika lebende Verwandtschaft besuchen zu können. Sie hört sogar auf, sich dauernd etwas in den Mund zu stopfen, wodurch ihr Gesicht einen intelligenteren Ausdruck bekommt.

Seit einer Ewigkeit hocken wir nun in Alinas Zimmer, das am weitesten von Opas entfernt ist, und werden langsam müde. Vom Analysieren und Pläneschmieden. Vom Nichtwahrhabenwollen und der Euphorie über den plötzlichen Familienzuwachs. Und von der Ohnmacht unseren Müttern gegenüber. Dass wir es nicht geschafft haben, sie in diesen Tagen davon zu überzeugen, sich Davids Version wenigstens anzuhören, bringt uns zum Verzweifeln. Wir haben getan, was wir konnten, aber sie sind unnachgiebig geblieben. Der arme David hat seinen ganzen Charme eingesetzt und sie dann schließlich um Verzeihung gebeten, ihre Welt auf den Kopf gestellt zu haben. Nichts half. Die drei waren sich einig und ignorierten ihn, soweit es ging.

»Wie kann man nur so gehirnamputiert sein«, schimpft Lena. »Wie lange wollen sie noch wie Satelliten um Opa kreisen?«

»Sollen sie doch«, sage ich resigniert. »Vielleicht ist ein anderes Leben für sie einfach nicht mehr denkbar.«

»Oh, Gott! Das klingt deprimierend.«

Der Himmel draußen leuchtet kurz auf und wird wieder dunkel.

»Feuerwerk? Heute?«, fragt Alina mit genervter Stimme.

»Ach«, sagt Lena gelassen. »Wahrscheinlich eine Attraktion für Touristen.«

Wieder glitzert der Himmel.

»Das ist doch nicht auszuhalten!« Alina steht auf und zieht die Vorhänge zu.

»Na komm, es wird schon wieder«, versuche ich, die Wogen zu glätten.

»Tatsächlich? Was denn? Was wird wieder? Unser Leben?«, greift sie mich an.

»Ich meinte eigentlich deinen Streit mit Tante Ludmila.«

Alina lacht. »Das interessiert mich am allerwenigsten. Ich frage mich nur, wem man in dieser Welt noch vertrauen kann, wenn dein eigener Opa dich so dreist anlügt.«

»Er hat ja nicht direkt dich belogen«, versuche ich sie zu beruhigen.

Doch Alina versteht das völlig falsch. »Ach so? Sag doch gleich, dass du auf seiner Seite bist.«

»Quatsch! Bin ich nicht.«

»Dann rede nicht so einen Mist! Was ist los mit dir, Olja? Hast du Angst? Willst du wieder zurück auf dein warmes Plätzchen?«

»Ich bin nicht Chita«, keife ich zurück. »Ich brauche kein warmes Plätzchen.« Ich muss plötzlich an Mascha denken und an ihre Vorwürfe, ich würde mich nichts trauen und mich für nichts interessieren. Ich stehe auf. »So, wir müssen hier raus, bevor auch wir anfangen, uns gegenseitig anzugreifen. Ich kenne eine nette Kneipe. Kommt ihr mit?«

Überraschenderweise schließen die beiden sich mir an, und ich glaube, Alina entspannt sich etwas.

»Wo wollt ihr denn so spät noch hin?«

Wir ziehen uns gerade die Pumps an, als Opa im Flur auftaucht. Er schaut uns mürrisch an und bleibt stehen.

»Ich habe euch was gefragt!«

Wir sagen nichts. Nicht aus Angst vor ihm oder der Unlust, mit ihm zu streiten – eigentlich nur, weil es so zwischen uns und unseren Müttern abgemacht wurde. Einfach die Klappe halten. Schweigen. Er dürfe sich ja nicht aufregen, haben sie uns eingeschärft, nicht dass er noch mal ins Krankenhaus muss. Und wir halten uns daran. Noch.

Opa macht ein paar Schritte in unsere Richtung, bleibt dann aber stehen. Man merkt ihm seine Unsicherheit an. Chita, das einzige Lebewesen hier, das sich über seine Anwesenheit freut, streicht um seine Beine, sodass er einen Augenblick lang das Gleichgewicht verliert und sich an die Wand anlehnt.

»Seht ihr, was ihr mit mir macht?«, sagt er. »Ich bin schon ganz schwach auf den Beinen.«

Wir drehen uns um und verlassen schnell die Wohnung.

»Glaubt ihr tatsächlich, sie lassen es ihm auch diesmal durchgehen?« Alina nippt an ihrem Wein. Lena und ich nicken. »Na dann Prost«, sagt sie und hebt ihr Glas.

Wir sitzen in einer Ecke, die leicht abgedunkelt ist. Am Nachbartisch fängt gerade ein Pärchen an zu knutschen, und wie auf Kommando nehmen wir unsere Gläser und Taschen und ziehen drei Tische weiter nach vorne.

»Besser so«, sagt Lena und schaut sich interessiert um.

»Die reale Welt ist doch nicht so schlecht, oder?«, sage ich etwas spöttisch zu ihr. Doch sie geht nicht darauf ein. Ihr Blick bleibt irgendwo an der Bar haften, bis sie, total überrascht, zu uns guckt.

»Was ist denn?«, frage ich.

Sie nickt mit dem Kopf zur Bar, und wir schauen rüber. Auf einem der Hocker entdecken wir Natascha, neben ihr sitzt Felix. Er streichelt gerade ihren Oberschenkel, und sie lächelt ihn an.

»Oh nee! Ausgerechnet dieser Schwachkopf?« Die Enttäuschung in Alinas Stimme ist nicht zu überhören. »Gab es wirklich niemand anderen?«

»Schaut! Wie süß«, kichert Lena, während Felix und Natascha sich intensiv küssen. Ich muss auch schmunzeln.

»Das nenne ich Liebe«, kriegt sich Lena nicht mehr ein. »Immerhin spendiert er ihr Champagner.«

»Riechst du ihn, oder erkennst du jedes Getränk an der Anzahl der Bläschen im Glas?«, giftet Alina, und ich kann sie verstehen. Ich würde Felix auch niemandem wünschen, schon gar nicht der eigenen Schwester.

»Nö. Habe nur gerade gesehen, wie der Kellner ihre Gläser mit Champagner aufgefüllt hat.«

»Romantik pur«, sage ich, und Lena kichert wieder.

»Wieso?«, stöhnt Alina. »Wieso habe ich keine Ruhe?«

»Ruhe kannst du später genug haben. Heute Abend haben wir es ausnahmsweise mal lustig«, sage ich und umarme meine Cousine, und endlich lächelt sie.

»Lustig, sagst du?« Alina steht auf. »Okay, dann wollen wir es mal lustig haben.«

Und bevor wir etwas sagen können, marschiert sie bereits zum Tresen.

Lena folgt ihr mit nervösem Blick. »Shit! Ich hoffe, sie macht keine Szene.«

»Hoffe ich auch«, sage ich. In ihrer Verfassung traue ich ihr alles zu. Wir sehen, wie sich Alina direkt hinter Natascha stellt und ihre Hand auf Nataschas Rücken legt. Nicht fest, und doch zuckt Natascha bei der Berührung zusammen. Genervt dreht sie sich um, möchte wissen, wer es wagt, diesen romantischen Moment zu stören, und erstarrt, als sie ihre Schwester sieht. Die beiden sprechen kurz miteinander, dann deutet Alina auf unseren Tisch, und erstaunt beobachten Lena und ich, wie alle drei zu uns rübergehen.

»Jetzt habt ihr uns erwischt«, lacht Natascha und bleibt vor uns stehen.

»Meine Damen«, verbeugt sich Felix leicht.

»Soso. Ihr beide also«, sage ich und stelle mir Mutters Gesicht vor, wenn sie erfährt, was für einen guten Fang sich ihre Tochter hat entgehen lassen.

»Setzt euch doch zu uns.« Lena rückt ihren Stuhl zur Seite.

Etwas widerwillig nimmt Natascha Platz und macht sich kerzengerade – ein Zeichen von Nervosität. Felix bleibt am Tisch stehen.

»Geht es eurem Opa besser? Hat er den Brand verarbeitet?«, fragt er, und ein betretenes Schweigen tritt ein. Keine von uns sagt etwas, und nach einer Weile wird es ungemütlich.

»Na, jedenfalls haben meine Alten es auch noch nicht verdaut. Wie auch?«

»Glaubst du, es waren die Neureichen?«, will ich wissen.

Doch er schüttelt den Kopf. »Nein, es soll wohl eine Gasexplosion gewesen sein. Jemand hat anscheinend seinen Herd nicht abgedreht, und es gab einen Kurzschluss.« Er lässt seine Worte kurz auf uns wirken. »Also, Ladys, wer mag Champagner? Ich gebe eine Runde aus.« Er geht zum Tresen, und ich sehe, wie Alina ihre Lippen zusammenpresst.

»Wieso hast du uns nichts erzählt, du Heimlichtuerin?«, sagt Lena verschwörerisch. »Wolltest diesen schönen Mann wohl für dich behalten?«

»Bin nicht dazu gekommen«, redet sich meine Cousine raus. »Aber jetzt wisst ihr es ja.«

Felix kehrt mit einem Tablett zum Tisch zurück und hebt kurz darauf sein Glas. »Auf euch!«

Wir prosten uns zu.

»Hat es bei euch damals auf der Datscha gefunkt oder schon früher?«, erkundigt sich Lena, und Felix ergreift erneut die Flucht.

»Bin mal kurz eine rauchen«, sagt er und drückt Natascha kurz an sich. »Ihr habt sicherlich einiges zu besprechen.«

»Und?«, fragt Lena, als Felix aus unserem Blickfeld verschwindet. »Bist du glücklich?«

»Zumindest nicht unglücklich«, antwortet sie etwas zu lapidar.

»Wann lässt du dich wieder zu Hause blicken?« Alina schiebt ihren Stuhl näher an Natascha ran.

»Kann man denn wieder nach Hause? Hat sich die Lage beruhigt?«

»Keine Ahnung. Hat sie?« Alina schaut zu uns rüber.

»Wieso soll sich die Lage beruhigt haben?«, fragt Lena zurück. »Weil David weg ist?«

»Ja, dachte ich.«

»Es hat den Anschein«, sage ich. »Aber unter der Oberfläche brodelt es immer noch.«

»Witzig«, sagt Natascha. »So ähnlich hat es neulich auch Felix gesagt. Nur in Bezug auf die politische Lage.«

»Pass bitte auf dich auf«, sagt Alina und legt ihren Arm auf Nataschas Rücken. »Und lass es uns wissen, falls was ist.«

»Mach dir keine Sorgen. Felix ist nicht dumm.« Natascha zuckt leicht ihre Schulter, und Alina nimmt den Arm wieder weg. »Außerdem kennst du mich: So leicht lasse ich mich von den Männern nicht verarschen.«

»Nur von Opa«, hören wir Lena vor sich hin murmeln. »Wie wir alle.«

»Auch nicht mehr lange«, antwortet Natascha lauter als erwartet, und Lena schreckt hoch.

Sie schaut uns an und nickt nachdenklich. »Hört mal, ich habe eine Idee«, sagt sie schließlich.

»Oje, und welche?«, frage ich, weil ich von Lenas Ideen nicht viel erwarte.

»Lasst uns Andrej anrufen. Jetzt.«

»Jetzt? Wieso jetzt?«

»Warum nicht? Wir haben es eh vorgehabt, und vom Zeitunterschied her passt es auch.«

»Und wie willst du ihn anrufen? Etwa vom Handy aus? Weißt du, wie sauteuer das ist?«, argumentiert Alina dagegen.

»Ist mir egal. Ich habe genug drauf. Also, lasst es uns jetzt machen, einverstanden? Nicht dass Opa uns zuvorkommt. Wer weiß, was für Lügen er Andrej über uns erzählt …«

»Ich weiß nicht«, gibt Alina vorsichtig zurück. »Was, wenn er gleich wieder auflegt?«

Ich schaue in mein Glas, das bereits erstaunlich leer ist, habe auf einmal das Foto von David und Opa, das ich in der Datscha gefunden habe, vor Augen und denke, warum eigentlich nicht. Vielleicht wartet Andrej darauf. »Dann ruf du an«, sage ich schließlich, und Lena nickt bereitwillig.

Sie holt ihr Handy aus der Tasche und wählt die Nummer. Wir schauen alle gespannt auf sie, warten auf die ersten Worte. Es passiert nichts. Kein Ton, kein

Lebenszeichen am anderen Ende. Und die Stimmung verdüstert sich. Ich spüre förmlich das Unbehagen meiner Cousinen, David womöglich auf den Leim gegangen zu sein, weiß, dass sie sich verraten fühlen. *Falsche Telefonnummer?*, lese ich in ihren stummen Gesichtern und greife zum Handy.

»Gib mal her.«

Ich tippe die Nummer ein und warte. Es klingelt. Ein Mal, zwei Mal, und dann höre ich ein »Hallo«.

***

Ich liege im Bett und ignoriere die Geräusche im Flur. Mein Kopf dröhnt vom Alkohol, aber es ist ein fröhliches Dröhnen. Andrej war nett gestern, sogar sehr nett. Er schien sich über meinen Anruf aufrichtig zu freuen und betonte mehrmals, wie schön es sei, endlich eine unserer Stimmen zu hören. Und ich hörte seiner Stimme zu und sah förmlich sein Lächeln auf den Lippen, spürte die Wärme, die von ihm ausging. Er sagte, er sei David unheimlich dankbar dafür, dass er für ihn diese »Reise in die Vergangenheit« unternommen hat, und erzählte, er habe sich immer Geschwister gewünscht. Andrej fragte mich nach meiner Mutter und den Tanten, wie sie die Neuigkeit aufgenommen hätten, und ich flunkerte etwas bei meiner Antwort. Er fragte nach meinen Cousinen, und ich sagte, sie säßen gerade neben mir und grüßten ihn herzlich. Nur nach dem Großvater fragte Andrej mich nicht. Meine Cousinen hingen an meinen Lippen und löcherten mich anschließend über ihn und was er gesagt habe und wie es weitergehe. Wir saßen bis spät in die Nacht beisammen und schafften es wohl zum ersten Mal, über unsere Familie zu reden, ohne dass gleich ein Streit ausbrach.

Ich bin noch in Gedanken versunken, als Mascha die Tür aufreißt und in mein Zimmer platzt. Sie trägt ein geblümtes Kleid, und ihre offenen Haare sind leicht zerzaust. Die Wangen glühen, und ich denke mir, meine Freundin könnte locker als Sechzehnjährige durchgehen.

»Was machst du denn hier?«, wundere ich mich. Meine Gedanken versuchen, sich noch am gestrigen Abend festzuklammern, erfolglos. »Und wie kommst du rein?«

»Deine Tante Ludmila hat mich reingelassen. Kann es sein, dass sie gerade ihre Kisten packt?«

»Die packt sie schon seit Wochen. Wieso hast du mich nicht angerufen?«, will ich wissen.

»Das ist ja ein herzlicher Empfang. Weil mein Handy nicht aufgeladen ist. Rutsch mal«, sagt sie und klettert auf mein Bett. Ich winkle die Beine an, und sie setzt sich mit dem Rücken an die Wand.

Es ist wie früher, wenn Mascha mich besuchen kam und wir uns über alles Mögliche austauschten. Dasselbe Zimmer, dieselbe Porzellanschale auf meinem Tisch und dieselbe Mascha, die mich sicherlich gleich in ihre Probleme einweihen wird, bevor ich ihr von Andrej erzählen kann.

»Weißt du, ich glaube, ich bleibe doch in Odessa«,

sagt sie und fährt mit dem Zeigefinger entlang des Musters auf dem Bettbezug.

Ich setze mich auf. »Wieso denn? Gehts um deine Eltern? Streiten sie sich weiterhin?«

»Nein. Obwohl, ja, ihre Streitereien hören nicht auf. Aber das ist nicht der Grund.«

»Weswegen dann?«, frage ich, obwohl ich die Antwort bereits erahne.

Sie seufzt. »Ich mache mir Sorgen um Gena. Er ist so geladen. Er bringt sich noch in Schwierigkeiten. Jemand muss ein Auge auf ihn haben.«

»Ach komm, ich bitte dich! Er ist groß genug, um auf sich selber aufzupassen. Oder hast du dich in ihn verliebt?«, provoziere ich sie.

Sie schaut genervt. »Quatsch, und das weißt du auch! Er ist nur so ein Idiot und tut mir irgendwie leid. Weißt du, er denkt, er ist ein großer Kämpfer, und ich kann ihn gerade so von weiteren Dummheiten abhalten. Was passiert, wenn ich weg bin?«

»Dann macht er halt Dummheiten, na und? Seit wann gibst du deine Pläne wegen irgendeinem Typen auf? Ich erkenne dich nicht wieder, wirklich!« Meine Stimme überschlägt sich fast, und Mascha horcht auf. »Hat er dich denn überhaupt gebeten, dass du bleibst?«, bohre ich weiter.

»Nein«, sagt sie. »Verrückt, oder?«

»Ja«, sage ich. »Du bist verrückt. Wehe, du bleibst in Odessa: Ich werde dich jeden Tag nerven, das schwöre ich.«

Mascha denkt nach. »Und wenn ihm was passiert?«

»Es kann ihm auch etwas zustoßen, wenn du da bist«, entgegne ich. »Hör auf, dir die Verantwortung zu geben für einen Kerl. Das passt nicht zu dir.«

»Das stimmt«, sagt sie nach einer Weile. »Und das ist wirklich bedenklich.«

»Eben. Also ruf deine Agentur an und sag, du hättest dich für eine Familie entschieden. Nimm von mir aus die Berliner, Hauptsache du bist hier weg.«

»Ja, du hast recht.« Sie lächelt und schaut mich dankbar an. »Und du? Wie geht es bei dir weiter?«

»Na ja, übermorgen steht erst mal die Zwischenprüfung an.«

»Ah, stimmt! Und anschließend gehen wir feiern.«

»Feierst du nicht bereits die ganze Zeit?«, frage ich.

»Na und? Wer weiß, ob ich in Berlin dafür Zeit haben werde.«

»Abgemacht. Und jetzt verschwinde von hier und erledige das mit deiner Au-pair-Familie. Und mit Gena am besten auch.«

Mascha will gerade aufstehen, da platzt mein Opa ins Zimmer rein. »Hast du Chita gesehen?«, fragt er. Als er Mascha auf meinem Bett sitzen sieht, zieht er die Augenbrauen zusammen.

»Guten Morgen«, grüßt Mascha artig, bekommt aber nur ein Brummen zurück.

»Nein, Chita ist nicht hier«, sage ich.

»Wehe, ihr habt ihr was angetan –«, hebt er seine Stimme.

Sofort unterbreche ich ihn. »Beruhige dich. Wahrscheinlich versteckt sie sich nur irgendwo.«

Er stürmt hinaus, und Mascha rollt mit den Augen. »Begleite mich lieber bis zur Tür«, bittet sie mich dann. »Ich möchte mich nicht mit ihm streiten müssen«, sagt sie. »Das muss jetzt echt nicht mehr sein.«

Wir gehen den verwinkelten Flur entlang, der mir früher endlos und manchmal unheimlich vorkam, und ich werde beinahe nostalgisch.

»Du rufst mich an?«, fragt sie. »Nach der Prüfung?«

»Mache ich«, verspreche ich.

Sie umarmt mich und flattert davon. Ich muss plötzlich an die letzte Woche denken, an Gena, der vor der Musikhochschule stand, und kann mir Mascha nicht schnell genug in Deutschland wünschen. Ich hoffe, ihre Aufbruchsstimmung hält so lange, bis sie den Vertrag unterschrieben hat.

Als ich die Wohnungstür hinter ihr geschlossen habe, höre ich eine männliche Stimme aus Ludmilas Zimmer.

»Wars das?«

Ich blicke hinein, und der Anblick von leergeräumten Regalen löst Unbehagen in mir aus. Wie hat meine Tante es geschafft, so schnell zu packen? Und wo bitte schön ist der Rest? Es kann nicht sein, dass die drei Kisten und zwei Taschen, die auf dem Boden stehen, alles sind, was sie besitzt.

Den Mann mit den lichten Haaren, der die Tüte mit Opas Geschenk in den Händen hält, erkenne ich sofort. Sein Gerede über Bewusstseinsdimensionen hallte noch tagelang in meinem Kopf. Heute scheint allerdings sein Bewusstsein mit anderen Dingen beschäftigt zu sein, denn er spürt meine Anwesenheit nicht. Ich sehe ein sanftes, zufriedenes Lächeln auf Ludmilas Lippen und trete leise zurück.

»Du hättest es mir erzählen sollen, Olja.«

Als meine Mutter am Abend vor der Zwischenprüfung zu mir ins Zimmer kommt, bin ich vorbereitet. Auf ihre Nachfragen zum Telefonat mit Andrej, auf die Vorwürfe, ich würde nicht zur Familie halten, auf ihr Gerede, wie wichtig der morgige Tag für mich sei.

»Was denn?« Ich bin mir nicht sicher, womit sie anfangen möchte.

»Ich wusste nichts davon«, sagt sie, und es klingt wie eine Entschuldigung.

»Mama, was ist los?«

Meine Mutter wirkt zum ersten Mal seit Langem in einem Gespräch mit mir verlegen. »Dass dein Aiwasowski verbrannt ist«, sagt sie und guckt dabei aus dem Fenster. »Das tut mir leid.«

Darauf bin ich nicht vorbereitet.

»Woher weißt du das?«, frage ich, als ich mich gefasst habe. »Von Alina?«

»Nein. Opa hat es mir erzählt.« Sie beißt sich auf die Unterlippe. »Weißt du, er hat dein Bild schätzen lassen, damals, als es für einen Tag verschwunden ist.«

»Weshalb denn?«

»David ließ wohl beim Rundgang durch unsere Wohnung irgendeine Bemerkung in die Richtung fallen, das Bild könnte wertvoll sein.«

»Und?«

»Er hatte recht.«

Ich spüre, wie die Reste meines schlechten Gewissens Opa gegenüber endgültig verschwinden.

»Das Bild war etwas wert. Und du kennst ja deinen Opa und seine paranoide Art: Er dachte sofort an Luda und daran, dass ihre Kirche davon Wind bekommen könnte, und hat es in die Datscha gebracht. Den Rest kennst du ja.« Ich schweige, was meine Mutter noch mehr verunsichert. »Ich denke, wir haben Opa zu viel Freiheit gelassen, schließlich war es dein Bild«, sagt sie, und ich schaue sie ungläubig an. Doch sie meint es ernst. »Soll ich vielleicht deinen Vater anrufen?« Sie deutet auf meine leere Wand. »Vielleicht hat er Ersatz für dich.«

Ich verstehe ihren Drang, etwas für mich tun zu müssen, um Opas Vergehen abzumildern. Doch das ist nicht der richtige Weg. »Ich brauche keinen Ersatz«, sage ich.

Es entsteht eine Pause, die sie sofort zu füllen weiß. »Bist du gut vorbereitet für morgen?«

»Ja, bin ich«, sage ich, und sie atmet erleichtert auf.

Der richtige Weg führt mich nicht in mein altes Leben zurück. Der richtige Weg ist ein anderer.

Zum ersten Mal seit Langem schlafe ich traumfrei und wache auf, kurz bevor der Wecker klingeln soll. Es dringt keine Sonne in mein Zimmer, die Vorhänge strahlen ihr Gelb nicht ab, und ich sehe keine Staubpartikel im Licht tanzen. Ein ungewöhnlicher Anblick nach Wochen voller Licht und Hitze. Der Himmel über der Stadt ist grau, nur am hellen Horizont wird gerade entschieden, ob es heute regnen soll oder doch nicht. Ich drehe den Kopf zur Wand und schließe kurz die Augen. Das Bild ist wieder vor mir, ich sehe das malachitgrüne Wasser, die Regentropfen, den roten Himmel, spüre den Wind, der die Segel des Schiffes durchbrechen wird, spüre die Kraft des Unwetters, und ich bin mir sicher, die richtige Entscheidung getroffen zu haben.

Ich verlasse die Wohnung, als alle noch schlafen. Ich bekomme kein Prüfungsfrühstück von meiner Mutter serviert – Pfannkuchen mit Erdbeermarmelade –, bekomme von ihr kein »Hals und Beinbruch« zu hören, damit mir ja alles gelingt. Sehe ihre erwartungsvollen Blicke nicht, spüre keine nervöse Umarmung von ihr, muss ihr nicht antworten. Wenn ich die Luft so lange anhalten kann, bis ich mit dem Lift unten bin, dann wird alles gut, beschließe ich, dann ist diese Entscheidung die richtige. Ich drücke auf den Knopf.

Als ich den Prüfungssaal betrete, sitzen die meisten Studierenden bereits auf ihren Plätzen. Radjs Gestalt entdecke ich am anderen Ende des Raums. Er winkt mir, und ich gehe zu ihm rüber.

Er zieht den Stuhl neben sich etwas zurück, damit ich mich dort hinsetzen kann, und ich lächle ihn an. Mir fällt auf, wie klar sein Blick ist.

Und dann läuft die Uhr.

Ich sehe die Köpfe meiner Kommilitonen über ihre Aufgaben gebeugt, mit versteiften Nacken, die nur kurz aus der unbequemen Position gelöst werden, um dann wieder zu erstarren. Ich sehe Radj zu, wie er, in Gedanken versunken, an seinem Stift kaut und dann eine Antwort ankreuzt. Ich denke an Mascha, wie sie in ein paar Wochen weg sein wird, und an Gena, der diesen Kampf verloren hat. Ich denke an Felix und an unsere Datscha, an Chita und an David. Und dann sehe ich wieder Andrej vor mir und muss lächeln.

★★★

»Zum Strand?«, fragt Radj.

Ich nicke und schaue auf den Himmel, der sich während der Prüfung verdunkelt hat.

Am Lanzheron ist kaum etwas los. Es ist windig, die Wellen bauschen sich vor uns auf. Ich spüre Salztropfen im Gesicht. Wir stehen am Pier und beobachten die Möwen, wie sie mit den Luftströmungen zu gleiten versuchen.

»Glaubst du, wir werden bestehen?«, fragt Radj und dreht den Kopf zu mir.

»Wenn du brav gelernt hast …«, antworte ich.

Er seufzt. »Ich hoffe, es reicht. Und bei dir? Hast du ein gutes Gefühl?«

»Ich habe ein sehr gutes Gefühl«, lache ich, und er schaut verdutzt.

»Dann gratuliere ich«, sagt er etwas beleidigt.

»Ich habe ein leeres Blatt abgegeben«, sage ich und grinse ihn an.

Radj erstarrt. Dann lacht er ebenfalls. »Du willst mich doch veräppeln.«

Ich schüttle den Kopf. »Es ist wahr.«

Er braucht einen Moment. Dann sehe ich ein Lächeln auf seinen Lippen. »Das müssen wir feiern.«

Ich nicke und schaue zufrieden auf das Meer, das gerade zu schäumen beginnt, und bekomme Gänsehaut.

»Na dann los«, sagt Radj und reicht mir seine Jacke.

Und endlich setzt der Regen ein.

FRANZISKA GÄNSLER
Ewig Sommer

»Ein eindringlicher Roman über Fluchtversuche und (Alb-)Träume, Opfer und Liebe in vielen Varianten.«
Annabelle

Eine junge Mutter kommt mit ihrer Tochter in ein Hotel, in dem schon lange keine Gäste mehr abgestiegen sind. Seitdem die Brände im benachbarten Wald toben, hat der einstige Kurort seinen Reiz verloren. Für Iris, die Besitzerin des Hotels, ist der unerwartete Besuch gleichzeitig willkommene Abwechslung und Grund zur Sorge: Irgendetwas scheint mit der Fremden nicht zu stimmen. Mit der Zeit kommen sich die beiden Frauen näher und fangen an, die Schatten ihrer Vergangenheit auszuleuchten. Iris ahnt, dass dieser Besuch früher oder später ein jähes Ende finden wird – unklar ist nur, aus welcher Richtung wirklich die Gefahr droht.

Roman
Broschiert, 208 Seiten
ISBN 978-3-0369-6175-0